Memórias em trânsito

Memórias em trânsito

Deslocamentos distópicos em três romances pós-coloniais

Roberta Guimarães Franco

alameda

Grafia atualizada segundo o Acordo Ortográfico da Língua Portuguesa de 1990, que entrou em vigor no Brasil em 2009.

Edição: Haroldo Ceravolo Sereza
Editora assistente: Danielly de Jesus Teles
Projeto gráfico, diagramação e capa: Danielly de Jesus Teles
Assistente acadêmica:Tamara Santos
Imagens da capa: Fotografia de pedras. *Pixabay*

Esta obra foi publicada com apoio da FAPEMIG, nº do processo PII-00050-14/
As opiniões, hipóteses e conclusões ou recomendações expressas neste material são de responsabilidade dos autores e não necessariamente refletem a visão da FAPEMIG

CIP-BRASIL. CATALOGAÇÃO-NA-FONTE
SINDICATO NACIONAL DOS EDITORES DE LIVROS, RJ

F897m

Franco, Roberta Guimarães
Memórias em trânsito : deslocamentos distópicos em três romances pós-coloniais / Roberta Guimarães Franco. - 1. ed. - São Paulo : Alameda, 2019.
274 p. ; 21 cm.
Inclui bibliografia
ISBN 978-85-7939-603-8

1. Literatura angolana - História e crítica. I. Título.

19-55345 CDD: 869.89967309
CDU: 82.09(673)

Alameda Casa Editorial
Rua 13 de Maio, 353 – Bela Vista
CEP 01327-000 – São Paulo, SP
Tel. (11) 3012-2403
www.alamedaeditorial.com.br

Sumário

Introdução

A tese de doutorado defendida na Universidade Federal Fluminense, em 2013, intitulada *Memórias em trânsito: deslocamentos distópicos em três romances pós-coloniais*, partiu de alguns elementos já evidentes na dissertação de mestrado, *Descortinando a inocência: infância e violência em três obras angolanas*,[1] mas que não faziam parte dos objetivos naquele momento. Por isso, foi necessário retomar, de forma breve, o que foi desenvolvido naquele momento (2007-2008), para que o tema da tese, agora publicada, se faça mais claro.

A dissertação procurou analisar a representação da infância em contextos diversos de violência da história de Angola, recriados a partir de três autores e em momentos históricos bastante emblemáticos. A primeira obra, *A cidade e a infância*, de Luandino Vieira, publicada em 1960, refletia as transformações vividas na cidade de Luanda, principalmente, nas décadas de 40 e 50, transformações estas que faziam parte de um novo projeto de colonização que, entre outras medidas, reforçava a ideia de separação racial, no intuito de evitar a mestiçagem. O segundo livro, *As aventuras de Ngunga* (1972), de Pepetela, escrito durante a

---

1 FRANCO, Roberta Guimarães. *Descortinando a inocência: infância e violência em três obras angolanas*. Niterói: EDUFF, 2016.

guerra de independência (1961-1975), nos leva diretamente ao interior de Angola onde acompanhamos a longa trajetória do menino órfão de guerra, Ngunga, e os seus processos de descoberta e aprendizado, que já apontavam para os problemas do movimento, como a corrupção. Por último, o romance *Bom dia camaradas* (2000), de Ondjaki, retoma a infância vivida na capital na década de 80, em uma Angola já independente, mas que ainda sofria com os conflitos civis.

Durante a preparação da dissertação, a questão dos deslocamentos ligada aos processos de colonização e descolonização ficou muito evidente. Desde os movimentos expansionistas do século XVI (isso para falar só do mundo português), a necessidade das viagens (por escolha própria ou por imposição) sempre fez parte das descobertas e posteriores colonizações. No entanto, o contexto inicial analisado no mestrado remetia a um período muito próximo, no qual um novo movimento de tomada da terra angolana se fazia necessário a partir das imposições do *Ultimatum* britânico de 1890. O contexto recriado por Luandino Vieira oferece um rico panorama das mudanças ocorridas por conta dessa nova ocupação, agora no século XX, tais como, a criação de bairros de asfalto para abrigar os novos "colonizadores" e, consequentemente, a expulsão dos negros, mulatos e/ou brancos de segunda categoria para os bairros de terra; assim como o envio de mulheres brancas para Angola para evitar os relacionamentos entre brancos e negras ou mulatas. Nesse sentido, os planos que começaram a ser desenvolvidos pelo Alto Comissário Norton de Mattos envolviam diversos tipos de deslocamentos por parte daqueles que viajavam da metrópole até a colônia, no caso dos colonizadores, e quanto aos do lugar, os movimentos internos que eram obrigados a fazer.

Em *As aventuras de Ngunga* esses deslocamentos são ainda mais evidentes, já que são os caminhos percorridos pela pequena personagem os responsáveis pela sua iniciação. No entanto, fica ainda mais claro que esta iniciação sofre as interferências do período de guerra. Ngunga não passa pelos ritos iniciáticos tradicionais. Sozinho, já que os pais foram assassinados, o menino viaja pelo interior do país à procura de respostas e convicto do desejo de se tornar guerrilheiro. Desse modo, suas andanças são diretamente determinadas pelos comportamentos alheios. Primeiramente, Ngunga foge do ataque que matou seus pais, mais adiante fugirá do corrupto Presidente Kafuxi e da prisão da PIDE para, por fim, desaparecer. O cenário de guerra que assola o interior empurra Ngunga para as suas descobertas e alimenta o seu desejo de lutar.

Já no romance de Ondjaki, *Bom dia camaradas*, esses deslocamentos não são evidentes. O espaço da narrativa se divide basicamente entre a casa do menino narrador, Ndalu, e a escola. Todavia, o contexto de guerra civil que permeia a história nos leva a pensar nos acontecimentos reais do período retratado, refletindo acerca do contingente populacional que, fugindo da guerra realizada em grande parte no interior, migra para a capital Luanda[2]. Além deste dado, externo ao romance, podemos destacar a personagem da tia Dada, que optou por viver fora do país, além dos professores cubanos, que fazem referência a um grande grupo, que também incluía médicos e soldados, que vão para Angola após a independência, colaborar com a reestruturação do país.

Desse modo, é possível perceber que a questão dos descolamentos já se fazia presente nas obras analisadas durante o mestrado, o que levou a busca de tal elemento em outras obras e originou o projeto desenvolvido no doutorado. Na tentativa de tentar definir um novo

---

2 É possível ver claramente esses movimentos em dois filmes angolanos, *Na cidade vazia* (2004), de Maria João Ganga, e *O Herói* (2006), de Zezé Gamboa. O primeiro, inspirado em *As aventuras de Ngunga*, mostra um menino, nascido no Bié, que é levado para Luanda depois que sua família é assassinada durante a guerra civil. No segundo, alguns exemplos de famílias desfeitas pela guerra, mães que perderam seus filhos durante a fuga, filhos que perderam seus pais para o conflito.

corpus literário, no qual fosse possível focar a atenção nos deslocamentos, a preocupação inicial foi expandir a análise para outros espaços, para além do angolano. Com isso, a abordagem voltou-se para os modos como os processos de colonização e descolonização são recriados não só nas literaturas africanas de língua portuguesa, mas na portuguesa também, quando esta enfoca o espaço africano dos sujeitos que nele transitam espontaneamente ou que são obrigados a fazê-lo. Igualmente o interesse era trabalhar o período de guerra colonial ou de independência e ainda o das guerras civis no pós- independência.

Assim, a definição do novo *corpus* literário passou pela preocupação de ampliar a abordagem, colocando em diálogo obras de diferentes espaços. As relações entre Portugal e suas colônias já apareciam na dissertação, mas sempre por um viés que focalizava a visão do então colonizado. Por isso, foi necessário repensar a leituras sobre o colonizador e refletir sobre o papel na guerra, levando em consideração o fascismo vigente em Portugal durante o Estado Novo.

Seguindo este raciocínio seria impossível descartar a vasta obra de António Lobo Antunes, reconhecida por problematizar o papel desempenhado por Portugal durante a guerra colonial no espaço angolano, a permanência (ou resistência) de portugueses neste espaço, bem como o difícil retorno, desejado ou imposto, após a perda dos territórios ultramarinos. Nesse sentido, a escolha do autor pareceu óbvia, mas, diante de tantos livros que abordam esta temática, ainda restava a definição de uma obra. Dentre as variadas possibilidades de deslocamentos encontradas nos romances de Lobo Antunes, a ideia do retorno ganhou destaque. Ao escolher *As naus* (1988), além da temática dos retornados, a revisão crítica da história oficial portuguesa, que alimentou o mito expansionista e conquistador do então Império, encaminhou a análise para uma relação entre o passado histórico grandioso e o presente decadente. Então, para além do movimento de retorno, o pensar a queda histórica do pequeno país europeu foi definitivo para a escolha desse romance.

Definido o romance português, era preciso voltar aos espaços africanos, já conhecidos desde as pesquisas de iniciação científica, sobre a produção do escritor angolano Pepetela. Assim, a escolha recaiu sobre a obra *A geração da utopia* (1992), romance emblemático para repensar os elementos que levaram à independência de Angola e o posterior desencanto diante da história que se constrói. A própria divisão da obra em quatro capítulos ("A casa (1961)", "A chana (1972)", "O polvo (abril de 1982)" e "O templo (a partir de julho de 1991)") permite evidenciar uma série de tipos de deslocamentos (dos vários exílios ao retorno) que costuram os últimos quinze anos da colonização de Angola e os momentos decisivos da sua história contemporânea pós-independência. Além disso, os descolamentos recriados por Pepetela apresentam (nos dois primeiros capítulos) a formação de uma geração que, distanciada de seu país, entra em contato com diversas teorias e movimentos que levarão à independência, como as ideias de Frantz Fanon (citadas no primeiro capítulo), mas que, na prática, serão aplicadas de formas distintas após a independência, levando à falência alguns dos ideais que sustentaram a luta.

Para o outro espaço escolhido, o moçambicano, a obra selecionada foi *As duas sombras do rio* (2003), do escritor João Paulo Borges Coelho. Apesar de concentrar a sua narrativa no período pós-independência e nos conflitos civis, Borges Coelho não deixa de fazer referência ao período colonial e de analisar a situação atual como uma herança da colonização. O problema das fronteiras já aparece definido no mapa apresentado entre o índice e o primeiro capítulo do romance, no qual é possível ver os limites entre Moçambique, Zimbábue e Zâmbia. Além do mapa, que serve como guia durante a leitura, acompanhamos a situação da personagem Leónidas Ntsato, dividida entre o norte e o sul do país, e a dura trajetória dos refugiados da guerra civil, e que precisam cruzar a fronteira para salvar a vida.

A escolha das obras, inicialmente, ocorreu a partir da relação entre os movimentos de deslocamentos e suas categorias (emigração, exílio, retorno e refúgio) e os processos de colonização e descolonização da África portuguesa. No entanto, seria impossível realizar esta pesquisa sem levar em consideração o fato de os três romances serem frutos do período pós-colonial, com toda a carga problemática que o termo trás consigo. Os três escritores são peças importantíssimas para compreender o processo de transição entre o passado colonial e o presente pós-independência e/ou pós-colonial. Outra característica que parece relevante, ao associar as obras escolhidas, é o trabalho realizado pelos seus autores com relação à questão temporal. É possível observar que os romances apresentam uma "contemporaneidade alargada", ou seja, apesar de partirem de fatos pertencentes à história contemporânea de seus países, António Lobo Antunes, Pepetela e João Paulo Borges Coelho o fazem sem esquecer os fatos passados que contribuíram para a conjuntura atual. De outra parte estabelecem constantes relações temporais, nem sempre as definindo de forma clara, ou seja, presente e passado se mesclam ao longo das narrativas.

Desse modo, fica evidente o peso das relações entre Literatura e História no desenvolvimento desta análise, não somente pelo fato de os romances apresentarem claramente fatos históricos reconhecidos, mas, principalmente, por problematizarem a história oficial a partir da recriação literária. Se, para Portugal, a literatura teve e tem um papel de destaque na construção e problematização da identidade portuguesa, identidade esta extremamente associada às suas conquistas expansionistas, no caso de Angola e Moçambique, a literatura objetiva reler uma história, diferente da escrita até então pelos dominadores. Com isso, aquela versão de ordem hegemônica e tida como verdadeira perde sua força frente a que é contada pelo colonizado. A ligar uma e outra versão está o fato de que ambas exibem o rótulo de ficcional.

Por isso a intensão foi evidenciar como os deslocamentos que compõem os fatos históricos dos processos de colonização e descolonização da África chamada "portuguesa" e suas consequências, representados nos romances, sinalizam para o fracasso das utopias erigidas em cada um desses espaços. No caso português, a perda das colônias, após mais de cinco de séculos de dominação, representa a necessidade de revisão de todo um passado idealizado com a corroboração da História oficial, passado utilizado como discurso para incentivar as guerras em África, que duraram por volta de treze anos. Já para Angola e Moçambique, toda a utopia construída durante a guerra de independência, de virem a ser nações livres do domínio colonial, é transformada em novos enfrentamentos, agora internos, e no fracasso do sistema socialista escolhido como forma de governo.

No romance *As naus*, o resgate de personagens representativas de momentos grandiosos da história de Portugal mostra claramente a problematização entre o passado glorioso do antigo Império e a sua nova condição, principalmente diante da Europa. Ao transformar em retornados figuras como Camões ou Pedro Alvarez Cabral, importantes para a construção do mito português na literatura e na história, António Lobo Antunes evidencia que de nada vale o discurso imponente construído ao longo de tantos séculos diante das novas condições de, aproximadamente, 600 mil portugueses que retornam das ex-colônias africanas. Muitos desses retornados voltam ao seu país de origem, ou a um país que nunca conheceram – muitos são filhos de portugueses, mas já nascidos em território colonial – sem os bens conquistados durante a colonização, sem garantias do governo e, no caso dos soldados, com problemas físicos e/ou psicológicos. Em resumo, o resultado da guerra colonial é a destruição do que se acreditava ser parte da identidade portuguesa.

Em *A geração da utopia*, as trajetórias desiguais, não só no sentido geográfico, mas principalmente no sentido ideológico e moral, daqueles que sonhavam com a independência ainda na Casa dos Estudantes do Império (primeiro exílio de alguns, como mostra a personagem Sara), e que, posteriormente, retornam a Angola e fazem a independência do país, demonstram o esfacelamento do sonho. Os longos anos de guerra civil (retratados no livro até 1991), bem como a decadência política caracterizada pela corrupção, evidenciam que os caminhos percorridos levaram a um futuro incerto, como é possível perceber ao confrontar o título da obra e o seu desfecho.

Por fim, em *As duas sombras do rio*, a situação do entre-lugar vivenciada por Leónidas Ntsato, entre o sul e o norte do país, é a mesma situação dos refugiados, os moradores da região do Zumbo que se veem obrigados a partir de sua terra em direção a um destino desconhecido, para fugir dos constantes ataques da guerra civil. Os deslocamentos a que são obrigadas as personagens aparecem como herança do longo período colonial vivido por Moçambique, bem como do tráfico negreiro através do rio Zambeze. Assim como no romance de Pepetela, a narrativa de João Paulo Borges Coelho, ao focar a fase dos conflitos internos, que no caso de Moçambique dura bem menos do que em Angola, – de 1976 a 1992 –, também aponta para o fracasso do pós-independência. Afinal, a luta para se livrar do colonizador não previa que o povo precisaria, em pouco tempo, deixar o seu território, já agora livre.

Nesse sentido, o sentimento de não pertencimento une a maioria das personagens dos três romances. Os retornados (antigos colonizadores e seus descendentes), que não podem permanecer em África, mas também não encontram nenhuma dignidade em Portugal, parecem pertencer ao oceano que, ao mesmo tempo, une e separa a ex-metrópole das ex-colônias. Os jovens que deixaram Angola para estudar em Portugal e que, por conta da guerra de independência, têm destinos diferentes (uns retornam logo para o país, alguns vão para França e outros para os Estados Unidos), se reencontram numa Angola que não é a mesma deixada, mas também não é aquela desejada durante a luta. Já os refugiados de Moçambique, ao transporem a fronteira, também não possuem mais um lugar de origem, pois não sabem se algum dia o retorno será possível e, pior, se, depois dos bombardeios, suas terras, suas casas ainda existem.

Diante disso, a análise comparativa das obras evidencia a existência de quatro temas centrais: colonização/descolonização da África portuguesa, as guerras (colonial/independência e as civis de Angola e Moçambique), os deslocamentos (emigração, exílio, retorno e refúgio) e a memória (individual e/ou coletiva). Essas temáticas permearam o desenvolvimento da análise, alinhavadas pelas teorias pós-coloniais, que também foram problematizadas, no intuito de repensar as ideias de identidade nacional criadas nos três espaços.

Assim, o primeiro capítulo, intitulado "Pós-colonialismo: entre continuidade e rupturas", apresenta uma reflexão acerca das teorias pós-coloniais, problematizando este conceito, bem como demostrando como este se aplica não só ao contexto africano, de países recém-independentes, mas também ao contexto português, antigo império. Os três capítulos seguintes, intitulados "*As naus*: o retorno do indesejado", "*A geração da utopia*: a nação em caminho inverso" e "*As duas sombras do rio*: a cisão como herança", apresentam os três romances que compõem o *corpus* literário deste livro. Nestes capítulos aparecerem mais especificamente os deslocamentos evidenciados em cada obra. Por fim, no último capítulo, "A memória coletiva em trânsito", os três romances surgem em diálogo com a história oficial, questionando-a, destacando o papel da memória individual e da memória coletiva na organização dos grupos representados, no difícil contexto de guerras.

I

Pós-colonialismo: entre continuidades e rupturas

O "pós-colonial" apresenta tanto ao colonizador quando ao colonizado "um problema de identidade".

Stuart Hall[1]

O conceito "pós-colonial" vem ocupando, ao longo de aproximadamente três décadas, um grande espaço nos chamados estudos culturais. Proveniente de discussões das Ciências Sociais, tal conceito está sempre envolvido em discordâncias teóricas relativas ao seu lugar de origem (lugar de enunciação) e/ou ao "direito" de utilização do termo. Afinal, a que tipo de estudos pode-se aplicar esta conceituação: a todos os que estão relacionados às ex-colônias, sem importar a época de suas independências e suas trajetórias posteriores, ou apenas às colônias independentes na segunda metade do século XX e que ainda enfrentam as heranças deixadas pelo colonialismo?

1 HALL, Stuart. *Da diáspora: identidades e mediações culturais.* Tradução: Adelaine La Guardia Resende; Ana Carolina Escosteguy; Cláudia Álvares; Francisco Rüdiger; Sayonara Amaral. Belo Horizonte: Editora UFMG, 2003, p. 115.

Edward Said, ao publicar, em 1978, a obra *Orientalismo*, inaugura uma série de pressupostos do que seriam os estudos pós-coloniais. Ao analisar as representações que Ocidente faz do Oriente, como se este não pudesse representar a si mesmo, Said ressalta que o Orientalismo destaca uma questão que nos leva "[...] a perceber que o imperialismo político rege todo um campo de estudo, imaginação e instituições eruditas –, de tal maneira que torna o ato de evitá-la uma impossibilidade intelectual e histórica" (2007, p. 42). Portanto, Said evidencia como a dominação intelectual do Ocidente intensificou as diferenças, criando e reforçando o lugar de submissão do Oriente. A partir disso, o principal contributo da sua obra está no questionamento de uma pretensa hegemonia criada discursivamente. Por isso, Said afirma que "acima de tudo, a autoridade pode, na verdade deve, ser analisada" (2007, p. 50).

Nesse sentido, os estudos pós-coloniais, ao questionar a autoridade discursiva do centro, proporcionaram a reflexão sobre o lugar de fala daqueles que foram considerados, pelas ideologias eurocêntricas, "os outros". Em *Cultura e imperialismo*, publicado em 1993, Edward Said destaca a necessidade, cada vez maior, dos povos de regiões pós-coloniais em assumir-se como "eu" do discurso. Assim, nesses espaços "[...] vemos um enorme esforço para se iniciar um debate com o mundo metropolitano em pé de igualdade, que mostre a diversidade e as diferenças do mundo não europeu e apresente suas prioridades, as coisas a fazer, e suas próprias histórias" (2011, p. 72-73).

Onze anos após a publicação de *Orientalismo*, portanto em 1989, encontramos em *The Empire writes back* (ASHCROFT; GRIFFITHS; TIFFIN) as principais definições sobre as teorias pós-coloniais, dentre elas a que corrobora a afirmação de Said, citada anteriormente, sobre o desejo da considerada "margem" de se encarregar da sua história. Para os teóricos, os textos pós-coloniais problematizam as experiências periféricas, até então desconsideradas pelo centro.

> In writing out of the condition of 'Otherness' post-colonial texts assert the complex of intersecting 'peripheries' as the actual substance of experience. But the struggle which this assertion entails – the 're-placement' of the post-colonial text – is focused in their attempt to control the process of writing. (2002, p. 77)

Apesar da definição proposta por Ashcroft *et alii* deixar claro que o conceito deve ser utilizado para pensar os efeitos da imperialismo – "[...] *to cover all the culture affected by the imperial process from the moment of colonization to the present day. This is because there is a continuity of preoccupations throughout the historical process initiated by European imperial aggression*" (2002, p. 2) – uma das principais críticas que o pós-colonialismo recebe está ligada ao prefixo "pós", que pode ser compreendido apenas como um delimitador temporal. Assim, tudo o que estivesse relacionado à história de uma ex-colônia, a partir da data de sua independência, seria considerado como pós-colonial. No entanto, muitos desses novos países mantêm relações de opressão, seja cultural, seja política e econômica, com seus antigos colonizadores, ou ainda com novas potências mundiais. Logo, se o prefixo for lido apenas no seu sentido temporal, estaremos ignorando novas situações que nos levariam ao conceito de "neocolonialismo". Como afirma Boaventura de Sousa Santos, "[...] o colonialismo, mesmo muito depois de terminar como relação política, continua a impregnar alguns aspectos da cultura, dos padrões de racismo e de autoritarismo social e mesmo das visões dominantes das relações internacionais" (SANTOS, 2004, p. 28).

Portanto, o "pós-colonial" nos remete a um jogo de rupturas e continuidades. As rupturas são facilmente identificadas nos processos de descolonização, na desocupação política do antigo território colonial pelos antigos colonizadores, nos novos hinos, bandeiras e presidentes, ou seja, na criação de um novo Estado-nação. No entanto, as continuidades podem não ser percebidas tão claramente ou podem ir muito além dos problemas noticiados nas grandes mídias. Elas também não dependem, necessariamente, da presença de um mesmo colonizador, mas sim de práticas que denunciem a permanência da subjugação e da exploração, como o interesse por matéria-prima e mão de obra de baixo custo, ou ainda os consequentes conflitos e desigualdades, heranças do recente período colonial, ainda latente, em muitos sentidos, para ambos os lados.

Se focarmos a nossa atenção somente nos mecanismos de continuidade, perceberemos o porquê de tantas discussões envolvendo o prefixo "pós". Todavia, é necessário compreender que, apesar do prefixo, muitos teóricos apontam para as novas relações de dominação que não envolvem mais colonizadores e colonizados, mas reforçam a antiga divisão que marcou, e ainda marca, a desigualdade entre Norte e Sul. Desse modo, no âmbito das teorias pós-coloniais, evidenciamos a continuidade das estruturas que mantêm afastados os dois polos do globo, como podemos verificar pela definição proposta por Boaventura de Sousa Santos:

> Entendo por pós-colonialismo um conjunto de correntes teóricas e analíticas, com forte implantação nos estudos culturais, mas hoje presentes em todas as ciências sociais, que têm em comum darem primazia teórica e política às relações desiguais entre o Norte e o Sul na explicação ou na compreensão do mundo contemporâneo. Tais relações foram constituídas historicamente pelo colonialismo e o fim do colonialismo enquanto relação social, enquanto mentalidade e forma de sociabilidade autoritária e discriminatória. Para esta corrente, é problemático saber até que ponto vivemos em sociedades pós-coloniais. (*idem*, p. 8)

O conceito, assim posto, pode ser muito mais amplo do que a sua aplicação no período específico das descolonizações, visto que o seu emprego está associado às diferenças de desenvolvimento econômico, político e sociocultural dos países que compõem os blocos Norte e Sul. No entanto, esta discrepância pode ser entendida, em grande escala, como uma herança das práticas coloniais empreendidas pelos países do Norte, práticas que levaram à impossibilidade de crescimento, em virtude da sua constante exploração, dos países do Sul. Logo, o termo se volta, novamente, para o embate entre o explorador e o explorado. Para Ania Loomba (1998), uma dificuldade com relação à definição do termo pós-colonial, para além deste possuir um caráter interdisciplinar, está nas tentativas de homogeneização do próprio conceito "colonialismo", que, segundo a ensaísta, não pode ser generalizado, dada as diferenças geográficas, temporais e culturais em que ocorreu[2].

Nesse sentido, o termo não se prende somente ao período posterior às independências, mas, principalmente, às relações entre este momento e o passado colonial, pois, para compreender as dificuldades de desenvolvimento enfrentadas pelos novos países, é necessário recuar no tempo e investigar como se deu a colonização e a descolonização desses espaços, pois, como salienta Said, "Dizer simplesmente que o Orientalismo foi uma racionalização do regime colonial é ignorar até que ponto o regime colonial foi justificado de antemão pelo Orientalismo" (2007, p. 72). Se observarmos o exemplo da África, acompanhamos um longo processo de exploração tanto de pessoas,

---

2 Loomba ainda problematiza a definição de "colonialismo" presente no *Oxford English Dictionary*, definição esta bastante limitada, visto que trata o colonialismo apenas como um movimento migratório do colonizador, que formará uma comunidade em um local novo. Tal definição exclui por completo a existência de uma população autóctone, logo, exclui os processos de conquista e dominação.

quanto de matérias-primas e recursos minerais, processo associado à falta de estrutura interna desses territórios, ou seja, na maior parte das vezes, a colonização se limitou a retirar (talvez saquear fosse o termo mais correto) as riquezas, sem o necessário investimento local. Assim, as colônias, sem infraestruturas econômica, educacional e de saúde, caminhavam rapidamente para um esvaziamento, e permaneciam em uma situação de dependência com relação aos seus colonizadores. Como já havia afirmado Amílcar Cabral, na década de 60,

> [...] tanto no colonialismo como no neocolonialismo, permanece a característica essencial de dominação imperialista – a negação do processo histórico do povo dominado, por meio da usurpação violenta da liberdade do processo de desenvolvimento das forças produtivas nacionais. (2008, p. 188 – 189)

Seguindo este pensamento, Cabral conclui "[...] que há libertação nacional quando e só quando as forças produtivas nacionais são completamente libertadas de toda e qualquer espécie de dominação estrangeira" (*ibidem*). Por isso, com a descolonização, ocorrida na sua maioria na segunda metade do século XX, a situação não se alterou, pois as antigas colônias não tiveram a possibilidade de desenvolvimento necessário para que pudessem caminhar sozinhas. Durante o longo período de colonização, a sua função era a de oferecer matérias-primas e mão de obra ao colonizador. Agora, a sua função é ampliada, já que, além de oferecer esse material, esses países se veem obrigados a importar diversos produtos. Esta relação acaba por manter o elo de subjugação, como podemos observar na citação abaixo, retirada do último livro da coleção *História Geral da África*, da UNESCO:

> Os jovens Estados confrontavam-se a estruturas desarticuladas de economias subdesenvolvidas. Segundo um modelo herdado, estas formações

> econômicas eram caracterizadas por uma produção voltada para o exterior e assentadas sobre um mercado interno muito restrito. Ora, as independências intervieram em uma conjuntura desfavorável, marcada pelo sensível desaquecimento nos preços das matérias-primas de exportação, a sua fonte primordial de rendimentos; em decorrência disso, configura-se uma situação de nítida deterioração dos termos da troca: recursos públicos e despesas de investimento encontravam-se então amputados, conquanto se acelerasse, naquele momento e em contrapartida, um boom demográfico sem precedentes. (MAZRUI; WONDJI, 2010, p. 357)

Desse modo, é possível perceber a relação entre as afirmações de Boaventura de Sousa Santos, Amílcar Cabral e os dados fornecidos pela UNESCO, ou por outros órgãos, que associam o subdesenvolvimento da África à permanência de práticas de exploração, herdadas do período colonial. Portanto, a problematização do conceito "pós-colonial" se faz pertinente. Afinal, esses territórios deixaram de ser colônias, mas ainda são obrigados a se relacionar de forma desigual com as potências mundiais, e como nos lembra Ania Loomba, "*Imperialism can function without formal colonies* [...]" (1998, p. 7), e Edward Said, "Em nossa época, o colonialismo direto se extinguiu em boa medida; o imperialismo [...] sobrevive onde sempre existiu, numa espécie de esfera cultural geral, bem como em determinadas prática políticas, ideológicas, econômicas e sociais" (2011, p. 43), que ainda ressalta que "as nações contemporâneas da Ásia, América Latina e África são politicamente independentes, mas sob muitos aspectos continuam tão dominadas e dependentes quanto o eram na época em que viviam governadas diretamente pelas potências europeias" (*idem*, p. 56).

Por estes motivos, explica-se porque alguns teóricos não aceitam o conceito, por temerem que um excessivo foco no prefixo "pós" leve à falsa ideia de que o colonialismo, como prática, teve de fato um fim a partir das independências, esquecendo que, além das relações entre metrópole e colônia, ainda é necessário verificar o quanto dos problemas internos dos territórios recém-independentes são ainda heranças da estrutura colonial, ou reflexos dos interesses das grandes potências que, muitas vezes, ocupam o espaço deixado pelo antigo colonizador.[3]

São essas heranças e interesses que nos levam a pensar que o conceito não deve ser aplicado estritamente aos antigos espaços coloniais. É necessário aplicá-lo também às antigas metrópoles, para observá-las à luz do "pós-colonialismo", pois esses territórios construíram a sua história tendo como base, principalmente econômica, a colonização. Por este motivo, é interessante contrapor seu passado imperial e o presente após a perda das colônias, confrontando tanto as mudanças internas, no que diz respeito às transformações econômicas e culturais, quanto às externas, como a sua relação com outros antigos impérios e também com as ex-colônias.

Reflexões sobre as noções de temporalidade (passado e presente) e espacialidade (metrópole e colônia), associadas ao termo pós-colonial, aparecem em algumas problematizações desenvolvidas por Walter Mignolo. Dentre as afirmações do teórico, observamos a compreensão do conceito como uma interseção: "[...] argumentaré a favor de la razón postcolonial entendida como um grupo diverso de prácticas teóricas que se manifiestan a raiz de las herencias coloniales, en la intersección de la historia moderna europea y las historias contramodernas coloniales." (MIGNOLO, 1996, p. 9).

Esta interseção apontada por Mignolo demonstra que a temporalidade pertinente ao conceito é muito maior do que o seu prefixo sugere. As teorias pós-coloniais são desenvolvidas em um momento posterior ao processo de descolonização, mas não devem ser aplicadas

3 É necessário lembrar o quanto os conflitos em África são alimentados pelo mercado de venda de armas, por exemplo.

somente para a compreensão desta nova época ou destes novos espaços[4]. O desenvolvimento dessas teorias sugere novas possibilidades de leitura das relações coloniais e/ou neocoloniais. Como vimos na citação de Boaventura de Sousa Santos, agora é possível falar em relações desiguais entre o Norte e o Sul e compreender que essa desigualdade é fruto das justificativas do sistema colonial, que "entendia" a opressão do colonizador como um ato de extrema solidariedade de uma sociedade civilizada em favor de povos selvagens. Como já afirmou Frantz Fanon:

> Não basta ao colono limitar fisicamente, com o auxilio de sua polícia e de sua gendarmaria, o espaço do colonizado. Como que para ilustrar o caráter totalitário da exploração colonial, o colono faz do colonizado uma espécie de quinta essência do mal. A sociedade colonizada não é apenas descrita como uma sociedade sem valores. Não basta ao colono afirmar que os valores desertaram, ou melhor jamais habitaram, o mundo colonizado. O indígena é declarado impermeável à ética, ausência de valores, como também negação de valores. E, ousemos confessá-lo, o inimigo dos valores. Neste sentido, é o mal absoluto. Elemento corrosivo, que destrói tudo o que dele se aproxima,

---

4 É importante lembrar que alguns teóricos reconhecem a existência de idéias pós-coloniais sendo desenvolvidas ainda no período anterior às independências. Podemos encontrar análises de textos literários, por exemplo, produzidos durante as lutas de libertação que já trazem aspectos que serão lidos posteriormente como pós-coloniais. Segundo esses teóricos, o conceito não está associado à ideia de tempo, mas sim a uma estética de contestação das relações de poder, ou seja, uma estética anti-colonial. A esse respeito ver o texto da professora Inocência Mata "A crítica literária africana e a teoria pós-colonial: um modismo ou uma exigência?" *In*: *Ipotesi* – Revista de Estudos Literários, v. 10, n. 1, janeiro/junho de 2006, n. 2, julho/dezembro de 2006. Juiz de Fora: Editora UFJF, 2006, pp. 33-44.

> elemento deformador, que desfigura tudo o que se refere à estética ou à moral, depositário de forças maléficas, instrumento inconsciente e irrecuperável de forças cegas. (1968, p.30-31)

Ao lermos tal postulado de Fanon, fica clara a lógica do sistema colonial: reduzir a população autóctone, no que se refere a sua cultura, língua, crenças e práticas religiosas, a um povo sem valores, aculturado em todos os sentidos. A diminuição do colonizado, para que este se tornasse dominado, também passava pelo não desenvolvimento do espaço colonial, ou seja, não era dada à população nenhuma base educacional, para que ela encontrasse formas de organizar um processo de resistência. Assim, aliando opressões psíquicas e físicas, o colonizador conseguia manter o seu domínio[5]. Além disso, diante da invenção de que os africanos eram povos não civilizados (lembremos as discussões, na virada do século XV para o XVI, sobre se os negros tinham alma ou não), criou-se também o seu não direito à fala, deixando para o colonizador toda a "tarefa" de contar (ou seria criar?) a história da colonização, na qual aparece como o benfeitor que levou a civilização ao continente africano.

Nesse sentido, a contribuição das teorias pós-coloniais é exatamente a de possibilidades de reconstrução daquele discurso que ajudava a justificar a colonização e a incapacidade de o africano contar a sua própria história. O pós-colonial permitiu a ampliação e relativiza-

5 Com isso não queremos dizer que o colonizado aceitava (ou aceitasse durante séculos) de forma pacífica a violência colonial. A história nos mostra diversas tentativas de resistência, como o caso da Rainha Jinga na Angola setecentista. A este respeito ver, por exemplo, a obra de António de Oliveira de Cadornega, *História Geral das Guerras Angolanas* – 1680-1681, escrita no século XVII (Lisboa: Agência Geral do Ultramar, 1972. 3 Tomos).

ção do conceito de verdade histórica[6], ao reverter a ideia de que só o colonizador tem o direito à voz. Como consequência, compreende-se que os sujeitos da fala não são mais provenientes de um único local, o centro, o que aumenta o número de relatos e visões sobre todo o processo colonial, já que agora outros sujeitos também podem participar das narrativas, não apenas como personagens. A nova perspectiva é a de descentralização das narrativas. Como afirma Hall:

> [...] o termo "pós-colonial" não se restringe a descrever uma determinada sociedade ou época. Ele relê a "colonização" como parte de um processo global essencialmente transnacional e transcultural – e produz uma reescrita descentrada, diaspórica ou "global" das grandes narrativas imperiais do passado, centradas na nação. Seu valor teórico, portanto, recai precisamente sobre sua recusa de uma perspectiva do "aqui" e "lá", de um "então" e "agora", de um "em casa" e "no estrangeiro". "Global" neste sentido não significa universal, nem tampouco é algo específico a alguma nação ou sociedade. Trata-se de como as relações transversais e laterais que Gilroy denomina "diaspóricas" complementam e ao mesmo tempo deslocam as noções de centro e periferia, e de como o global e o local reorganizam e moldam um ao outro. (HALL, 2003, p. 102-103)

Assim, as possibilidades discursivas são ampliadas, gerando não só o descentramento da fala, como também o do conceito de verdade. Por isso, não pensamos somente nos colonizados, mas em toda

---

6 É importante ressaltar o papel da Escola dos *Annales* (1929) neste processo de ruptura com a história positivista, que acreditava em um conceito de verdade absoluta criado, obviamente, pelo centro.

e qualquer minoria que participou da colonialidade. Afinal, não podemos esquecer que o centro também possui os seus excluídos, muitos deles enviados para o desconhecido com a tarefa de iniciar a colonização. Atentemos para as afirmações de Hall sobre a "reescrita diaspórica", e sobre a recusa do "aqui" e do "lá", pois os sujeitos "descentrados" estão por toda a parte, em constante fluxo.

Desse modo, enfatizamos que o conceito é muito mais amplo do que o prefixo aposto ao termo central sugere. Não se está mais preso ao momento posterior às independências, já que se recua consideravelmente no tempo para refletir sobre a colonização como um todo, permitindo que outras vozes contribuam para uma nova construção discursiva, que relativizará o discurso oficial. A teoria também é ampla no que se refere a esses novos sujeitos possuidores de voz, pois, se a ideia que perpassa todo o conceito é a de descentramento, como vimos em Hall, não seria coerente apontar ou selecionar aqueles que seriam legitimados pelo "pós-colonial", como podemos observar nas palavras de Walter Mignolo:

> Las prácticas teóricas postcoloniales son asociadas con individuos que *provienen* de sociedades con fuertes herencias coloniales, que han estudiado y/o *están en* algún lugar del corazón del império. Yo soy consciente de que esta afirmación puede ser peligrosa, si se toma para asegurar que solamente ciertos individuos pueden producir un determinado discurso. (MIGNOLO, 1996, p. 15)

Mignolo evidencia exatamente o foco da questão, as heranças coloniais que perpassam os espaços, sejam as das ex-metrópoles ou as das ex-colônias, daí a sua preocupação em não denominar um grupo de indivíduos como os produtores do discurso pós-colonial. No entanto, é necessário lembrar que a origem desses estudos está na necessidade de afirmação de um contradiscurso, ou seja, as teorias pós-coloniais surgem na tentativa de dar uma segunda versão dos fatos, uma versão na qual os sujeitos não sejam apenas personagens. E retornamos a Mignolo, quando este diz: "Mi primera suposición entonces, es que la teorización postcolonial lucha por un desplazamiento del lócus de enunciación del Primero al Tercer Mundo." (*idem*, p. 16).

Este ponto de partida para as teorias também é apresentado por Homi Bhabha, quando afirma:

> As perspectivas pós-coloniais emergem do testemunho colonial dos países do Terceiro Mundo e dos discursos das "minorias" dentro das divisões geopolíticas de Leste e Oeste, Norte e Sul. Elas intervêm naqueles discursos ideológicos da modernidade que tentam dar uma "normalidade" hegemônica ao desenvolvimento irregular e às histórias diferenciadas de nações, raças, comunidades, povos. Elas formulam suas revisões críticas em torno de questões de diferença cultural, autoridade social e discriminação política a fim de revelar os momentos antagônicos e ambivalentes no interior das "racionalizações" da modernidade. (BHABHA, 1998, p. 239)

Mais uma vez, a ideia de contradiscurso é relacionada ao termo pós-colonial, já que, nas palavras de Bhabha, vemos o conceito sendo utilizado como meio de ruptura com a fala hegemônica, aquela que se pensa como detentora da verdade absoluta. A partir das teorias pós-coloniais é possível identificar as diferenças, sem a carga negativa que a palavra impunha até então. Agora, essas particularidades são investigadas, não mais para justificar a opressão e o domínio (sempre entendidos como benefícios), mas para mostrar o outro lado da história, omitido durante séculos.

Assim, nas visões de Boaventura de Sousa Santos, Stuart Hall, Walter Mignolo e Homi Bhabha, as teorias pós-coloniais atuam no sentido de abranger as visões de todo o processo colonial; "todo", não só no que diz respeito ao tempo, mas, principalmente, aos espaços, permitindo que o Sul também faça parte da construção do discurso histórico[7]. Desse modo, o conceito é aplicado para compreender o momento pós-independência à luz de toda a história colonial, repensando a estruturação de todo o processo e as suas implicações no momento presente.

A maior parte dos estudos relativos às teorias pós-coloniais é proveniente dos espaços de língua inglesa. No entanto, aqui aplicaremos tais conceitos exclusivamente aos espaços de língua portuguesa, mais especificamente, Portugal, Angola e Moçambique, já que o nosso *corpus* literário é composto por um romance de cada país, livros produzidos no período das pós-independências, *As naus* (1988), *A geração da utopia* (1992), e *As duas sombras do rio* (2003), respectivamente. Por isso, após problematizar o conceito, pretendemos discutir como essas teorias se aplicam a Portugal e à África (Angola e Moçambique), para, posteriormente, analisar especificamente os discursos ficcionais.

Rever os contextos de colonização e descolonização é de extrema importância para as análises dos romances, já que, além de produzidos após as independências, suas narrativas permitem contestar as histórias oficiais, tanto da metrópole, quando das ex-colônias. Utilizar as teorias pós-coloniais para compreender tais contextos nos ajuda a confrontar essas visões, não apenas a histórica e a ficcional, mas, principalmente, as novas interpretações que os discursos analisados acabam por fornecer.

Portugal: o velho império e a nova periferia

7 Não queremos com isso afirmar que a história contada pelo viés do oprimido deva ser interpretada como a verdadeira, ou vista como possuidora de um valor maior. Do contrário, apenas repetiríamos o posicionamento da história positivista. Gostaríamos de deixar claro que a história é composta por versões, daí a importância de ouvir os lados envolvidos.

Poucos países fabricaram acerca de si mesmos uma imagem tão idílica como Portugal.

Eduardo Lourenço[8]

Como tentamos mostrar na parte anterior deste capítulo, as teorias pós-coloniais não se restringem apenas às antigas colônias, mas atuam no sentido de se (re)pensarem as relações que marcam a transição, permeada de desigualdades, da era dos impérios para o momento pós-império na ex-metrópole, o que leva o colonizado da dependência à independência. Portanto, esta transição pode ser sentida tanto nas ex-colônias, como nos antigos impérios, relembrando aqui a epígrafe já utilizada, de Stuart Hall, que mostra o termo "pós-colonial" relacionado à reinterpretação de identidades tanto do colonizado, quando do colonizador, pois, se o conceito nos permite revisar o período colonial, seria impossível fazê-lo sem rever uma das pontas da história, o ponto de partida do processo. Ania Loomba também ressalta que os estudos pós-coloniais "have shown that both the 'metropolis' and the 'colony' were deeply altered by the colonial process. *Both* of them are, accordingly, also restructured by decolonization. This of course does not mean that both are postcolonial *in the same way*" (1998, p. 19)

As teorias que, a princípio, foram aplicadas principalmente ao império britânico, hoje fornecem vasto material para releituras daquele que foi o desencadeador dos processos de expansão marítima e manteve por mais de cinco séculos uma cultura voltada para o além-mar. Assim, o pós-colonialismo nos permite rever a trajetória expansionista de Portugal, bem como evidenciar o que restou do imponente império que entra em cena no século XV e deixa o palco em um cenário conturbado no início do último quartel do século XX.

8 LOURENÇO, Eduardo. *O labirinto da saudade.* Lisboa: Gradiva, 2009, p. 76.

Nesse sentido, a epígrafe de Eduardo Lourenço, pensador indispensável para se compreender este processo de releitura de Portugal, aponta para a construção de uma imagem que o próprio país se esforçou em dele fazer, ou seja, ao mesmo tempo em que se voltava para o mar e se expandia para todos os lados do globo terrestre, Portugal criava a sua face imperial, baseada em mitos que ajudaram a manter tal imagem. No entanto, Lourenço também ressalta a existência de uma "coletividade desmemoriada" que contribui para a "manutenção" da história de um império glorioso, ao mesmo tempo em que esquece os fracassos que poderiam denegrir o passado mítico do país. Por este mesmo motivo, o ensaísta afirma que "os portugueses vivem em permanente *representação*" (2009, p. 77. Grifo do autor).

Sobre a construção desta imagem de Portugal muito já foi dito, e importantes trabalhos nas áreas de Literatura e História, principalmente, nos ajudam a compreender o fenômeno do império português. Porém, as teorias pós-coloniais abriram novas possibilidades de interpretação para o que significa a trajetória do pequeno país europeu que desbravou os mares, mas que, em fins do século XX, tenta reaprender a viver circunscrito à Europa. O momento atual, bastante distinto daquele vivenciado a partir do século XV, precisa de novas metodologias para ser analisado.

É importante dizer que as críticas com relação ao desempenho do país voltado para além-mar não aparecem somente no século XX, após a queda do salazarismo e a perda das colônias africanas. Muitos intelectuais portugueses já davam destaque a alguns problemas internos causados pela expansão. Podemos ver este tipo de crítica em Antero de Quental, por exemplo, em um interessante texto apresentado em 1871, durante as Conferências do Casino Lisbonense. Em *Causas da decadência dos povos peninsulares nos últimos três séculos*, o escritor apresenta duras críticas a situações que começam a se desenvolver, na Península Ibérica[9], já a partir do século XVII:

> Meus Senhores: a Península, durante os séculos XVII, XVIII e XIX, apresenta-nos um quadro de abatimento e insignificância, tanto mais sensível quanto contrasta dolorosamente com a grandeza, a importância e a originalidade do papel que desempenhamos no primeiro período da Renascença, durante toda a Idade Média, e ainda nos últimos séculos da Antiguidade. (QUENTAL, 1987, p. 180)

Depois de ressaltar os momentos de grandeza da história da Península, principalmente no que se refere à produção cultural e científica, o texto caminhará no sentido de mostrar o que Antero de Quental considera como as três principais causas da decadência: o catolicismo pós-Concílio de Trento; o estabelecimento do Absolutismo e, por fim, as conquistas longínquas. Dentre os três motivos, o último parece de fato uma afronta à imagem que o país criou para si e, já no início do texto, o autor reconhece o apelo ao passado e a dificuldade de criticá-lo: "Há em nós todos uma voz íntima que protesta em favor do passado, quando alguém o ataca: a razão pode condená-lo, o coração tenta ainda absolvê-lo" (*idem*, p. 179).

Para o poeta, não só a expansão em si, mas principalmente a tradição expansionista e a identidade de descobridor do povo português arruinaram o desenvolvimento econômico e industrial do país. Portugal, voltado para o mar, deixou a sua produção agrícola de lado, esta, sim, base da economia portuguesa e, também, parte de sua iden-

9 O texto de Antero de Quental não fala somente de Portugal, mas da Península Ibérica, já que seu autor demonstra claramente um sentimento saudosista em relação ao período da União Ibérica.

tidade, e passou a depender da importação de produtos básicos. Além disso, os gastos com as viagens marítimas e com a manutenção das colônias poderiam ser destinados ao desenvolvimento do país, principalmente o desenvolvimento industrial. Assim, mesmo sentindo o peso do passado, Antero se arrisca, ao desenvolver sua ideia sobre a terceira causa da decadência da Península Ibérica:

> Há dois séculos que os livros, as tradições e a memória dos homens andam cheios dessa epopéia guerreira, que os povos peninsulares, atravessando oceanos desconhecidos, deixaram escrita por todas as partes do mundo. Embalaram-nos com essas histórias, atacá-las é quase um sacrilégio. E todavia esse brilhante poema em acção foi uma das maiores causas de nossa decadência. É necessário dizê-lo, em que pese aos nossos sentimentos mais caros de patriotismo tradicional. (*idem*, p. 208)

Tal afirmação é de fato assustadora, pois pensar que o grande elemento identitário da tradição portuguesa, a sua imagem expansionista, pode ser, ao mesmo tempo, um dos motivos da sua atual decadência, parece contraditório. No entanto, ao relacionarmos as reflexões de Antero às palavras de Lourenço, utilizadas como epígrafe, percebemos que a construção discursiva, criada para justificar e manter os domínios coloniais, foi de tal forma inserida na sociedade portuguesa, que o seu peso fez com que os momentos de derrota fossem esquecidos ou transformados em previsões de futuras glórias.

A conclusão antecipada de Antero de Quental, "Nunca povo algum absorveu tantos tesouros, ficando ao mesmo tempo tão pobre!" (*idem*, p. 187), é o mote para entender as reflexões feitas nas décadas posteriores à perda das colônias africanas e a reinterpretação deste império mítico. Afinal, no século seguinte, Portugal ainda iria insistir na sua face expansionista, aumentando mais a sua pobreza. É interessante pensar que esta frase de Antero foi dita quase duas décadas antes do *Ultimatum* britânico[10], episódio considerado vergonhoso e uma afronta para o ego português, e um século antes da longa guerra que Portugal manteve em África (1961-1975), guerra que custou muito caro, em vários sentidos, para a então metrópole.

As reflexões feitas pelo poeta em *Causas da decadência dos povos peninsulares nos últimos três séculos* são extremamente pertinentes para que se entenda a situação atual do Estado português, um país que vive de um passado imperial grandioso, mesmo estando hoje, e segundo o poeta desde o século XVII, em uma situação ultrapassada com relação a outras antigas metrópoles, como Inglaterra e França, por exemplo. Portanto, as críticas não são exclusivas do momento pós--colonial. Elas sempre existiram, mas é evidente que, após o fim do domínio ultramarino, é possível ver este processo como um todo, dado o distanciamento temporal.

O panorama desenhado por Antero se iria repetir, com contornos distintos, no segundo quartel do século XX. Após o golpe militar de 1926, que decretou o fim da República democrática e parlamentarista em Portugal, o país viveria sob regime militar até o ano de 1932. No ano de 1928, o então professor da Universidade de Coimbra, Antonio de Oliveira Salazar foi convidado a assumir o Ministério das Finanças, ganhando notoriedade. A partir de 1933, com a aprovação

---

10 O *Ultimatum* britânico, de 1890, foi uma exigência do governo inglês para que Portugal retirasse suas tropas dos territórios entre Angola e Moçambique, espaços que Portugal reclamava com a intenção de ligar suas possessões do Atlântico ao Indico. A concessão de Portugal foi vista como humilhante. Além disso, Portugal se viu obrigado a ocupar de forma mais efetiva as suas colônias, já que correria o risco de perdê-las. Segundo Eduardo Lourenço: "O *Ultimatum* não foi apenas uma peripécia particularmente escandalosa das contradições do imperialismo europeu, foi o *traumatismo-resumo* de um século de existência nacional traumatizada" (2009, p. 30. Grifo do autor).

da nova Constituição, cria-se o Estado Novo, controlado por Salazar. Dentre as características do período, estão o culto à figura do ditador Salazar; a ausência de liberdade; a consequente criação de órgão de repressão e uma intensificação do nacionalismo exacerbado. Mais uma vez, os momentos grandiosos do passado histórico português são chamados à cena para fortalecer a ideia de Nação, como nos mostra o historiador Fernando Rosas:

> O Estado Novo surgia, assim, como a institucionalização do destino nacional, a materialização política no século XX de uma essencialidade histórica portuguesa mítica. Por isso, ele cumpria-se, não se discutia, discuti-lo era discutir a nação. O célebre *slogan* «Tudo pela Nação, nada contra a Nação» resume, no essencial, este mito providencialista. (ROSAS, 2001, p. 1034)

Com o Estado Novo, Portugal aumentou a sua ligação com o passado, fechando-se cada vez mais em relação aos outros países da Europa, mesmo aqueles que viviam igualmente em regimes totalitários como a Espanha, a Itália e a Alemanha.

Enquanto o período posterior à Segunda Guerra, entre 1946-1971[11], representava uma retomada econômica para a Europa, Portugal vivia um atraso cultural em virtude da política de censura do Estado Novo, que dificultava a entrada de livros, filmes e músicas de outros países. O controle do Estado chegava à imprensa e à televisão e, mesmo as correspondências e as ligações telefônicas podiam ser vigiadas. Com a desculpa da defesa da Nação, a opressão e a vigilância eram cada vez mais justificadas.

Utilizando o *slogan* supracitado, "Tudo pela Nação, nada contra a Nação", o fascismo salazarista passou a investir fortemente na

11 Cf. MAZRUI; WONDJI, 2010, p. 350-351.

manutenção dos seus territórios de além-mar, ou seja, nas colônias africanas. É importante ressaltar como a posse desses territórios significava muito mais do que a exploração de matérias-primas. Manter as colônias garantia a preservação do *status* de colonizador, posição de grande importância para a identidade portuguesa, desde o século XV. É o que o Ato Colonial promulgado pelo decreto 18570, de oito de julho de 1930: "É da essência orgânica da Nação Portuguesa desempenhar a função histórica de possuir e colonizar domínios ultramarinos e de civilizar populações indígenas" (*apud* ROSAS, *ibidem*) Dentre as medidas para a conservação desses espaços, o envio de portugueses foi intensificado após a segunda década de governação do Estado Novo:

> A estratégia adotada por Portugal caracterizava-se por reforçar a comunidade européia estabelecida em Angola e Moçambique. A cada ano, de 4.000 a 7.000 portugueses, em média, instalavam-se nas colónias. De 1940 a 1960, o número de colonos, em Angola e Moçambique, respectivamente passou de 44.000 para 250.000 e, de 27.000 para 130.000. (MAZRUI; WONDJI, 2010, p. 314)

No entanto, esse aumento considerável da população não significava, evidentemente, uma convivência pacífica entre colonizados e colonizadores, pois existiam políticas específicas para controlar o contato entre os dois lados, na tentativa de frear a miscigenação, especialmente em Angola[12]. Obviamente, esse controle, baseado muitas vezes no uso da violência, aumentou o sentimento de revolta do colonizado,

12 A esse respeito ver as políticas empregadas pelo Alto Comissário Norton de Matos, que pregava o total afastamento de colonizados e colonizadores: "Nessas terras de África, ao lado de elementos da imigração portuguesa, outros terão de viver e prosperar, sem se misturarem e fundirem, mas prestando-se o auxílio indispensável para os melhores resultados de uma civilização que a todos interessa." (MATOS *apud* MOURÃO, 1978, p. 19)

que passou a organizar sua resistência. As guerras, iniciadas em 1961, perdurariam por 14 anos, e o envio de homens para a África, inicialmente uma estratégia de ocupação, se transformou na perda constante de vidas.

As revoltas se organizavam dos dois lados, em Portugal e em África. Porém, o Estado Novo intensificava seus métodos de repressão, na metrópole e nas colônias. Embora as reivindicações não fossem necessariamente as mesmas, afinal nem sempre os que lutavam pelo fim da ditadura, lutavam pelas independências das colônias, as formas de deter as revoltas eram as mesmas: censura e violência. É necessário deixar claro que, em pleno século XX, os atos de violência contra os africanos, os colonizados, ainda se tratavam como algo natural, já que eles também ainda eram considerados uma "espécie" menos desenvolvida, incapaz de compreender sem o uso da força.

Em 1945, o Estado Novo cria a Polícia Internacional e de Defesa do Estado (PIDE), que durou até o ano de 1969, quando foi substituída pela Direcção-Geral de Segurança (DGS), extinta na altura da Revolução dos Cravos (25 de abril de 1974). A PIDE, criada inicialmente para atuar na metrópole, passa a exercer as suas atividades de controle também nas colônias, com o início dos movimentos de libertação. Dentre outras medidas, destaca-se a manutenção do Campo de Concentração do Tarrafal[13], em Cabo Verde, para onde foram enviados vários presos políticos, muitos deles representantes das elites intelectuais, como os escritores considerados terroristas.

Todas essas medidas mostram o empenho do Estado Novo para manter os seus territórios ultramarinos. No entanto, com uma guerra que se estendia cada vez mais, o constante envio de tropas para a África, e as consequentes mortes, começaram a causar descrédito

13 O Campo de Concentração do Tarrafal, em Cabo Verde, funcionou entre os anos de 1936 e 1954, como destino dos prisioneiros do Estado Novo, sendo reaberto em 1961, para receber os prisioneiros das colônias africanas.

nos planos do governo. O discurso propagado na Metrópole era o de que a guerra estava sempre por acabar, e o país sairia vencedor no seu propósito de manter a extensão do território português em África[14]. O passado conquistador e expansionista era constantemente utilizado para lembrar aos portugueses a sua identidade colonizadora e civilizadora, e o apelo aos sentimentos nacionais era a grande arma do regime. Voltando a Rosas:

> Neste contexto, sustenta-se a ideia de que o Estado Novo, à semelhança de outros regimes fascistas ou fascizantes da Europa, alimentou e procurou executar, a partir de órgãos do Estado especialmente criados para o efeito, um projecto totalizante de reeducação dos «espíritos», de criação de um novo tipo de portuguesas e de portugueses regenerados pelo ideário genuinamente nacional de que o regime se considerava portador. Ideal que, longe de se limitar a ser proclamado, ou de se restringir à formação do «escol», foi levado autoritariamente ao espaço e às sociabilidades privadas da massa, procurando modificar de raiz, e em extensão, os comportamentos, as atitudes e as condições sociais e mentais da sua gestação. (ROSAS, 2001, p. 1032)

14 A esse respeito, o documentário "As duas faces da guerra" (2007 – Coleção Documentários Portugueses), de Diana Andringa e Flora Gomes, sobre os conflitos na Guiné, mostra, ao mesmo tempo, a função da propaganda e o seu fracasso, pois o governo português convida uma equipe francesa de televisão para filmar o domínio sobre a situação de guerra, mas a equipe acaba por acompanhar a morte de vários soldados portugueses, na maioria, jovens de apenas 18 anos, que foram lançados ao desconhecido, assim como muitos o foram ao longo do século XVI, imbuídos da sua função civilizadora.

O panorama descrito pelo historiador evidencia a preocupação do Estado Novo em manter aquela imagem idílica, da qual falou Eduardo Lourenço. Assim como a perda em Alcácer Quibir[15] foi transformada, discursivamente, em promessa de futura grandiosidade, ganhar a guerra em África era mais uma etapa prevista pelos deuses para que o país cumprisse o seu destino de grande império. No entanto, os acontecimentos do último quartel do século XX viriam mostrar que o destino não seria tão doce, mas apresentaria um futuro de desencanto.

Com a Revolução dos Cravos e a consequente perda das colônias em 1975, Portugal se viu diante de um trágico retorno a si mesmo. Agora, sem os territórios ultramarinos, o país precisava reaprender a viver entre o mar e a Espanha, ocupando o pequeno espaço que lhe cabia e ainda cabe no continente europeu. A perda da África foi um momento traumático, em que se fez necessário reestruturar a própria imagem, pois o país perdeu importantes elementos que justificavam parte de sua tradição e identidade. A colonização ficou no passado, mas a sua herança não foi deixada simplesmente nas ex-colônias. Portugal é, sem dúvida, o império que mais sofreu as consequências do seu longo sistema colonial. Segundo Eduardo Lourenço:

> Treze anos de guerra colonial, derrocada abrupta desse império, pareciam acontecimentos destinados não só a criar na nossa consciência *um traumatismo profundo* – análogo ao da perda de independência – mas a um repensamento em pro-

15 A batalha de Alcacér Quibir ocorreu no norte do Marrocos em 1578, quando D. Sebastião se aliou ao sultão Mulay Mohammed contra o sultão Mulei Moluco. O confronto também ficou conhecido como "A Batalha dos Três Reis", pois D. Sebastião, Mulay Mohammed e Mulei Moluco morreram. O desaparecimento do monarca português, sem herdeiros, ditou o fim da Dinastia de Avis e "condenou" Portugal, pouco tempo depois, à perda de sua independência, durante 60 anos, com a União Ibérica, sob a Dinastia Filipina.

> fundidade da *totalidade da nossa imagem perante nós mesmos e no espelho do mundo.* Contudo, todos nós assistimos a este espectáculo surpreendente: nem uma nem outra coisa tiveram lugar. (LOURENÇO, 2009, p. 46. Grifos do autor).

A decadência apontada por Antero de Quental, existente desde o século XVII, mas sempre jogada para debaixo do tapete, aparece agora de forma irreversível, e o momento pós-colonial é exatamente o de rever o passado, não no sentido aplicado pelo Estado Novo, mas sim no de repensar todo o discurso histórico construído em torno da colonização. Por este motivo é que a aplicação das teorias pós-coloniais parece tão pertinente para que se pense no que aconteceu no espaço português, pois é preciso descentralizar as narrativas, para compreender que as glórias relatadas na história oficial, em muitos momentos, foram as responsáveis pelas derrotas do país.

Depois da queda do fascismo e do império pôde-se admitir que o país, apesar de sua tradição expansionista e conquistadora, já vivia, há algum tempo, em uma situação periférica com relação a outros países da Europa, principalmente a Inglaterra, para quem Portugal teve que abaixar a cabeça em vários momentos da sua história, como no caso do *Ultimatum*, de 1890. Boaventura de Sousa Santos apontou para a situação dúbia que o país viveu durante o período colonial, pois era império e periferia ao mesmo tempo:

> No caso de Portugal, a função de intermediação assentou durante cinco séculos no império colonial. Portugal era o centro em relação às suas colônias e a periferia em relação à Inglaterra. Em sentido menos técnico, pode dizer-se que durante muito tempo foi um país simultaneamente colonizador e colonizado. Em 25 de abril de 1974 Portugal era o país menos desenvolvido da Europa e ao mesmo tempo o detentor único do

> maior e mais duradouro império colonial europeu. (SANTOS, 2008, p. 64)

Ao analisar a história do antigo Império, da perspectiva pós-colonial, é possível perceber que a perda das colônias instaurou, definitivamente, o lugar de Portugal na periferia da Europa, pois, de acordo com Boaventura, o país sempre ocupou este espaço, mas as negociações de sentido, justificadas pela posse das colônias, permitia a manutenção do *status* de centro. Desse modo, Portugal viveu, ao longo de séculos, sob a égide de uma construção discursiva presa ao século XVI, que ressaltava a sua posição frente aos territórios subjugados, e se agarrava aos mitos que identificavam a trajetória sempre ascendente da nação.

O país que se acostumou com a alcunha de Império por longos cincos séculos, que expandiu sua língua e cultura por todos os continentes, não soube reconhecer o momento em que era necessário mudar o foco. O advento do Estado Novo trouxe, mais uma vez, a ideia de que era necessário manter os territórios ultramarinos a qualquer custo, pois disto dependia o orgulho português, como fica evidente nas palavras de Armindo Monteiro, ministro das colônias entre 1931 e 1935: "Portugal pode apenas ser uma Nação que possui colónias ou pode ser um império. Neste caso ele será a realidade espiritual de que as colónias sejam a concretização" (MONTEIRO *apud* ROSAS, 2001, p. 1035).

Ao assumir esta postura, e mantê-la por aproximadamente quatro décadas, o Estado Novo levou à estagnação da metrópole, voltada obsessivamente para a África. O seu desenvolvimento territorial europeu foi deixado em segundo plano, principalmente, no que diz respeito à produção industrial. Assim, o país se tornou tão dependente de investimentos estrangeiros, quanto as ex-colônias no momento pós-independência. Prova deste atraso é o "mito da ruralidade",[16] para

16 Fernando Rosas (2001) aponta a ênfase da propaganda do Estado Novo em sete mitos ideológicos fundadores: o mito palingenético, o mito central

usar uma categoria de Fernando Rosas. Segundo o historiador, ele é defendido pelo Estado Novo, ainda em 1953, nas seguintes palavras de Salazar: "aqueles que não se deixam obcecar pela miragem do enriquecimento indefinido, mas aspiram, acima de tudo, a uma vida que embora modesta seja suficiente, sã, presa à terra, não poderiam nunca seguir por caminhos em que a agricultura cedesse à indústria" (*apud* ROSAS, *ibidem*).

O mito da ruralidade destacado por Rosas é apenas um dos elementos que compõem a imagem de identidade única, homogênea, criada por Portugal. O momento pós-colonial evidenciará a existência de uma oposição identitária, resultante da revisão da seguinte equação: o português é um indivíduo branco, católico, colonizador por natureza. O último elemento já havia caído por terra, o país não era mais um colonizador. No entanto, a sua identidade imaginada permanecia intacta diante das provas de heterogeneidade que a sua própria história mostrava, por exemplo, na virada do século XV para o XVI (época da implementação do monopólio católico pelo monarca Dom Manuel I[17]) estima-se que, de 10 a 15% da população portuguesa, naquela época calculada em cerca de um milhão de habitantes, era formada por

---

da essência ontológica do regime, o mito imperial, o da ruralidade, o da pobreza honrada, o da ordem corporativa e, por fim, o mito da essência católica da identidade nacional.

17 Em dezembro de 1496, o monarca português decretaria um prazo de dez meses para que todos os mouros e judeus deixassem o reino, implementando o monopólio religioso em Portugal. Findo o prazo, ao invés de deixar os judeus partirem, batizou-o à força, transformando-os em cristãos-novos. Quarenta anos depois, em 1536, seria instaurado o Tribunal da Inquisição em Portugal, responsável por zelar pela pureza cristã, ameaçada, principalmente, pelos neoconversos, vistos como judaizantes em potencial. Sobre o processo de conversão forçada e monopólio católico em Portugal ver, dentre outros, NOVINSKY, Anita. *Cristãos novos na Bahia*. São Paulo: Perspectiva, 1972.

judeus, além de uma considerável parcela de povos árabes que permanecia na parte lusa da Ibéria. Esses sujeitos foram aos poucos sendo apagados da história portuguesa em prol de uma identidade fictícia, criada para reforçar os sentimentos de nacionalismo.

As mudanças começam após o processo de descolonização da África. O retorno não trouxe somente os soldados ou os portugueses colonizadores, mas também seus filhos, muitos mestiços, que nunca tinham colocado os pés na metrópole. Além disso, os africanos também puderam optar pela sua nacionalidade. Afinal, como colonizados, eram considerados oficialmente portugueses. Mas essas transformações também passam pela entrada, em grande escala, de africanos do norte, chineses e europeus do leste. Com toda essa circulação, é impossível manter o discurso da homogeneidade cultural.

A série de documentários *Portugal, um retrato social*, produzida pela rede de televisão portuguesa RTP, teve um episódio de sessenta e sete minutos, dirigido por António Barreto e Joana Pontes, intitulado "Nós e os outros – uma sociedade plural" (2007). Em pouco mais de uma hora, os diretores reconstroem a história de Portugal dos últimos sessenta anos, partindo do ideal do português lavrador (aquele que representa o mito da ruralidade, citado acima), passando pelos atrasos causados pelo Estado Novo, até chegar à condição atual de um país mestiço, onde cada vez mais a entrada de imigrantes interfere e transforma as tradições. O início do documentário mostra a típica imagem das vindimas e uma narração ao fundo evidencia a pluralidade dessa nova sociedade:

> 15 de setembro. Começaram as vindimas no Douro. Neste lugar, tal como se faz há séculos, pisam-se uvas. As vozes dos homens a marcar o passo. Cantam e falam numa língua longínqua. São ucranianos. [...] O que se vê hoje no Douro pode ver-se em todo o país. Falam-se várias línguas. [...] Praticam-se diferentes religiões. (BARRETO; PONTES, 2007)

Este pequeno trecho, que dá início ao vídeo, mostra claramente a influência externa em um elemento bastante representativo da cultura portuguesa, a preparação do vinho. Com a entrada cada vez maior de imigrantes, a sociedade portuguesa enfrenta hoje, não só problemas econômicos, mas, principalmente, o choque cultural existente entre a imagem criada ao longo de séculos e aquela apresentada pela realidade. Em muitos espaços de Lisboa, por exemplo, ouve-se de tudo, menos o português, sem falar nos imigrantes, que já possuem filhos e netos nascidos no país, e estão inseridos nas dinâmicas locais. O documentário supracitado ressalta que o país nunca conviveu com tantas pessoas que nasceram em outros países. Citando-o: "São mais de 100 mil brasileiros, 80 mil ucranianos, 60 mil cabo-verdianos, 30 mil angolanos, 20 mil guineenses, e o mesmo número de espanhóis e ingleses e chineses [...]". É bom alertar que, além dos números citados, o de imigrantes ilegais, na altura, chegava a 100 mil.

Esta é a nova face de Portugal, onde a diversidade se impõe, e o discurso de homogeneidade cultural precise ser revisto, especialmente diante do contexto de grave crise econômica que assola o país. Por isso, a proposta de descentralização das teorias pós-coloniais se aplica, de forma coerente, à análise do espaço português. Afinal, Portugal é exatamente o exemplo de descentralização do próprio centro. Colonizador e colonizado ao mesmo tempo, o país hoje se vê invadido pelo seu passado colonial, não por aquele grandioso, mas pela parcela da colonização que sempre quis manter dele afastada.

A imagem de colonizador ficou apenas no passado, nos relatos de viagens e nas grandes conquistas. O presente deixou apenas a face de um Portugal colonizado dentro da Europa. Para além de qualquer desgaste econômico, lidar com uma nova forma de pensar a identidade portuguesa no século XXI parece ser o grande desafio do país, desafio que depende também das influências externas. Como afirma Boaventura de Sousa Santos: "O que os portugueses são ou não são é cada vez mais o produto de uma negociação de sentido de âmbito transnacional" (2008, p. 58).

É evidente que as heranças coloniais, que hoje batem à porta do país, deixaram suas marcas mais profundas nas ex-colônias. Afinal, com a saída do colonizador, os antigos colonizados, agora livres, precisam reivindicar seu lugar na história, e até mesmo recontar os episódios manipulados discursivamente pelo opressor. Além disso, o momento pós-independência, aqui pensado em Angola e Moçambique, significa também o confronto com o espelho, a necessidade de lidar com a multiplicidade, parcialmente esquecida, durante a luta com o outro.

Angola e Moçambique e as novas formas de enfrentamento

> *Sem identidade, somos um objecto da história, um instrumento utilizado pelos outros: um utensílio.*
>
> Joseph Ki-Zerbo[18]

As palavras de Joseph Ki-Zerbo, importante historiador africano, nos mostra o cerne da questão pós-colonial para o seu continente: deixar de ser um objeto da história construída por outros e reafirmar a sua identidade, tanto internamente, quanto no contexto global. Ki-Zerbo compara a questão a uma peça de teatro (2006, p. 12), na qual a identidade corresponde ao papel assumido pela personagem. Portanto, as lutas de independência significavam, para os africanos, assumir os papeis principais, deixar de serem coadjuvantes em seu próprio palco.

---

18 KI-ZERBO, Joseph. *Para quando África?* Porto: Campos das Letras, 2006, p. 12.

O contexto, que leva ao início dos movimentos de independência das colônias portuguesas, está relacionado com a intensificação da presença do colonizador nas colônias, no início do século XX, e os consequentes mecanismos de repressão. Conforme já referenciado, é importante lembrar que a estrutura social foi modificada para receber os novos colonizadores e as estratégias contra a mestiçagem costumavam envolver violência. Além disso, essa colonização não significava o desenvolvimento do espaço colonial, funcionava apenas como estratégia de ocupação para que Portugal não viesse a perder seus territórios ultramarinos. Prova disso é o baixo nível de escolaridade dos portugueses enviados para África. Segundo o oitavo volume da *História Geral da África*, editado pela UNESCO:

> Angola e Moçambique assemelhavam- se, assim e de mais em mais, às colônias de povoamento implantadas na África do Sul e na Rodésia do Sul. As diferenças com estes países deviam- se a certas insuficiências de ordem histórica: falta de investimentos, administração colonial de fraco desempenho e dependência econômica relativamente aos capitalistas britânicos. Em sua grande maioria, os colonos eram camponeses iletrados ou proletários desempregados, os quais não primavam por qualquer abertura cultural, nem tampouco pela sua tolerância em relação às outras raças. O seu estabelecimento nas colônias traduziu-se, por conseguinte, em um agravamento do racismo e da exploração da mão de obra africana. (MAZRUI; WONDJI, 2010, p. 315)

A convivência imposta aliada a um sentimento anti-colonial despertado com o fim da Segunda Guerra Mundial, e propagado tanto pelos Estados Unidos, quanto pela União Soviética, deu início a vários movimentos de libertação.[19] Muitos africanos que puderam sair do continente, até mesmo em função da guerra, tomaram conhecimento da divulgação de novas ideias, dentre elas, a valorização da cultura negra, vinda principalmente de movimentos dos Estados Unidos. As independências da maioria das colônias francesas, concluídas no final da década de 50, e as teorias libertárias produzidas por africanos de língua francesa, como Frantz Fanon e Albert Memmi, por exemplo, serviriam de estímulo para o início da guerra em Angola e Moçambique, em 1961, e na Guiné, em 1963.

É necessário destacar que a luta pela independência não se dava somente pelo confronto armado, pela guerra. Para os africanos a total liberdade passava pela ressignificação de suas tradições, que sofreram tentativas de apagamento durante cinco séculos de opressão colonial. Como afirma Rui de Azevedo Teixeira: "Longamente degradado em *objecto*, o negro reconquista o seu brio ao tornar-se sujeito, ao responder à injustiça colonial de armas na mão; ao secular *estar* indigno e indignificante sucede um *ser* inteiro, orgulhoso" (TEIXEIRA, 2010, p. 12. Grifos do autor). Portanto, o início da luta deveria partir desse ponto, redescobrir o significado da própria cultura, reafirmar a própria identidade, desvinculá-la da figura do colonizador. A afirmação de si era o ponto de partida para a expulsão do outro. Mais uma vez as palavras de Ki-Zerbo nos mostram a importância da recuperação da história da África, a partir de elementos próprios:

> A investigação era um dos instrumentos da colonização, de tal forma que a investigação em história tinha decidido que não havia história afri-

19 É importante destacar o peso dos interesses externos na manutenção das colônias portuguesas, a despeito da propaganda anti-colonial. A presença de Portugal em África significava o acesso de outros países do centro, sem o compromisso da colonização, sem os seus gastos, sem a repressão de revoltas, ou seja, Portugal sustentava a exploração de outros.

> cana e que os africanos colonizados estavam pura e simplesmente condenados a endossar a história do colonizador. Foi por essa razão que dissemos que tínhamos de partir de nós próprios para chegar a nós próprios. Você sabe que procuramos novas fontes da história africana, nomeadamente a tradição oral. (KI-ZERBO, 2006, p. 15)

Nesse sentido, a data de início das lutas, no caso de Angola e Moçambique o ano de 1961, é o marco de um processo muito maior que começa no reconhecimento e na valorização das tradições, ou seja, não se trata apenas de confrontar o colonizador, mas também de recuperar tudo que fora desvalorizado pelo outro. Por isso, mesmo antes da guerra, é possível perceber a descentralização do discurso oficial português, o que nos indica a existência de elementos que compõem as teorias pós-coloniais, mesmo antes da descolonização.

Das guerras de independência, que duraram cerca de quatorze anos, não podemos destacar somente os conflitos e seus números de mortos, de ambos os lados. É necessário perceber que, paralelamente às ações armadas, muitas outras ações estavam sendo realizadas pelos colonizados. A violência, resposta necessária como já mostrara Fanon, não era a única manifestação de descontentamento por parte dos africanos, que também passaram a usar a palavra como arma de guerra.[20] Por isso, destaca-se o papel da literatura nesse período, que já

---

20 Lembremos aqui o texto de Manuel Rui "Eu e o outro - o invasor. Ou em poucas três linhas uma maneira de pensar o texto" (1985): "Mas agora sinto vontade de me apoderar do teu canhão, desmontá-lo peça a peça, refazê-lo e disparar não contra o teu texto não na intenção de o liquidar mas para exterminar dele a parte que me agride. Afinal assim identificando-me sempre eu, até posso ajudar-te à busca de uma identidade em que sejas tu quando eu te olho, em vez de seres o outro". (*In:* MEDINA, 1987, p. 309).

apontava para questões que posteriormente seriam classificadas como pós-coloniais.

No entanto, os africanos precisavam enfrentar inimigos muitos maiores que o colonizador português, inimigos disfarçados em aliados. Afinal, as guerras de independência, e posteriores guerras civis, foram alimentadas por interesses externos, principalmente pelo contexto de guerra fria, que dividiu o mundo em dois blocos políticos. Portanto, as independências faziam parte de planos mais amplos. A saída da condição colonial significou, por tudo isso, a entrada instantânea no neocolonial e as independências não significaram a liberdade. As antigas colônias não tinham estrutura para seguir em frente, principalmente depois de tantos anos de guerra. A dependência do exterior, de uma série de setores, deixou os novos países reféns e sem muitas condições de negociação. No entanto, a expulsão do colonizador significa claramente um caminhar dos africanos em direção a si mesmos. Mas o caminho ainda é muito longo e as barreiras são enormes, pois se trata de construir uma nação a partir de bases frágeis. Como aponta Fanon:

> A independência certamente trouxe aos homens colonizados a reparação moral e consagrou a sua dignidade. Mas eles ainda não tiveram tempo de elaborar uma sociedade, de construir e afirmar valores. A lareira incandescente onde o cidadão e o homem se desenvolvem e enriquecem em domínios cada vez mais amplos ainda não existe. Colocados numa espécie de indeterminação, esses homens se persuadem com bastante facilidade de que tudo vai ser decidido noutra parte, para todo o mundo, ao mesmo tempo. Quanto aos dirigentes, em face desta conjuntura, hesitam e escolhem o neutralismo. (FANON, 1968, p.63)

Fanon declara abertamente, com isso, o despreparo dos novos líderes diante das independências de seus países. Com a liberdade, o africano recupera o seu lugar de sujeito na história, mas apenas de forma temporária, porque, apesar de livres do poder do colonizador português, no caso, não se conseguem libertar completamente de outras formas de dominação. O fato é que muitos países do centro foram beneficiados com as independências, muito mais do que as próprias ex-colônias.

Esse contexto se deve, parcialmente, à herança colonial deixada pelos portugueses. Diante do baixo desenvolvimento e da constante exploração do sistema colonial, em que era possível encontrar africanos em regime de trabalho escravo em pleno século XX, uma parcela muito pequena dos colonizados conseguiu alcançar algum *status* social referente à educação. Apenas uns poucos, que puderam sair do país, conseguiram estudar. Os que permaneciam nas colônias eram instruídos apenas para servir ao colonizador e, não, para auxiliar na evolução do espaço colonial[21]. Portanto, uma das heranças deixadas por Portugal foi o baixo, ou quase nulo, nível de escolaridade entre os colonizados, o que afeta diretamente a construção das novas nações, já que há de falta mão de obra qualificada e alguns setores, como o industrial, são inexistentes.

Portanto, o período pós-colonial, em termos históricos restritos, pois a descolonização se consolidara, foi o momento de iniciar o conserto da casa. No entanto, foram cinco séculos de constantes avarias e as ferramentas para que o recomeço fosse possível, obviamente,

21 As políticas do Alto Comissário Norton de Matos, aplicadas em Angola, previam instruções básicas para que os colonizados fossem capazes de servir aos colonizadores. Esta era a única instrução permitida, já que o desenvolvimento intelectual do colonizado significava uma forma de dar armas ao inimigo, como foi possível verificar posteriormente com a geração da Casa dos Estudantes do Império, espaço propício para o fervilhar de ideias nacionalistas.

não foram fornecidas pela metrópole, que não sabia como consertar a sua própria casa. Assim, Portugal deixa como herança um panorama de famílias destruídas ao longo da guerra, analfabetismo, atraso econômico, sem falar nos olhos famintos das grandes potências direcionados para as riquezas que Portugal não soube explorar.

Nesse sentido, a herança portuguesa é muito mais profunda do que a deixada por outros impérios coloniais, pois a sua incapacidade de governabilidade, evidente na própria metrópole, abriu caminho para que outros países avançassem sobre as ex-colônias. Logo, o processo de descolonização, após o fim da guerra, se deu de forma abrupta. Portugal simplesmente retirou suas tropas, recolheu os seus restos de colonizador, entregou um destino incerto nas mãos dos seus ex-subjugados e deixou as novas Nações em uma situação de vulnerabilidade, diante da perigosa combinação entre a dependência de produtos industrializados, por exemplo, e o interesse das grandes potências. Como afirma Boaventura de Sousa Santos, a situação periférica de Portugal em um contexto global, fez com que suas ex-colônias ficassem entregues a condições neocolonialistas vindas de todas as direções:

> É verdade que o Portugal revolucionário não pôde ou não quis controlar o processo da independência como o fizeram as potências coloniais centrais, mas é também duvidoso que o pudesse controlar mesmo que o quisesse. O seu caráter semiperiférico inviabilizava à partida a manutenção de laços neocolonialistas. Foi talvez por isso que este país, com forte passado autoritário, esteve envolvido na criação dos Estados mais progressistas de África do pós-guerra, frutos de uma descolonização sem ônus neocolonialistas. Acontece, porém, que este sinal de força foi também um sinal de fraqueza que impediu Portugal de proteger as suas ex-colónias da competição

> feroz entre os países centrais e entre os blocos de Leste e Oeste num continente que não tinha sido partilhado em Yalta. A ausência de um neocolonialismo hegemônico português abriu o passo para uma luta aberta entre vários neocolonialismos que levou os dois maiores países africanos (Angola e Moçambique) à guerra e à ruína. (SANTOS, 2008, p. 150)

Esta análise de Boaventura de Sousa Santos facilita a compreensão do que se passou nos momentos seguintes às independências, principalmente no que se refere ao papel exercido pelos Estados Unidos e pela União Soviética nas guerras civis em Moçambique e Angola, países apontados pelo sociólogo e que interessam mais diretamente a esta tese.

Com as independências reconhecidas, a de Moçambique em 25 de junho de 1975, sob o governo de Samora Machel (FRELIMO – Frente de Libertação de Moçambique), e a de Angola em 11 de novembro do mesmo ano, sob o governo de Agostinho Neto (MPLA – Movimento Popular de Libertação de Angola), não demorou para que ambos os países tivessem de se confrontar com seus problemas internos. Agora, sem a figura do colonizador, o lugar do temido "outro" é ocupado pelos mesmos antigos colonizados, situação que já podia ser verificada mesmo durante as guerras de libertação, já que os países possuem movimentos contrários, que tinham em comum apenas a luta contra o colonizador, mas que agiam de formas distintas e pensavam o futuro do país de modo diferente em termos ideológicos.

Em Moçambique, a guerra civil durou de 1976 a 1992. Durante este período, o exército do país, comandado pela Frente de Libertação de Moçambique, movimento responsável pela independência, esteve em confronto com a Resistência Nacional Moçambicana (RENAMO). A constituição de 1990 introduziu o sistema multipartidário no país, mas a paz só foi selada em 1992, e as primeiras eleições realizadas em 1994, quando a FRELIMO manteve o seu poder.

Já em Angola, o período de guerra civil é bem mais longo, durando de 1976 a 2002, tendo como seus principais agentes o Movimento Popular de Libertação de Angola (MPLA) e a União Nacional para a Independência Total de Angola (UNITA). Após um breve período de paz, entre 1991 e 1992, a guerra recomeçou, já que a UNITA não aceitou o resultado das eleições realizadas em setembro de 1992. A guerra só teve seu fim com a morte de Jonas Savimbi, líder da UNITA.

É preciso lembrar que o contexto de guerra fria alimentou esses conflitos, disfarçados de lutas tribais. Enquanto se vendia para o mundo a ideia de que os africanos eram incapazes de viver de forma civilizada, e que os conflitos civis eram resultantes das diferenças entre as etnias locais, os movimentos nacionais estavam, na verdade, sendo guiados pelos interesses dos Estados Unidos e da União Soviética como atrás já apontado. Em Moçambique, os Estados Unidos apoiavam a RENAMO, enquanto a União Soviética o fazia com relação à FRELIMO. Em Angola, a situação repetia-se, Estados Unidos ao lado da UNITA, e a União Soviética, do MPLA.

Portanto, a independência política desses países estava muito distante da liberdade sonhada ao longo das guerras de libertação. A passagem do momento de euforia, pela expulsão do colonizador, para o desencanto despertado pelas guerras civis, causa um novo trauma para as novas nações. Os líderes, que levaram o povo à liberdade, começam a despertar desconfianças, pois as constantes interferências exteriores levantam suspeitas de que os países não se livraram do colonizador, mas que este apenas foi trocado. Como ressalta Fanon,

> Antes da independência, o líder personifica em geral as aspirações do povo: independência, liberdade política, dignidade nacional. Mas, logo após a independência de encarnar concretamente as necessidades do povo, longe de se tornar o

> promotor da dignidade real do povo, aquela que abrange o pão, a terra e reposição do país nas mãos sagradas do povo, o líder vai revelar sua função íntima: ser o presidente geral da sociedade de especuladores ávidos de lucro que constitui a burguesia nacional. (FANON, 1968, p. 137)

Nesse sentido, a situação parece agravar-se, pois, se durante as guerras de independência se propagou a ideia de que o colonizador era o grande causador de todos os males de Angola e de Moçambique (o que em grande parte é verdade), não havia como explicar que, após a sua expulsão, os conflitos se mantenham. A confluência entre a herança deixada por Portugal, os interesses das potências internacionais, e o descaso e a corrupção de dirigentes locais levaram ao colapso do pós-colonial, que de "pós" só possui, de fato, a data marcada no calendário.

Como nos diz Mia Couto, em seu livro *Pensatempos*, o momento das independências não significa o início do momento pós-colonial, mas, sim, uma transformação no sistema colonial que agora possui, de forma mais clara (já que isso também acontecia durante a dominação portuguesa), a atuação de seus agentes internos: "O colonialismo não morreu com as independências. Mudou de turno e de executores. O actual colonialismo dispensa colonos e tornou-se indígena nos nossos territórios. Não só se naturalizou como passou a ser co-gerido numa parceria entre ex-colonizadores e ex-colonizados." (COUTO, 2005, p. 11).

Desse modo, a principal barreira do colonizado se modifica e é ampliada. O que inicialmente parecia poder ser resolvido com a expulsão dos colonizadores portugueses, do outro, se transforma no grande pesadelo das ex-colônias: perceber que o inimigo também pode estar dentro do seu próprio território, aliando-se ao outro, defendendo somente os seus próprios interesses.

Assim, o pós-colonial não pode ser lido apenas como o momento posterior às independências. Como vimos no início deste capítulo, ele significa a revisão de todo o momento colonial, seus cincos séculos passados, a sua situação no presente e todas as implicações futuras. Portanto, o trabalho de reflexão exige que se compreenda o sistema colonial como um todo, suas implicações econômicas, políticas e culturais, o que não será feito de forma rápida ao incluirmos apenas um prefixo de temporalidade. Como bem nos mostra Mia Couto, uma outra vez, os materiais encontrados no pós-independência não parecem ser para uso imediato e a história da África é muito mais complexa do que interessa ao panorama internacional mostrar, pois, segundo ele, como moçambicano,

> O tempo trabalhou a nossa alma colectiva por via de três materiais: o passado, o presente e o futuro. Nenhum desses materiais parece estar feito para uso imediato. O passado foi mal embalado e chega-nos deformado, carregado de mitos e preconceitos. O presente vem vestido de roupa emprestada. E o futuro foi encomendado por interesses que nos são alheios. (*idem*, p. 10)

Diante das reflexões apresentadas por Mia Couto, retornamos à epígrafe de Joseph Ki-Zerbo: sem identidade, o indivíduo transforma-se em objeto, representa apenas um papel de figurante, de alguém que atua para engrandecer a personagem principal. Por este motivo, a descolonização, geradora de um histórico pós-colonial, precisa ser analisadas com cautela. Não há dúvida de que os espaços de discussão foram ampliados, que encontramos hoje uma história produzida dentro da África, levando em consideração elementos culturais que foram anulados durante a opressão colonial. No entanto, cinco séculos de história construída de forma oficial pelo centro deixam suas marcas, que não são apenas discursivas. A história criada pelo centro também inventou o lugar de destino da África nas relações internacionais, lugar que continua a estar longe das decisões centrais, mesmo vivenciando o período pós-colonial.

II

As naus: o retorno do indesejado

[...] os mortos da guerra que não se deixam enterrar, são uma parte de um todo maior, uma sinédoque denegada de um corpo biológico problematicamente reconduzível a um corpo político: o cadáver de Portugal.

Roberto Vecchi[1]

O processo histórico vivenciado por Portugal a partir da década de 30 do século XX – já apresentado no primeiro capítulo desta tese –, que culminou nos treze anos de guerra colonial (1961-1974), na Revolução dos Cravos (1974) e, por fim, nas independências das colônias africanas (1975), deixou marcas profundas na sociedade portuguesa atual, marcas estas que, lentamente, têm ocupado grande espaço em diversas áreas do campo acadêmico, especialmente, no das ciências humanas.

O interesse atual pelas temáticas que rondam o contexto do Estado Novo português pode facilmente ser identificado pela quanti-

1 Roberto Vecchi. *Excepção atlântica. Pensar a literatura da guerra colonial.* Porto: Edições Afrontamento, 2010, p. 35.

dade de produção bibliográfica sobre o tema encontrada nas livrarias de Portugal. No entanto, este despertar também evidencia aproximadamente quarenta anos de "descaso" (talvez "esquecimento" ou "silenciamento" fossem as palavras corretas) sobre o assunto, e muitos dos trabalhos desenvolvidos hoje destacam esse silêncio que se seguiu após o 25 de abril de 1974, quando se abre um novo panorama para Portugal. Novo, porém árduo. Reconhecer a derrota era muito mais do que perder as colônias; significava reconstruir o mito sobre o qual se baseou toda a história do país. E diante desse novo contexto, a literatura ganha destaque, já que a censura não está mais presente a silenciar as vozes.

Para a literatura, aquele período significava, mais uma vez, como em tantos outros na história, assumir o papel de aproximar-se do real para que as atrocidades pudessem ser contadas e conhecidas. A dificuldade, no entanto, era estabelecer a que gênero se enquadraria este tipo de produção literária. Afinal, o caráter testemunhal era predominante, como os casos de Manuel Alegre, José Bação Leal e Lídia Jorge que, apesar de possuírem experiências bastante distintas – o primeiro, desertor e depois exilado; o segundo, soldado "transformado" em poeta; e a terceira, representando um grupo vasto de mulheres que acompanhavam seus maridos na guerra – exemplificam como o momento da escrita passou a ser uma catarse, uma tentativa de compreender aquele passado recente e, finalmente, enterrar seus mortos. A observação de Roberto Vecchi dão a exata noção do papel desempenhado pela literatura a partir do momento em que se vence o salazarismo e se instauram as liberdades civis no país. A retomada do poder da fala, do poder de ser sujeito da sua própria história explode nas páginas, agora livres da censura, segundo o ensaísta:

> A prática da literatura como anamnésia nacional – no sentido próprio de "recordação", mas também na especialização médica do significado – surge copiosamente das estações de reabertura

> política, restabelecimento das liberdades civis, com a explosão da subjectividade da recordação, a necessidade premente de reler o passado imediato, não tanto – ou não apenas – para procurar informações inéditas, visto que directa ou indirectamente os acontecimentos eram de qualquer modo conhecidos, mas para readquirir subjectividade, a protagonização de escrever ou ler em primeira pessoa a história interdita, recuperar o direito de comunicar a memória e a experiência, também singular. (VECCHI, 2010, p. 60)

É nesse contexto de recomposição que surge a obra de António Lobo Antunes. "A explosão da subjectividade da recordação", como destaca Roberto Vecchi, pode ser vista em diversos romances do autor e, em especial, nos três primeiros, *Memória de Elefante* (1979), *Os cus de Judas* (1979) e *Conhecimento do Inferno* (1981), que apresentam um forte cunho autobiográfico, ao trazerem à cena da ficção, elementos da vivência de Lobo Antunes como médico na guerra em Angola, entre os anos de 1971 e 1973. A trajetória pessoal do escritor justifica o conhecimento que o autor possui sobre o espaço do qual fala e de onde fala. A viagem, as cartas, os meses sem notícias da família e, finalmente, o retorno são momentos que fizeram parte da sua história pessoal e o ajudam a compor a sua ficção. Por este motivo, as imagens e personagens construídas por Lobo Antunes possuem o exato desencanto que emoldura o retrato do período vivenciado de perto pelo escritor. "Lobo Antunes descreve a nação, de que os soldados são espelho, não só como um corpo doente, mas como um espírito esgotado e bloqueado [...]" (RIBEIRO, 2004, p. 261).

Tal esgotamento e bloqueio também podem ser evidenciados, muito antes da publicação dos romances do escritor, nas cartas enviadas a sua mulher durante o período em que esteve em Angola, cartas publicadas em 2005, em livro organizado por suas filhas, *D´este viver aqui neste papel descripto* – cartas de guerra. Um exemplo da angústia vivenciada pelo escritor igualmente pode ser visto na estrofe de um poema escrito em 1972, e enviado a sua esposa em uma dessas cartas (2005, p. 374):

> Vi como os navios morrem, como morrem as casas,
> como morre a memória, o passado e o futuro,
> como o silêncio morre e como, lentamente,
> vou morrendo com ele e com a minha vida ao ombro.

A morte, presente na metade das estrofes do poema, também é uma imagem constante na obra de Lobo Antunes. Não somente as mortes efetivas resultantes de uma guerra, mas, principalmente, as mortes metafóricas – as individuais, que indicam os traumas decorrentes dos conflitos, e também as coletivas, referentes à situação do país no momento pós-revolução. Como afirma Eduardo Lourenço: "Esta conjunção de um complexo de inferioridade e superioridade nunca foi despoletada como conviria ao longo da nossa vida histórica e, por isso, misteriosamente nos corrói como raiz que é da relação *irrealista* que mantemos conosco mesmos". (LOURENÇO, 2009, p. 25)

Portanto, diferente do sentimento de esperança, que deveria surgir com o fim da ditadura e das guerras em África, as narrativas de Lobo Antunes darão continuidade a essa sensação de morte que ocupa a estrofe do poema. A corrosão apontada por Eduardo Lourenço preencherá os seus romances, não apenas aqueles que apresentam um viés autobiográfico, já que o sentimento de desencanto é compartilhado com o país. Por isso, é fácil perceber que as obras trazem uma visão de mundo carregada, ora de decepção, ora de indiferença, representadas por elementos destacados por Maria Alzira Seixo, tais como:

> a atmosfera deceptiva [...] – seja pelo carácter trágico, e tantas vezes sórdido, da intriga, seja

> pela atitude quase sempre indiferente, ou mesmo negativa, das personagens, seja ainda pelo disfemismo estilístico que preenche grande parte do seu discurso, patente no modo como o narrador descreve seres, paisagens, ambientes ou situações, ao salientar frequentemente neles o lado desagradável e chocante, o pormenor feio e enxovalhado, os aspectos deteriorados e mesquinhos, com uma crueza manifesta que tinge o fio condutor da sua visão do mundo e da vida. (SEIXO, 2002, p. 167)

Os sentimentos evidenciados por Maria Alzira Seixo aparecerão em toda a obra do autor. O pessimismo diante do presente e do futuro é fruto dos anos de opressão do Estado Novo e, principalmente, dos treze anos de guerra em África, e ganha destaque nos romances não apenas pelos fatos narrados, mas também pelo trabalho com a linguagem crua utilizada pelo autor, que move o leitor através do choque, além de "deslinearizar" categorias como tempo, espaço e vozes narrativas. O desajuste diante do mundo é evidenciado para além dos dramas pessoais das personagens, destacando-se no tempo que flutua entre presente e passado; no espaço que se desloca de Portugal para a África e nas vozes que se confundem diante dos absurdos a relatar. Em suma, o desajuste é, mais que tudo, apresentado pela fragmentação da narrativa, como aponta Ana Paula Arnaut:

> (...) à medida que os romances vão ganhando vozes, ou melhor, à medida que vão sendo concedidas vozes às personagens do mundo ficcional – cada uma delas recuperando parcelas de tempos-vivências próprios ou de outrem –, a narrativa torna-se progressivamente mais fragmentária e, por consequência, mais desordenada, mais confusa. A questão essencial é que a ficção

> de António Lobo Antunes, confluindo embora para o desenovelamento de uma ação específica num lapso de tempo mais ou menos alargado (ou que se vai dilatando cada vez mais), vive muito de movimentos retrospectivos e laterais, de olhares que se estendem para trás e para os lados, e que são, sem dúvida, indispensáveis a uma melhor compreensão do mundo e das personagens do romance. (ARNAUT, 2009, p. 32)

É no sétimo romance do escritor, *As naus* (1988), objeto deste texto, que este tempo alargado ganha proporções maiores e coletivas. Utilizando ainda o fragmento do poema escrito em 1972, podemos afirmar que, nesta obra, Lobo Antunes assinala "como morre a memória, o passado e o futuro" ao entrecruzar a história mítica portuguesa e o seu momento contemporâneo de relutância diante da decadência. Em *As naus*, a memória coletiva das grandes navegações morre, levando consigo o passado de glórias, muitas delas forjadas, e morrem também as perspectivas de futuro, diante de um cadáver maior, que insiste em não reconhecer o seu estado de decomposição.

Desse modo, o romance apresenta um estágio diferente daquele vivido pela sociedade portuguesa, pois, como ressalta Roberto Vecchi, citado na epígrafe, e que retomamos, os mortos da guerra dão a exata noção de uma história que ainda não fechou o seu ciclo, pois representam também a morte de um corpo maior – a história de 500 anos do Portugal imperial. Portanto, vão além da imagem de corpos produzidos por uma guerra. Como o próprio autor afirma, "são uma parte de um todo maior", já que representam várias pequenas mortes, individuais e coletivas, que apontam para a morte de um passado que os homens relutam em enterrar. Um passado-presente decadente que carrega consigo os fantasmas de uma história construída de acordo com a seguinte regra: "exaltar as vitórias e esquecer as derrotas". Tal regra levou o país a uma situação limite: a dos mortos não enterrados e a do luto por fazer, como afirma também Roberto Vecchi ao dizer: "Os fantasmas indicam um luto por fazer, um trabalho que falta, para identificar os restos, dar-lhes um nome, e localizar os mortos" (2010, p. 47).

Esse trabalho de identificação dos restos, no que se refere à guerra colonial, passa por um longo processo de recuperação de vozes, de saída do silêncio e enfrentamento do medo incutido pelo regime salazarista. Logo, realizar o luto necessário significa lidar com o novo contexto de liberdade iniciada após a Revolução dos Cravos, quando é preciso reapreender a falar. No entanto, décadas depois, é possível perceber que essa reaprendizagem não se deu de forma rápida, pois traumas causados pelo regime ainda permanecem em alguns segmentos da sociedade portuguesa, como se dá com o medo, talvez o maior deles, como já afirmou o filósofo José Gil em *Portugal hoje: o medo de existir*, publicado inicialmente em 2004:[2] "Hoje, trinta anos depois do fim do regime do medo, convivemos ainda com ele. A sociedade portuguesa, os portugueses não perderam o medo, ainda que (ou talvez por isso) as novas gerações pouco saibam do passado salazarista." (2008, p. 68).

O regime que construiu suas bases através da exaltação da história imperial conseguiu manter suas rédeas, utilizando a omissão dos dados reais como forma de controle. A censura, elemento essencial em qualquer regime totalitário, atuou fortemente na política do medo, eliminando do espaço da metrópole suas reais condições, concentrando nas mãos do governo os destinos do povo, manipulando as consciências. Mais uma vez, José Gil esclarece a situação desse período: "[...] no tempo de Salazar 'nada acontecia' por excelência. Atolada num mal difuso e omnipresente, a existência individual não chegava sequer a vir à tona da vida." (*idem*, p. 16).

---

2 Aqui, utilizamos a 12ª edição, publicada em 2008.

Com o início da guerra em Angola, em 1961, a necessidade de silenciamento era cada vez maior. Afinal o governo defendia veementemente a manutenção dos seus territórios ultramarinos e considerava os conflitos como uma questão de rotina administrativa. No entanto, "de 1958 a 1973, o Ministério do Ultramar despendeu perto de 203 000 contos com o embarque de metropolitanos que se foram fixar nas províncias ultramarinas" (CASTELO, 2007, p. 213), o que demonstra a necessidade de continuar o povoamento dos territórios em África e a preocupação com a resistência que se apresentava no ultramar.

Desse modo, as poucas notícias que chegavam à metrópole eram devidamente manipuladas, reforçando o caráter imperial da nação, como já afirmara o Acto Colonial de 1933 – "É da essência orgânica da Nação Portuguesa desempenhar a função histórica de possuir e colonizar domínios ultramarinos e de civilizar as populações indígenas que neles se compreendam [...]" (Diário do Governo, 1933, nº 83, p. 650) –, e invocava Salazar em seus discursos – "O conceito de nação é inseparável, no caso português, da noção de missão civilizadora" (SALAZAR, 1963, p. 4). Menosprezava-se, em todos os sentidos, o significado real dos movimentos independentistas africanos. Vale resgatar a análise feita por Margarida Calafate Ribeiro, sobre a figura de Salazar e a "mística imperial" por ele recriada:

> Com uma opinião pública desinformada e controlada, distante dos problemas africanos, mas educada numa intensa mística imperial, foi possível ao regime adicionar, à tradicional mitificação da acção colonizadora portuguesa, a mitificação das próprias Forças Armadas e da sua acção, a que não faltava o apoio efectivo da Igreja, legitimando assim a posição de Salazar, celebrizada na frase "Para Angola rapidamente e em força" e, com ela, a inevitabilidade do conflito armado. Por detrás desta decisão de força esta-

> va um homem prepotente, que viu o seu poder abalado pela sequência de episódios que neste mesmo ano o desestabilizaram, denunciando a quebra da hegemonia política do seu regime. (RIBEIRO, 2004, p. 174-175)

A prepotência de Salazar conseguiu manter afastadas do regime, por muito tempo, variadas situações de descontentamento, sejam as internas, mais ligadas às ideias de esquerda e às claras oposições ao regime ditatorial que obscurecia Portugal, sejam as externas, relativas aos territórios ultramarinos e sua cada vez mais constante reivindicação por liberdade. As medidas do regime são hoje de fácil conhecimento, pois também fazem parte do *boom* de publicações acadêmicas e jornalísticas. As prisões, as torturas efetuadas pela PIDE, o exílio dos que incomodavam o pensamento dominante, tais situações, protegidas da opinião pública, perpetuavam o sentimento de ser Salazar o grande guia de um Portugal vitorioso, caminhando para o futuro sem desligar-se da sua tradição e do seu passado de glórias.

O famoso discurso de Salazar, de 28 de maio de 1936 – "Não discutimos Deus e a virtude; não discutimos a Pátria e a sua História; não discutimos a autoridade e o seu prestígio; não discutimos a família e a sua moral; não discutimos a glória do trabalho e o seu dever"[3] –, dá mostras da prepotência apontada por Margarida Calafate Ribeiro, e das estratégias de silenciamento da política do Estado Novo (similares às de outros contextos ditatoriais), que anularam a vitalidade do espaço público português, e que ficam evidentes, na frase do ditador, na imposição repetitiva da palavra "Não". Portanto, a nova palavra de ordem era exatamente aquela que anulava qualquer movimento. A situação de isolamento do país no contexto europeu, principalmente no

---

3 A íntegra do discurso está disponível no documentário "Deus, Pátria, Autoridade. Cenas da vida portuguesa (1910- 1974)", de Rui Simões, produzido em 1975 pela RTP.

que dizia respeito à circulação de bens culturais, repetia-se no interior do território e a censura mantinha-se com olhos atentos a permitir somente a produção daquilo que fosse elogioso ao regime ou que demonstrasse total alienação do verdadeiro contexto político.

Nesse sentido, a análise de José Gil é de extrema importância, pois, além de traduzir, de forma esclarecedora, o que ocorria com o espaço público português durante o Estado Novo, consegue transmitir a sensação de sufocamento vivenciado no país. Para o filósofo, tal sensação ainda se faz presente na sociedade lusitana atual, representada pelo medo de um passado ainda não inscrito historicamente. A citação seguinte é longa, mas resume de maneira precisa os sentimentos em questão:

> Consideremos uma realidade mal definida a que se acordou chamar "espaço público". Durante o salazarismo, foi reduzido ao mínimo, mutilado, até acabar por desaparecer sob os golpes da censura e dos interditos à liberdade de expressão e de associação. Foi engolido pela ditadura, que mantinha uma fachada caricatural de liberdades públicas, através dos jornais e da rádio censuradas, da propaganda pró-situacionista e nacionalista não muito agressiva – diferente da do nazismo e da do fascismo italiano – criando um clima de anestesia e de obediência generalizadas. O espaço de expressão, das trocas livres de ideias, fechou-se e extinguiu-se, dentro do país e nas relações com o estrangeiro. O que ainda se podia fazer no domínio das artes, do pensamento criativo em todas as áreas, foi cortado cerce – e nesses anos sinistros, os que pretendiam produzir livremente voltavam-se para dentro de si, ou funcionavam em pequenos grupos rebeldes, sempre inquinados, envenenados pelo medo, pela claustrofobia e

> o sufoco, enfim, por esse mal difuso, essa doença da vida, invisível e indefinível que atacava as existências impedindo-as de crescer e de se expandir. (GIL, 2008, p. 23)

Este espaço de expressão fechado, como aponta José Gil, que criou grupos isolados, conseguiu manter uma produção cultural, mesmo que discreta. Esses "grupos rebeldes" deram continuidade às opiniões já presentes no século XIX, divulgadas pela Geração de 70, por exemplo, através das figuras de Antero de Quental, Eça de Queiróz e Oliveira Martins. Opiniões que criticavam o apelo ao passado histórico e a persistência em manter os territórios em África, mesmo quando estes significavam mais despesas do que lucros.

Portanto, apesar da repressão e da censura, é possível reconhecer o trabalho de jovens que, através da arte, fizeram valer as vozes contra o regime. Margarida Calafate Ribeiro elenca vários nomes que, durante as décadas de 50 e 60, principalmente, mas também outros que já apareciam antes, como Joaquim Namorado em seu *Aviso à Navegação*, de 1941 e que não mediam as palavras para criticar o contexto português. Autores como Pedro Nunes, Miguel Torga, Carlos de Oliveira, Sophia de Mello Breyner Andresen, Jorge de Sena, entre outros, são citados pela pesquisadora portuguesa (2004, p. 167-174) como aqueles que levantaram a ideia de "esvaziamento do país", ressaltando a crise dos espaços "político, económico, geográfico, histórico e de imaginário [...]" (*idem*, p. 169) que davam contorno à situação de Portugal.

No entanto, com as guerras, duas questões se colocam com relação ao silenciamento: primeiro, o que era de fato essa África e, segundo, o que estava acontecendo por lá. Mais uma vez, a força do regime salazarista agia de forma a aniquilar o pensamento crítico da população. Logo, a África continuaria a ser retratada como um espaço exótico, onde a população não só necessitava, mas clamava, pela ação civilizadora dos portugueses. Porém, um movimento contrário, também através da literatura, mas principalmente através da escrita pessoal, permite que parte da metrópole tenha alguma noção do que significava o conflito nos territórios ultramarinos:

> Foi portanto a partir de 1961 que a metrópole começou a pensar sobre o que estaria a acontecer em África e a ter notícias do que lá se passava. Foi a partir de 1961 que o império começou a "escrever à metrópole", não apenas pela mão de escritores "oficiais", nem pela dos escritores africanos comprometidos na luta de libertação que já antes o faziam, apesar de consideravelmente censurados, mas pela mão dos metropolitanos que iam para África, para a guerra, e que através de suas cartas, poesias ou outros textos foram começando a levantar o véu sobre a ficção a que nossa condição duplamente periférica – da Europa e do próprio império – nos tinha conduzido. (*idem*, p. 176)

Assim, o início das guerras marca a entrada de um novo campo semântico nas produções literárias, como as do grupo *Poesia 61*, formado, entre outros, por Maria Teresa Horta e Luiza Neto Jorge. Para além das contestações sobre a visão de Portugal como império, que já vinham de longa data, os textos, poemas, crônicas, traziam agora, aliados à imagem do mar e suas embarcações, soldados, fardas, sangue, cadáveres, etc. A África passava a dividir com o regime salazarista o sentimento de medo no imaginário português. Apesar da existência inegável dessas produções, é importante não perder de vista as considerações, já citadas, de José Gil sobre o espaço público português durante o Estado Novo. Logo, a parcela da população que tinha, de fato, contato com esses poemas, por exemplo, era muito pequena, constituindo, como chamou o filósofo, os "grupos rebeldes".

Com o fim da guerra, as publicações de Lobo Antunes, que começam já em 1979, indicam a saída desse processo de silenciamento vivenciado durante os anos do Estado Novo. Por mais que, para a sociedade portuguesa, a temática da guerra colonial e suas consequências, ainda seja um tabu, a literatura abriu o caminho para que a questão saísse do espaço político-administrativo, onde as decisões eram tomadas, e do espaço doméstico, onde as famílias velavam seus mortos. No caso do nosso objeto de estudo, o romance *As naus*, Lobo Antunes vai muito além do período contemporâneo, expondo as consequências que a excessiva utilização/representação do passado causou na história atual de Portugal.

As naus transpõe do passado glorioso português figuras emblemáticas pertencentes ao imaginário das grandes navegações para o momento em que o país perde suas últimas referências como império, as colônias em África. O movimento de retorno dos portugueses, após a Revolução dos Cravos, é intensificado, na obra, pela escolha de personagens "reais" responsáveis pelo movimento de saída para o mar, para o até então desconhecido. Por isso, *As naus* propõe um duplo retorno, temporal e espacial. O primeiro é aquele que nos leva ao passado, de Portugal ao mundo, através de Pedro Álvares Cabral, Diogo Cão, Vasco da Gama, D. Manuel, D. Sebastião, Camões, entre outros. E o segundo, focado no presente, evidencia a volta dos portugueses, como o casal da Guiné, para o pequeno país ibérico.

Para compreendermos melhor esse duplo retorno, dividiremos o capítulo em duas partes. Primeiramente nos pretendemos debruçar sobre este diálogo entre o passado e o presente, empreendido no livro através das personagens que traduzem todo o passado heroico de Portugal. No segundo momento nos concentraremos no processo de retorno das personagens, evocando a situação política do país e, em especial, a categoria dos "retornados".

Reconstruindo velhas imagens

> *As colónias portuguesas são uma tradição inútil. Nós não temos o direito de ter colónias. Na nossa mão, elas não nos servem, não servem aos outros, e pesam sobre nós, alimentando uma tradição funesta, que foi bela enquanto foi glória inútil, porque foi glória; mas tendo deixado de ser glória, ficou sendo inutilidade apenas.*
>
> Fernando Pessoa[4]

O texto de Fernando Pessoa, que utilizamos aqui como epígrafe, traduz de forma muito próxima o que encontramos no romance de Lobo Antunes, ou seja, a ideia de uma "tradição inútil" que serviu ao país enquanto foi representada como "glória", mas que a partir do século XIX, principalmente, ou como já afirmara Antero de Quental, desde o século XVII, passou a ser apenas um fardo. Logo, a inutilidade desta tradição fica mais evidente a partir da descolonização da África, quando Portugal precisa reterritorializar-se, o que significa reconhecer o seu papel periférico diante do continente europeu. É neste momento que todo o passado glorioso perde a sua função, além de ser reconhecido como parte de uma construção ficcional, como afirma Eduardo Lourenço:

> Acontece, todavia, que mesmo na hora solar da nossa afirmação histórica, essa grandeza era, concretamente, uma *ficção*. Nós éramos grandes, dessa grandeza que os outros percebem de fora e

4 PESSOA, Fernando. *Ultimatum e páginas de sociologia política.* Lisboa: Ática, 1980, p. 192.

> por isso integra ou representa a mais vasta consciência da aventura humana, mas éramos grandes *longe*, fora de nós, no Oriente de sonho ou num Ocidente impensado ainda. (LOURENÇO, 2009, p. 25-26)

Essa grandeza vista de fora, distante no sentido temporal e espacial, é o mote utilizado por António Lobo Antunes ao contrastar o papel ambíguo desempenhado por Portugal no mundo imperial, como a nação que, no período moderno, inaugura a expansão europeia, mas que, em pouco tempo, vê-se constantemente acuada entre outras potências imperiais, como a Inglaterra e a França.[5] Ao fazer colidir personagens históricas, participantes da "glória inútil", com o desmascarar do momento presente, da "inutilidade apenas", Lobo Antunes confronta não só dois tempos distintos, mas a construção ideológica do poder instituído e a realidade palpável. Assim, o romance, como ficção, desvendará o quão fantasiosa pode ser a história, utilizando a imagem de "grandes homens" para apontar para a "missão des-realizada no Portugal contemporâneo", como afirmou Maria Alzira Seixo (2002, p. 500-501).

Portanto, trazer do passado figuras como Pedro Álvares Cabral, Diogo Cão, Vasco da Gama, D. Manoel, não significa recuperá-los para recontar seus feitos, o que seria apenas engrossar o coro da ideologia

5 Lembramos ainda as palavras de Amílcar Cabral sobre a presença e dominação portuguesa em África, sempre intermediada por outras potências: "De facto, Portugal foi apenas o guardião, por vezes invejoso, dos recursos humanos e materiais dos nossos países, ao serviço do imperialismo mundial. É esta a verdadeira razão da sobrevivência do colonialismo português em África e do possível prolongamento da nossa luta. Portanto, mais do que a presença de quaisquer outras potências em África, a de Portugal foi, e continua ainda a ser, dependente da presença das outras potências colonizadoras, principalmente da Inglaterra" (1974, p. 13).

imperialista. Ao contrário, Lobo Antunes os coloca em situações vexatórias, abusando do tom irônico, explorando os espaços do grande cadáver que se tornou Portugal. Segundo Maria de Fátima Marinho,

> A colocação de personagens com tais nomes (que imediatamente emergem do inconsciente coletivo português) em ambientes degradados e actuais, não só acentua o carácter irônico da evocação, como desmitifica um período da História nacional que raramente é tratado na sua relatividade histórica. [...]
>
> A irreverência provocada [...] pela colocação de personagens tidas tradicionalmente como intocáveis e detentores do espírito nacional (D. Sebastião, Camões, o Infante D. Henrique ou D. João II) em situações ridículas ou hiperbólicas contribui para definir o espírito português, no que ele tem de mais saudosista e arreigado a um passado mítico e, porque mítico, glorioso. (MARINHO, 1999, p. 293-294)

A narrativa de Lobo Antunes choca esse espírito português arraigado ao propor uma releitura do país a partir dos seus destroços, afinal, de nada servem, no momento atual, os grandes conquistadores da era moderna. Os famosos nomes da história portuguesa não proporcionaram um caminho redentor ao país, mas o prendeu em um eterno olhar para trás, em um movimento cíclico que o impediu de enxergar as necessidades do presente. Por isso, diante do papel que Portugal representa no contexto europeu, a única saída para os heróis da expansão é vê-los através do uso de um tratamento irônico e do humor.

Nesse sentido, é interessante observar que o romance não se debruça sobre a imagem de Portugal em África. Apesar dos recuos temporais e das figuras históricas, África faz parte apenas da memória daqueles que de lá retornaram. A saída, o momento da partida, é evocada no caso de algumas personagens, como Pedro Álvares Cabral e o Casal da Guiné, mas servem como ponto de partida para o trajeto, para anunciar a imagem do mar, que no século XX "é apenas a celha desta água toda com naus que tornam de África carregadas de colonos sem fortuna" (ANTUNES, 1990, p. 162). Mas este mar também é apenas um pretexto (como era nos séculos XV e XVI), pois o que está em questão é o pequeno pedaço de terra entre a Espanha e o Atlântico, que abrigará os "colonos sem fortuna". Então, como afirma Maria Alzira Seixo, "[...] o retorno das personagens não corresponde a uma estabilização mas a movimentos de busca e a abalos subsequentes que resultam da situação política, económica e afectiva reencontrada." (2002, p. 169). E completa Graça Abreu, em Dicionário[6] organizado também por Maria Alzira Seixo:

> Projectando nos vultos históricos de navegadores, escritores, heróis e missionários a inditosa aventura de retorno dos colonos no pós-25 de Abril de 1974, multiplicando neles as marcas do descalabro e da irrisão (físicas e morais), recorrendo a efeitos de burlesco, de sátira e de rebaixamento carnavalescos, inverte ALA o assaz mitificado e glorioso sentido dos descobrimentos portugueses, reescrevendo assim "Os Lusíadas" em modo paródico. Tal inversão assenta não só na tónica posta no regresso e não na ida mas também no facto de ser esse retorno que constitui quebra na normalidade rotineira das personagens (em África) e não a viagem em si. De facto, todas elas têm pouco de autênticos viajantes ou

6 SEIXO, Maria Alzira (dir.). *Dicionário da obra de António Lobo Antunes*. 2 volumes. Lisboa: Imprensa Nacional – Casa da Moeda, 2008.

> descobridores, na medida em que estavam todas estabelecidas (incluindo os "navegadores") em situações mais ou menos estáveis nas colónias. (ABREU *apud* SEIXO, 2008, vol. 1, p. 152).

Assim, a quebra da normalidade apontada por Graça Abreu não está apenas nas situações vexatórias vividas pelos viajantes, mas em duas questões complementares. Primeiro, diferente da grandiosa história portuguesa, o que interessa, no romance, não é aventurar-se ao mar para descobrir novos caminhos, mas sim recuar, voltar para o irreconhecível lugar de origem – "E agora que o avião se fazia à pista em Lixboa espantou-se com os edifícios da Encarnação [...]" (p. 11). Além disso, é interessante observar que os navegadores de Lobo Antunes pouco navegam e que as memórias de África não trazem aventuras. Ao contrário, vemos uma "situação estável" ser abalada pela Revolução e pela "necessidade" de fuga – "Lembro-me dos invernos com uma sementeira de alguidares [...]. E esta memória remota trouxe-lhe de súbito ao nariz o aroma de bosta de vaca dos derradeiros meses, desde que a telefonista anunciou a independência de Angola [...]." (p. 14-15).

O romance, iniciado com o retorno de Pedro Álvares Cabral, traz suas memórias de quando deixou o país, "há dezoito ou vinte anos a caminho de Angola" (p. 9), quando o Mosteiro dos Jerónimos, por exemplo, ainda estava em construção. Ao voltar, acompanhado por uma mulata, que mais tarde cairá na prostituição, e por um filho, do qual não se sabe muito, já não possui nenhum contato com a família que havia ficado em Portugal, "em dezoito anos de África não recebi uma carta, um postal, um presunto, um retrato sequer" (p. 15). O regresso ao país não possui nada de semelhante à partida, quando avistou "a nau das descobertas". As dificuldades da viagem de volta não são amenizadas pelo espírito da conquista, já que representam exatamente a perda. Por isso, o retorno de Pedro Álvares Cabral está repleto de símbolos passados, todos amontoados na miséria do aeroporto de Luanda.

> Os que regressavam consigo, *clérigos, astrólogos genoveses, comerciantes judeus, aias, contrabandistas de escravos*, brancos pobres do Bairro Prenda, do Bairro Cuca, abraçados a volumes de serapilheira, a malas atadas com cordéis, a cestos de verga, a brinquedos quebrados, *formavam uma serpente de lamentos e miséria aeroporto adiante, empurrando a bagagem com os pés* (na faixa reservada aos passageiros em trânsito passavam islandeses altos e desgrenhados como pássaros de rio) na direcção de uma secretária a que se sentava, em um escabelo, um escrivão da puridade que lhe perguntou o nome (*Pedro Álvares quê?*), o conferiu numa lista dactilografada cheia de emendas e de cruzes a lápis, tirou os óculos de ver ao perto para o examinar melhor [...]. (p. 13-14. Grifos nossos)

Pedro Álvares Cabral, que possui lugar privilegiado na história, entre os grandes navegadores portugueses, no momento presente não recebe nenhum tratamento diferenciado, sequer é reconhecido, é apenas um vulto – recuperando a fala de Graça Abreu – entre tantos outros que dividem o desespero da necessidade de regressar. Em um país que não precisa mais de navegadores, seu nome também não faz mais parte dos relatos de viagens, mas de uma simples lista dactilografada. A memória do passado não é capaz de salvá-lo de um futuro incerto, de um destino anônimo. O que resta ao navegador é viver das lembranças, focadas principalmente no que possuía e teve que deixar para trás, ao fugir de Angola – "Dois prédios na Morais Soares e eu sem jantar, [...] quero mas é os meus cabarés em Loanda e as minhas auroras sarnosas de cacimbo, quero os meus musseques de desgraça, quero os meus cheiros de esterqueira de África quando não tinha fome nem vergonha" (p. 69-70) – e nos seus anos de navegação, que não o levaram ao esplendor da história, mas a um presente insignificante –

> [...] eu reduzido aos meus cálculos de ilhas e aos meus diários inúteis num reyno onde os marinheiros se coçam, desempregados, nas mesas de bilhar, nos cinemas pornográficos e nas esplanadas dos cafés, à espera que o Infante escreva de Sagres e os mande à cata de arquipélagos inexistentes à deriva na desmedida do mar. Afastávamos a medo os reposteiros da sala e ele logo Descubram-me os Açores, e a gente descobria-os, Encontrem-me a Madeira, e a gente, que remédio, encontrava-a, Encalhem-me no Brasil e tragam-no cá antes que um veneziano idiota o leve para Itália, e a gente trouxe-lhe ao Algarbe, onde ceava no meio de um roda de physicos e bispos, [...]. (p. 68)

Limitado aos seus instrumentos de navegação, que não possuem mais utilidade, o navegador aguarda, sem esperanças, uma nova convocação para se lançar ao mar. No entanto, diante do desemprego, seu fim é igual ao de tantos outros portugueses após a Revolução (e mesmo antes dela, desde a década de 60), a ida para França, seguindo os conselhos de Diogo Cão – por ironia, um navegador historicamente mais experiente, tendo realizado sua primeira viagem, ao longo da costa atlântica da África, em 1482.

Os dois navegadores se (re)conhecem no Residencial Apóstolo das Índias, comandado por Francisco Xavier (o santo?), que rapidamente encaminhou a companheira de Pedro para a prostituição. Diogo Cão, que "tinha trabalhado em Angola de fiscal da Companhia das Águas" (p. 65), assim como Pedro Álvares Cabral, vivia agora das lembranças. A diferença está na necessidade que Diogo Cão possui de narrar suas aventuras, como "há trezentos, ou quatrocentos, ou quinhentos anos comandara as naus do Infante pela Costa de África abaixo" (p. 65). E, apesar da sua credibilidade como protagonista de seus feitos ser colocada em xeque por causa da sua constante embriaguez, Pedro Álvares Cabral reconhece em seus instrumentos a veracidade das suas histórias.

> Explicava-me a melhor forma de estrangular revoltas de marinheiros, salgar a carne e navegar à bolina e de como era difícil viver nesse árduo tempo de oitavas épicas e de deuses zangados, e eu fingia acreditá-lo para não contrariar a susceptibilidade das suas iras de bêbedo, *até o dia em que abriu a mala à minha frente e debaixo das camisas e dos coletes e das cuecas manchadas de vomitado e de borras de vinho, dei com bolorentos mapas antigos e um registo de bordo a desfazer-se.* (p. 65-66. Grifos nossos.)

Não obstante o reconhecimento que é conferido a Diogo Cão, o navegador é, dentre as figuras históricas do romance, a mais deteriorada, principalmente pelo consumo de álcool. É descrito com pormenores degradantes, especialmente aqueles ligados ao campo semântico da sujeira e do desleixo. A imagem aviltada de Diogo Cão fica ainda mais evidente quando, ao final do romance, a prostituta com quem vivera em Angola passa a procurá-lo em Lisboa. A forma como ele é descrito pela mulher, "[...] um certo Diogo Cão, fulano dado à bebida que viera de Angola de fiscal da Companhia das Águas, e se demorava de taberna em taberna, de astrolábio em punho, em busca do azimute do bagaço." (p. 201), não deixa dúvidas sobre o que se tornou Diogo Cão, mesmo antes do retorno a Portugal, na reconfiguração e desmitificação pelo romance propostas.

A redenção do "descobridor" de Angola está exatamente na dedicação da prostituta que, em uma busca incansável, parece ser a única a lembrar da sua existência. É na busca da prostituta que evidenciamos, porém, o lugar que o navegador ocupa na história, mais um esquecido, que só aparece nos manuais de liceu, com a imagem vandalizada pelos alunos: "Na Companhia das Águas não se lembravam [...]. Na lista dos almirantes da Marinha de Guerra não constava, [...] e apenas vi o seu retrato oval nos manuais de História do liceu, com enfeites de óculos e chifres desenhados a tinta por alunos cruéis [...]" (p. 198). À figura rasurada nos livros de história corresponde a imagem contemporânea de Diogo Cão que, maltratado pelo tempo, transformou-se um farrapo humano:

> O seu corpo de neptuno apeado deteriorara-se nesses meses de abandono desde o regresso de Angola: possuía furúnculos e grandes peladas na cabeça, emagrecera nove quilos e seiscentas, era incapaz, a cem metros, de destrinchar a tonelagem dos navios, conservava dois únicos dentes na gengiva inferior, e respirava de leve, como os pintos, em assopros dolorosos e velozes. (p. 207)

O envelhecimento também faz parte do universo de outras personagens históricas. O rei D. Manoel, sempre acompanhado por outro navegador, Vasco da Gama, reconhece o peso do tempo – "D. Manoel, de coroa nos joelhos, a coçar a cova da moleirinha com a unha, lamentava-se da miséria desta vida, pá, repara como envelhecemos tanto sem darmos conta disso, repara que já não servimos para nada [...]" (p. 184) – e a inutilidade, no momento presente, também sentida por Pedro Álvares Cabral e Diogo Cão. No caso do rei e de Vasco da Gama, o passar do tempo também é reconhecido pelos outros, e não somente sentido pelos próprios, que enxergam a dupla de forma bastante caricatural: "Tinham envelhecido tanto que a gente da cidade, que os não reconhecia, seguia estupefacta aquele casal de anciões mascarados com as roupas bizarras de um carnaval acabado [...]" (p. 119).

Se Diogo Cão é descrito como um homem literalmente sujo e desleixado, D. Manoel traz elementos que o identificam a uma personagem teatral (máscaras, roupas bizarras). Vivendo completamente fora de seu tempo, o rei agora faz parte de uma coletânea de adereços de um carnaval passado, contrastando de forma tão gritante com o momento atual em que tudo é diferente. Vasco da Gama, apesar de não ser descrito com mais detalhes ao longo do romance, é companhia constante de D. Manoel, sendo praticamente impossível fazer uma leitura dissociada das duas personagens. Desde o reencontro entre os dois, D. Manoel, mesmo cercado de elementos contemporâneos, aparece adornado como um monarca:

> Havia quarenta e dois anos que Vasco da Gama não falava ao monarca, e após meses sem conta na sala de espera, a ler revistas de consultório médico misturado com executivos de colete, astrólogos de capa de estrelinhas, representantes de partidos políticos maioritários, minoritários e inexistentes, uma jornalista italiana e a delegação do sindicato dos panificadores envolta no pó-de-arroz da farinha matinal, encontrou um príncipe envelhecido afastando as moscas com o ceptro, de coroa de lata com rubis de vidro na cabeça e hálito de puré de maçã de diabético, acocorado no banco de uma janela gótica aberta para os galeões da sua esquadra, que contemplava, desinteressado, na melancolia das gripes. (p. 117)

No entanto, os adornos de D. Manoel são falsos, apenas enfeites, como a própria figura do rei no presente. Um rei sem função, que parece viver em um plano paralelo, e a quem Vasco da Gama traz um pouco da vida real: "Preparava-me para contar ao rei os meus anos de África, o embarque da tropa, os guerrilheiros que chegavam do interior para ocupar Loanda" (p. 121). Assim como no par Pedro Álvares Cabral e Diogo Cão, o primeiro parece mais consciente dos fatos, ao analisarmos D. Manoel e Vasco da Gama, quando o navegador é representado como alguém que aparenta ter uma melhor compreensão do momento atual.

Porém, essas personagens atuam sempre como uma dupla, o rei é quem busca Vasco da Gama para os passeios de carro, quando os dois relembram os momentos das grandes navegações, e por este motivo, o navegador fará os mesmos caminhos que D. Manoel. Ao serem parados em um bloqueio policial, também o carro do monarca é descrito como algo ultrapassado, assim como as suas vestimentas, e apesar de afirmar, "Só tenho a repetir que esta bodega toda me pertence" (p. 191), referindo-se ao país, o rei é detido, e junto com ele seu fiel companheiro. Os dois, levados a julgamento, insistem, principalmente D. Manoel, em representar o papel dos momentos gloriosos de Portugal. Diante do olhar desconfiado dos jurados, os dois são tratados como loucos e não como criminosos. Desse modo, fica evidente que toda a insistência em glorificar esse passado mítico é tratada, no momento atual, como loucura:

> [...] nos obrigaram a trocar as nossas roupas de nobres por pijamas asilares e sapatilhas de lona, fecharam num armário de metal a coroa, os arminhos, os gibões de chita do Parque Mayer, os meus instrumentos de capitão de petroleiros, nos raparam à navalha o cabelo, o bigode e a barba e nos abandonaram por fim num pátio interior, de muros altíssimos, em que os cinquenta Copérnicos das receitas vagueavam ao acaso, igualmente em pijama, consultando, de mão em pala na testa, o comprimento das sombras e a posição do sol. (p. 193-194)

É interessante destacar que a característica que une essas personagens é exatamente o esquecimento. No momento presente, Pedro Álvares Cabral não tem o seu nome lembrado na lista do aeroporto, assim como não recordam de Diogo Cão, quando a prostituta o procura.

D. Manoel e Vasco da Gama não são reconhecidos pelos policiais e pela sociedade que os julgam como loucos, e Camões, este "simplificado" desde o início pelo nome da personagem, o homem de nome Luís, é colocado em um sanatório. Em contraponto a estes nomes, a figura de D. Sebastião ainda é esperada, mas não sem antes ser tratada também com ironia, como um "pateta inútil de sandálias e brinco na orelha" (p. 179).

Seguindo a fragmentação do romance, D. Sebastião é citado em raros momentos, de forma não cronológica. Sua morte é logo anunciada, seguida da invasão dos espanhóis, depois vemos a sua partida para o Marrocos. Assim, sua história pode ser resumida em poucas linhas e em adjetivos pejorativos, como citado no parágrafo anterior. D. Sebastião não ascende à categoria de personagem, é um vulto que perpassa a narrativa para, por fim, desaparecer, ou ter o seu desaparecimento decretado.

Em *As naus*, os únicos esperançosos, pelo retorno do rei que fora para a África, são os moradores de um sanatório, dentre eles o homem de nome Luís, a quem o narrador faz uma ressalva, já que vivia naquele ambiente "apesar da ausência de sintomas" (p. 236). Dessa forma, a ironia do mito reside, exatamente, em um sebastianismo anunciado em um hospital, estabelecendo uma relação direta entre a espera e a doença. Tal relação fica ainda mais evidente quando Luís, que não tinha sintomas, é o único a pensar na espera por de D. Sebastião como uma cena um tanto patética: "O poeta imaginou uma horda de tísicos em uniforme hospitalar, acocorados na neblina das dunas, à espera de um *monarca risível* que se elevaria das águas na companhia do seu exército vencido" (p. 240. Grifo nosso). Apesar desta reflexão, Luís parte com os companheiros de sanatório para presenciar o retorno do rei:

> Amparados uns aos outros para partilharem em conjunto do aparecimento do rei a cavalo, com cicatrizes de cutiladas nos ombros e no ventre, sentaram-se nos barcos de casco ao léu, no con-

> vés de varanda das traineiras, [...]. Esperávamos, a tiritar no ventinho da manhã, o céu de vidro das primeiras horas de luz, o nevoeiro cor de sarja do equinócio, os frisos de espuma que haveriam de trazer-nos, de mistura com os restos de feira acabada das vagas e os guinchos de borrego da água no sifão das rochas, um adolescente loiro, de coroa na cabeça e beiços amuados, vindo de Alcácer Quibir [...], e tudo o que pudemos observar, enquanto apertávamos os termómetros nos sovacos e cuspíamos obedientemente o nosso sangue nos tubos do hospital, foi o oceano vazio até à linha do horizonte [...]. (p. 247)

O único retornado realmente desejado e esperado, D. Sebastião, não aparece para cumprir o seu papel no mito, deixando Portugal, definitivamente, órfão diante daquilo que criou: a imagem de um retorno que redimiria o país e o elevaria, definitivamente, à categoria de império. O mito do sebastianismo, mesmo que de forma irônica, é levado até a última página do romance, como o desfecho do desencanto, mas também acaba por mostrar a necessidade de voltar a ele, mesmo que seja para negá-lo. Seguindo esse raciocínio, trazemos uma vez mais José Gil:

> É preciso lembrar que a imagem de si, forjada pela lei, inconsciente ou semiconsciente, age sem cessar, como uma espécie de panóptico a que os indivíduos não podem fugir. Está no ar, na atmosfera, quer dizer, no olhar dos outros e, pior, no olhar interior do superego que todos corrói. (GIL, 2008, p. 70)

Apesar do final coerente, é impossível pensar em uma escrita que toque em toda esta temática, sem trazer a figura de D. Sebastião. Esta imagem "age sem cessar" e contribuiu para a ficcionalização do império. Assim, também de forma ficcional, Lobo Antunes coloca um ponto final nessa história alimentada por quatrocentos anos, e o mar, como grande motor de toda essa fabulação, é agora quem, com suas vísceras, emudece o som da flauta que anunciaria o retorno do desejado (cf. *As naus*, p. 247).

As naus, também em sua qualidade de espaço de reflexão do real, segue a trilha das obras pós-coloniais que se propõem, através da hibridez e da fragmentação, por exemplo, a não só repensar o centro, mas a reinventá-lo a partir daquilo que sobrou, dos restos do colonial. Para tanto, o olhar para si mesmo se faz necessário, agora tentando fugir daquele olhar do superego do qual falou José Gil, mas se deixando corroer, para, a partir destas ruínas, se reinventar. Como analisa Margarida Calafate Ribeiro:

> Na literatura que narra estes regressos das margens ao país imaginado [...] assistimos a um movimento de repensar a nação, que, entre o espaço aberto pela revolução e a revisitação das ruínas do império, da guerra, do exílio, da ditadura ou da nossa própria história, tenta reimaginar o centro, já não enquanto espaço monolítico de representação de uma ficção nacional unificadora, mas no sentido em que Jacques Derrida o define, ou seja, como função aglutinadora de uma série de imagens diversas, polifónicas e fragmentárias que compõem o retrato precário da nação que se dispersou. (RIBEIRO, 2004, p. 236)

É este retrato de nação, fragmentário e precário, que encontramos em *As naus*, "um livro literalmente sem rei nem roque" (SEIXO, 2002, p. 184), que mostra ao país imaginado um pouco da sua realidade desfigurada. Navegadores pobres, reis loucos, o esperado que não virá, e o grande escritor em frente ao mar "vazio", a decadência de

Portugal entre as páginas de glória, ou o contrário, já que a ordem não existe e não importa, ao mesmo tempo.

Em entrevista à Maria Luísa Blanco, Lobo Antunes comenta a recepção do seu sétimo romance em Portugal:

> Era uma espécie de anti-epopeia e foi muito atacado em Portugal. Não teve críticas literárias, só políticas e foi igualmente atacado pela esquerda e pela direita. Fiquei muito surpreendido porque para mim era simplesmente um romance e não esperava essa reacção. Houve uma grande polémica nacional. A direita atacou-me porque, na sua opinião, eu falava mal das grandes figuras históricas que tinham feito a Pátria. A esquerda, porque atacava o que eles diziam: a descolonização... foi um enorme escândalo. A crítica foi implacável mas era apenas uma crítica política (BLANCO, 2002, p. 206).

Tal recepção, analisada pelo próprio escritor, destaca a dificuldade em falar de determinados assuntos em Portugal, o que corrobora os pensamentos, já apresentados, do filósofo José Gil. O passado histórico precisa ser salvo de qualquer forma, e o romance é visto como uma afronta, principalmente por parte daqueles que perderam o poder e fizeram tanto uso da imagem imperial do país. Por outro lado, mesmo após quatorze anos da Revolução dos Cravos, a crítica ao processo de descolonização, principalmente no que se refere à retirada dos portugueses do continente africano, é considerada um tabu. Ao aliar as duas questões, Lobo Antunes cria uma combustão, que sai do âmbito do literário e atinge o político. Ao refletir sobre a questão dos retornados, é possível compreender tal combustão.

O espelho estilhaçado do real

> *Neste momento, e sob mais variados aspectos, Portugal está em discussão após a fase em que de fora e de dentro os acontecimentos alteraram a realidade geográfica e sobretudo a imagem ideal que os portugueses tinham forjado de si mesmos e da sua pátria ao longo de quinhentos anos.*
>
> Eduardo Lourenço[7]

O silenciamento, do qual falamos na primeira parte deste capítulo, fruto da opressão salazarista, ganha continuidade no período pós-revolução. Como afirma Eduardo Lourenço, na epígrafe escolhida, o momento a partir de 1974 é de reconfiguração da imagem idealizada da nação, ou seja, da imagem imperial que foi intensificada por Salazar como uma das principais propagandas do Estado Novo. Porém, as mudanças são muitas e, de certa forma, repentinas. Por isso, é compreensível que essas reflexões levassem tempo para que se consolidassem, mas é importante observar como houve, para além do silenciamento, um interesse em apagar, já no que seria um período de liberdade, dados desse real próximo, dos fatos que pertenciam à história recente de Portugal. Voltamos a José Gil,

> O 25 de Abril recusou-se, de um modo completamente diferente, a inscrever no real os 48 anos de autoritarismo salazarista. Não houve julgamentos de Pides nem de responsáveis do antigo regime. Pelo contrário, um imenso perdão reco-

7 LOURENÇO, Eduardo. *O labirinto da* saudade. Lisboa: Gradiva, 2009, p. 60-61.

> briu com um véu a realidade repressiva, castradora, humilhante de onde provínha-mos. Como se a exaltação afirmativa da "Revolução" pudesse varrer, de uma penada, esse passado negro. Assim se obliterou das consciências e da vida a guerra colonial, as vexações, os crimes, a cultura do medo e da pequenez medíocre que o salazarismo engendrou. Mas não se constrói um "branco" (psíquico ou histórico), não se elimina o real e as forças que o produzem, sem que reapareçam aqui e ali, os mesmos ou outros estigmas que testemunham o que se quis apagar e que insiste em permanecer. (2008, p. 16)

Em um processo mais rápido que a própria Revolução, Portugal deixou para trás a derrota, como fez tantas vezes ao longo da história, a exemplo de D. Sebastião transformado em mito e projeção futura. No entanto, a cultura do medo, de que tanto fala José Gil, não foi capaz de realizar um apagamento contínuo, pois, como afirma o próprio filósofo, o real acaba por reaparecer diante do "branco" que se pretende construir.

É a configuração de uma nova "classe" neste Portugal livre que permitirá, não de imediato, o reavivar de algumas memórias sobre a guerra colonial e suas "vexações". Os retornados, contabilizados no ano de 1975 (apenas aqueles oriundos de Angola) em torno de cento e setenta cinco mil (GARCIA, 2011, p. 9),[8] modificam o cenário

8 De acordo com a Ressolução do Conselho de Ministros, publicada no Diário da República de 5 de maio de 1976, considerar-se-iam "retornados aqueles indivíduos que reunam os seguintes requisitos cumulativos: a) Serem, segundo as normas da lei da nacionalidade, cidadãos portugueses; b) Terem tido, anteriormente à sua vinda das ex-colónias, numa destas a sua residência habitual; c) Carecerem de, pelos menos, uma das formas de apoio previstas no esquema de subsídios aprovado no presente Conselho

português, que, de forma alguma, estava preparado para receber esse contingente populacional. Por isso, a imagem desse grupo, seja ele de soldados ou de colonos, é um sintoma incômodo e o mais expressivo da necessidade de passar a história a limpo, de rever a importância da expansão, e a sua intensificação no século XX, principalmente, de analisar as suas consequências para o povo português, protagonista principal nesse quadro de deslocamentos.[9]

É devido a essa realidade, que não se deixa apagar, que os romances de António Lobo Antunes ganharam tanto destaque. Ao trazer os retornados para as páginas da literatura, o autor tocou em um ponto nevrálgico da situação do país e, especialmente, em *As naus*, pois, ao confrontá-los com o passado histórico, admite a urgente necessidade da reflexão proposta por Eduardo Lourenço. Não é por acaso que em, "Divagações em torno de Lobo Antunes",[10] Lourenço afirme que:

---

de Ministros e constante de resolução autônoma; d) Terem regressado da ex-colónia da sua residência habitual posteriormente a 1 de Setembro de 1974. No entanto, Rita Garcia contabiliza que já a partir de 1973, mais de meio milhão de pessoas, oriundas das ex-colônias, chegaram a Portugal, sendo 61% vindos de Angola, 33% de Moçambique, e 6% dos outros territórios. Deste número, 60% eram portugueses e os outros 40% de pessoas já nascidas nas colônias, sobretudo em Angola. (2011, p. 19).

9 É interessante observar que no segundo volume do *Dicionário da obra de António Lobo Antunes* (2008), organizado por Maria Alzira Seixo, no qual há um item denominado "Temas, tópidos e estética", não apareça a palavra "retornados". Nas aproximadamente seiscentas páginas que compõem o item, encontramos palavras como "colonialismo", "estrangeiros", "guerra", "história", "medo". O termo que se aproxima do conceito de "retornados" é "regresso" (p. 495), mas esta palavra indica apenas o movimento, como afirma o dicionário "depois de um período de ausência", enquanto a outra indica um grupo de pessoas diante de uma situação muita mais complexa, grupo este colocado em evidência em vários romances do autor.

10 *In:* CABRAL, Eunice; JORGE, Carlos J. F. e ZURBACH, Christiane (org.) *A escrita e o mundo em António Lobo Antunes.* Actas do Colóquio

"o primeiro livro no qual encontrei um eco de muitas preocupações da minha geração, e minhas também, foi *As Naus*. Com *As Naus*, eu encontrei o primeiro livro, a primeira ficção, onde toda a História portuguesa como ficção de si mesma se exorciza" (2003, p. 348).

No entanto, apesar das figuras do passado terem um grande peso no romance de Lobo Antunes, o cenário do presente é de extrema importância para que a história seja exorcizada. É preciso compreender não só o retorno, mas também a ida para África,[11] intensificada pelo regime salazarista como um novo processo de colonização, apesar das críticas vindas de longa data.

No documentário *Nós e os outros - uma sociedade plural* (2007), já citado no primeiro capítulo, é possível perceber o controle do Estado, não só com relação à entrada de estrangeiros no país, mas também à saída dos portugueses. Muitos deles cruzavam a fronteira de forma ilegal na tentativa de uma vida melhor em outros países da Europa.[12] Em contraponto a esse controle, Portugal precisa lidar com um crescimento demográfico, e como afirma Cláudia Castelo: "Considerada uma extensão da colonização interna, a migração para os territórios ultramarinos é apontada como uma das soluções para o excesso populacional da metrópole, sem ser necessária a expatriação."

Internacional da Universidade de Évora. Lisboa: Dom Quixote, 2003, p. 347-355.

11 Chamamos a atenção para o fato de, em *As naus*, as ações estarem concentradas no retorno das personagens e adaptação à cidade de Lisboa. O romance não descreve as viagens de ida para África e o envio de soldados.

12 De acordo com o documentário, a partir de meados da década de cinquenta "(...) os portugueses começaram a sair para o estrangeiro. Muitos emigraram, mais de um milhão e meio. Fizeram sacrifícios enormes, mas ganharam mais do que os portugueses que ficaram cá. A atracção era tão forte que muitos saíram ilegalmente. Em quinze anos, mais de trezentos mil trabalhadores partiram clandestinamente para a Europa" (BARRETO; PONTES, 2007, 16´14´´ - 16´42´´)

(CASTELO, 2007, p. 117). Dessa forma, o governo passa a incentivar a ida de colonos para os territórios africanos, e o que impressiona, em algumas estatísticas, é o fato das guerras não impedirem esse incentivo.[13] O que já significava um grande gasto para o governo transforma-se em um desperdício ainda maior com o envio de tropas para o ultramar. Por isso, Cláudia Castelo afirma que

> O fim do colonialismo não traria danos graves à economia de Portugal. Pelo contrário, a descolonização aliviaria o orçamento português dos elevados custos das guerras coloniais. Contudo, haveria que ter em conta o destino de quase meio

---

13 Em um texto de 1962, "Guiné, Cabo Verde, face ao colonialismo português", Amílcar Cabral já chamava a atenção para o envio de portugueses para o ultramar como uma estratégia de resistência do colonialismo: "O governo português está ainda em vias de elaborar um plano para o envio urgente de milhares de famílias de colonos portugueses para a Guiné, considerando que o aumento da população europeia poderá travar o desenvolvimento da nossa luta de libertação" (1974, p. 20). Três anos depois, em 03 de dezembro de 1965, portanto, quatro anos após o início da guerra em Angola, um parecer do Conselho Ultramarino sobre o povoamento da África portuguesa elencava as razões que justificavam o envio de portugueses para o Ultramar. Dentre os principais motivos estão o povoamento como uma questão de "sobrevivência nacional" e como um fator "essencial de Defesa", além da necessidade de "expansão e radicação da cultura e da civilização portuguesas". Destacavam ainda a importância da aceleração das estruturas econômico-sociais para receber tal povoamento (*apud* CASTELO, 2007, p. 140). Ainda na obra de Cláudia Castelo, é possível perceber o aumento considerável do número de colonos mesmo após o início dos conflitos. Dentre a população agrária, sem contar os militares, entre os anos de 1962-1973, os números em Angola chegam a 2152, e em Moçambique a 2047. Destaca-se ainda que, no caso de Angola, o número maior está concentrado nos primeiros anos do conflito, 1962-1966, somando 1859 colonos. Já em Moçambique o número acentua-se na década seguinte, chegando a 509 só no ano de 1970.

> milhão de portugueses brancos que vivia permanentemente em Angola e Moçambique, e que perante uma autonomia de predomínio negro poderia aportar, de um dia para o outro, à metrópole, numa altura de crise econômica nacional e internacional. (*idem*, p. 111).

Portanto, a situação já na segunda metade do século XX, era bem mais complexa do que apenas a perda das colônias, afinal era necessário pensar nos colonos que retornariam a Portugal – "Depois do 25 de Abril de 1974 e do prenúncio da descolonização [...] teve início o êxodo de centenas de milhares de naturais da metrópole e seus descendentes para Portugal (sobretudo), mas também para a África do Sul, o Brasil e a América do Norte." (*idem*, p. 371). Ainda segundo Castelo, com relação ao destino dos portugueses após a descolonização, apenas 5% dos que residiam em Angola e 15% dos radicados em Moçambique escolheram outro destino que não Portugal, o que significa um contingente populacional de retornados sem escalas.[14]

Neste processo, o que rapidamente chama a atenção é a falta de eficiência, por parte do governo português, para retirar a população que, nesta altura, vivenciava situações de risco. Tal ineficácia chega a ser interpretada como má vontade do governo em receber os retornados: "Segundo Tom Killoran [cônsul norte-americano], a inércia de Lisboa estava relacionada com a pouca vontade de receber milhares de retornados [...]" (GARCIA, 2011, p. 47). A demora para o embarque, o limite de bagagem de apenas trinta quilos, a dificul-

14 Os dados desse momento ainda são pouco trabalhados. O retorno é talvez um dos principais tabus oriundos da descolonização. No entanto, para termos uma ideia do interesse pelo assunto, basta avaliar o sucesso de vendas do livro da jornalista Rita Garcia, *S.O.S. Angola – os dias da ponte aéra* (Lisboa: Oficina do livro), publicado em setembro de 2011, e já com uma segunda edição no mês de outubro do mesmo ano.

dade, ou até a impossibilidade de envio de bens de maior volume, estão entre os principais problemas apontados por Rita Garcia, que destaca: "Na recta final da Ponte Aérea na cidade [Nova Lisboa], o tempo de espera para embarque encurtou para apenas alguns dias, mas no início era comum esperar mais de 15 dias até entrar num avião para Lisboa" (*idem*, p. 94).

Portanto, o primeiro obstáculo, de fato, para os retornados, era a própria saída de África, situação que abre o romance de Lobo Antunes, evidenciando as dificuldades representadas de forma variada, já que a mescla entre o passado histórico e o presente também interfere nessas viagens que, ora são feitas de avião, ora por mar, evocando as antigas embarcações que dão título ao livro. Todas as personagens, sem exceção, enfrentam problemas na viagem de retorno, seja pela dificuldade de embarque, pelo desconforto, ou pelos objetos perdidos.

O primeiro a partir, Pedro Álvares Cabral, já apresenta a situação daqueles que tentam, muitos em vão, sair de Angola de avião, na espera interminável do aeroporto, sem notícias do que de fato acontecia nos arredores. As pessoas "formavam uma serpente de lamentos e miséria aeroporto adiante [...]" (p. 13), já que obrigadas a atender a uma burocracia que envolvia adquirir as passagens, despachar as bagagens, garantir o envio dos bens que seriam levados até Lisboa de navio e já definir o seu destino, se possuíam família ou se precisariam de encaminhamento, por parte do governo, para alguma moradia.

Diante dessa dificuldade, Francisco Xavier, que no romance de santo não tem nada, pensando nos futuros negócios que teria em Portugal, troca a própria mulher por uma passagem de avião – "[...] minha mulher, trinta e um anos e sete meses mais nova do que eu, trocada ao meu compadre por um bilhete de avião para Lixboa: Ficas com ela e a mobília e das-me o papelinho da passagem." (p. 43) – e vai estabelecer-se em Lisboa como proprietário de um Residencial, além de ser responsável pela prostituição das mulheres vindas de África, como a mulata companheira de Pedro Álvares Cabral.

Boa parte dos colonos que retornaram a Portugal se viram obrigados a deixar para trás as suas casas, carros entre outros bens. Diferente do contexto da viagem de ida para África, quando o governo apoiava e até financiava os deslocamentos – ou quando os monarcas, como D. Manoel, convocavam seus navegadores –, com a Revolução e a descolonização, os colonos se sentiram abandonados à própria sorte. Para além do que deixaram em África, não tinham garantia da chegada dos bens enviados por mar, como atenta primeiro Pedro Álvares Cabral – "[...] a mobília do quarto que há-de chegar no próximo galeão se a não desviaram no porto com esta história de roubalheira, democracia e socialismo [...]." (p. 16) –, e depois a prostituta que procura por Diogo Cão – "O porto assemelhava-se a uma loja de antiquário em que famílias inteiras, vigiadas pela cobiça dos estivadores, se acocoravam, à espera da fragata seguinte, entre arabescos de lavatório." (p. 228). Rita Garcia, ao analisar este processo, chama a atenção para a quantidade de contentores que ficaram abandonados (ver imagem 1 em anexo, p. 210), já que muitos não conseguiam enviar os seus bens antes de partir, e para a dificuldade em retirá-los em Lisboa – "Milhares de caixotes de madeira e automóveis ficaram meses alinhados na Junqueira, em Lisboa, junto ao Tejo, até que os proprietários os foram reclamar. Mas no meio de tanta confusão o controlo [...] era muito fraco e houve inúmeras queixas de roubos" (GARCIA, 2011, p. 187-188).

Ao observarmos os dados apresentados por Rita Garcia, fica cada vez mais evidente o porquê de tanto silenciamento diante deste assunto. O total despreparo do governo português salta aos olhos. Depois de tantos anos de guerra, a prepotência que levava a crer em uma vitória absoluta acabou por deixar os portugueses, dos dois lados, desamparados, daí a importância da obra de Lobo Antunes que "desvela a verdadeira realidade, mas também uma ocultação profunda dessa realidade. A ficção de Lobo Antunes vai servir como revelador daquilo que não queríamos ver, que nós não queremos ver." (LOURENÇO, 2003, p. 351).

É ao tratar da "ocultação profunda dessa realidade", ainda no final da década de setenta, que Lobo Antunes traz os retornados. Em *As naus*, para além das figuras históricas que retornam da África, o Casal da Guiné, casado há cinquenta e três anos, representa de forma mais próxima essa realidade assinalada por Eduardo Lourenço. As personagens, marido e mulher, sempre tratados em conjunto, aparecem em duas seções do romance apenas, e são as únicas a fazerem parte basicamente do momento presente, além de não manterem contato com as personagens históricas (só há uma exceção, uma pequena referência ao almirante Afonso de Albuquerque, que, apenas citado no romance, não se faz uma personagem).

Com o Casal da Guiné, Lobo Antunes vai além dos obstáculos físicos enfrentados pelos retornados, apresentando talvez o que seja o maior dos problemas desse novo grupo, a (re)adaptação identitária que envolve o retorno a Portugal. E nesse sentido, o caminho seguido pelas personagens é sempre uma trajetória de perda, como afirma Maria Alzira Seixo: "[...] sendo o retorno a fase da viagem aqui em questão, não é o ganho adquirido com a deslocação que está em causa, mas um sentido de perda desoladora, que é justamente a característica da maior parte dos relatos de naufrágios da literatura portuguesa." (2002, p. 184). Portanto, não saber a que lugar pertencem, depois de viverem por tanto tempo em África, é o principal drama do casal. Apesar das referências a bens materiais perdidos ou deixados para trás, o que incomoda, no caso dessas personagens, é a incerteza do seu destino após a viagem de volta a Portugal:

> [...] a mulher disse Não pertenço aqui num sussurro que provinha do interior da sua desilusão e da sua miséria, e repetiu baixinho Não pertenço aqui na exacta voz da noiva do retrato. Um grande paquete claro aproximava-se do cais a ameaçar destruir Bissau com o gume da proa onde uma sereia esculpida, de bacia gigantesca,

> separava a espuma com a lã doirada do sexo: Não somos de parte alguma agora, respondeu o marido a designar o barco coroado de flâmulas, de emblemas reais, do estandarte do almirante Afonso de Albuquerque no topo do mastro principal, custoso de distinguir sobre as cornijas, os guindastes, as gruas e os repuxos de agulhas das palmeiras. (p. 56)

Como afirmamos acima, o velho/novo destino, ao mesmo tempo conhecido e desconhecido, é uma das principais barreiras para essas personagens. Chegando a Lisboa, os problemas dos retornados não diminuíam. Portanto, a cidade é descrita, no romance de Lobo Antunes, como um verdadeiro labirinto, onde de fato começa a viagem dos retornados. Como já destacamos anteriormente, o romance não se concentra no deslocamento entre África e Portugal, mas nos caminhos percorridos após o retorno, em uma cidade que não é reconhecida por aqueles que chegaram de África, e que não são por ela acolhidos. As descrições de Lobo Antunes dão a ideia do desconforto sentido por esse grupo, mas também evidencia a degradação desses espaços – "Como se houvesse também guerra aqui, pensou Pedro Álvares Cabral, como se um morteiro destruísse os prédios." (p. 32). Segundo Maria Alzira Seixo, "É em Lixboa, procurando o seu lugar numa cidade agreste e repelente, que se dá a verdadeira e inquietante viagem das suas vidas [...]" (SEIXO, 2008, p. 152). Ressalta ainda que "é a componente negativa da viagem de retorno que é imediatamente salientada" (*idem*, p. 172).

Assim, é interessante observar que não existe ambiente mais degradante e degradado do que o Residencial Apóstolo das Índias, para onde o governo encaminhava os retornados que não possuíam família e nem casa em Portugal. Os retornados, primeiro Pedro Álvares Cabral, sua mulher e filho, e depois Diogo Cão, são jogados em qualquer canto do "estabelecimento", obrigados a dormir com desconhecidos, além de serem extorquidos pelo "santo". A degradação atinge o seu ponto máximo quando a mulher de Pedro, com o seu conhecimento, é obrigada a se prostituir para custear o abrigo da família. Mesmo antes de chegar ao Residencial, o caminho percorrido até o local já dá indícios desses espaços em ruínas, assim como a própria casa dirigida por Francisco Xavier:

> A Residencial Apóstolo das Índias não se situava no Largo de Santa Bárbara consoante o escrivão da puridade lhes afiançara, mas no declive de um terreno perdido nas traseiras dos prédios entre a embaixada da Itália e a Academia Militar. Era uma casa arruinada no meio de casas arruinadas diante das quais um grupo de vagabundos, instalado em lonas num baldio, conversava aos gritos à roda de um chibo enfermo. Perguntou o endereço a um mestiço de olhos sigilosos, a garotos que remexiam desperdícios com uma vara e a um sobrevivente alcoólico de mares remotos abraçado a uma âncora oxidada, e contornaram, a tropeçar, restos de muro e escadas de apartamentos sem ninguém, por onde à noite deslizavam luzes de navegação nos intervalos das janelas. (p. 31)

Além do espaço, também as pessoas que o compõem aparecem de forma miserável. Grupo de vagabundos, garotos remexendo no lixo e um bêbado, assim como tantos outros, preso ao passado marítimo representado pela âncora, já enferrujada. Nesse sentido, a cidade, o modo como é habitada e por quem é habitada formam um conjunto de ruínas, que retrata o velho/novo Portugal, ainda povoado pelas memórias da grandiosidade, mas vivenciando um presente decadente que não mostra caminhos possíveis para o futuro.

É a situação dos retornados que escancara essa nova categoria do país que, ao perder a sua porção de império, é obrigado a conviver com a sua porção de periferia. Portanto, os retornados, mesmo que inicialmente tenham trajetórias diferentes, acabam por caminhar para um final comum, o da extrema humilhação. Manoel de Sousa Sepúlveda que, diferente de Pedro Álvares Cabral, ainda possuía um imóvel em Portugal, se vê diante de uma situação ainda mais vexatória, pois, ao voltar para casa, a encontra tomada por novos "moradores", que, ironicamente, mostram-se chocados com a invasão do proprietário:

> Empurrou a fechadura, agarrou de novo na mala, acendeu o interruptor, e deu com cinco ou seis colchões desdobrados no soalho, vultos cobertos por lençóis de morgue, embalagens de conserva, garrafas de vinho e um homem de camisola interior, de farripas desordenadas, a erguer-se descalço do sofá numa indignação proprietária, Mas o que é isto, o que é isto? (p. 82)

Do mesmo modo que ocorre com o Residencial Apóstolo das Índias, a casa de Manoel também é descrita como um espaço em desordem, ocupada não por pessoas, mas por vultos, que usam o discurso da democracia anunciada com a Revolução dos Cravos para desapropriar as moradias daqueles que se encontravam em África, como ele. Logo, é possível perceber que o principal problema enfrentado por aqueles que retornam ao país é o da moradia. O governo português chegou a criar programas de habitação, bairros destinados aos retornados, mas tais programas não conseguiram atender ao grande contingente populacional dos retornados.

Do individual ao coletivo, a questão dos retornados transforma-se rapidamente em uma questão de desabrigados. Quase todas as personagens do romance, com exceção de Francisco Xavier, enfrentam esse tipo de dificuldade ao retornar para Portugal. Sempre descritos de forma decadente, suja, maltrapilha, outro destino reservado aos retornados de Lobo Antunes, aqueles sem família e sem lar, é um antigo hospital de tuberculosos, desocupado para receber os portugueses que voltam da África:

> Para alojar, de entre os que tornavam de África, aqueles cujos corpos conservavam ainda o cheiro e o murmúrio de larvas dos campos de algodão adormecido que os cães selvagens percorriam no seu trote quimérico, o governo desocupou um hospital de tuberculosos que passaram a tossir nos jardins públicos hemoptises cansadas, e vasou nas enfermarias de muros de cenas de guerra e de actos piedosos, impregnados pelo torpor de morte dos desinfectantes, os colonos que vagavam à deriva, de trouxa sob o braço, nas imediações dos asilos, na mira dos restos de sopa do jantar. (p. 235)

Agora, a morte não está mais nos campos de batalha, nas dificuldades encontradas em África, na guerra colonial. A morte é uma constante na vida daqueles que não são recebidos no seu país origem, que são amontoados em abrigos ou sanatórios, esperando que algum dia deixem de fazer parte de uma estatística de colonização e guerra, para voltarem a ser cidadãos portugueses. No entanto, a única estatística da qual farão parte é a dos desabrigados ou mortos. Sujeitos e espaços que habitam retratam a parte que corresponde ao todo, ao cadáver putrefato de um país que não aceita a própria morte.

> Por essa época o sanatório conseguia os seus primeiros defuntos entre os retornados mais magros, minúsculos sob os lençóis que lhes cobriam a cabeça, e a gente via-os seguir, estendidos numa espécie de tabuleiro com rodas, para a cave de adega das autópsias, claustro onde um carniceiro de avental de borracha e luvas cor de nêspera de lavar a roupa dissecava intestinos e artérias a golpes de facão. (p. 239)

Assim, a morte, que na história expansionista de Portugal sempre se deu fora do território, no mar ou nas colônias, agora tem como cenário o próprio país. Os mortos do sanatório são tratados com o mesmo descaso que os vivos, como um simples pedaço de carne que, agora, será descartado com a ajuda de golpes de facão. Desse modo, mesmo que fique evidente a tentativa de apagar da história a existência desse grupo, não é possível fugir do destino periférico ou fingir que a derrota não aconteceu, já que esta bateu à porta do país com mais de meio milhão de retornados. Como afirma Eduardo Lourenço:

> A ficção de Lobo Antunes vai servir como revelador daquilo que nós mesmos não queríamos ver, que nós mesmos não queremos ver, não apenas essa morte exterior, brutal, trágica que ele encontrou na África, mas outra realidade mais profunda, a nossa realidade de seres confrontados com qualquer coisa ainda mais profunda que a morte, que é a do sofrimento, a da injustiça que nós infligimos aos outros, a nossa própria miséria, os nossos terrores sepultos. Tudo isso ele vai realizar através da sua ficção, vai realizar a verdadeira psicanálise, mas dessa vez não mítica de Portugal, mas psicanálise visceral, profunda, daquilo que nós somos ou daquilo que nós imaginamos realmente ser (LOURENÇO, 2003, p. 351-52).

É exatamente a fusão entre o que Portugal imaginava ser e o que realmente é que encontramos em *As naus*. A revisitação do passado-presente entre em choque com a realidade contemporânea, evidenciando o que de pior poderia ter acontecido com o Império de tantas conquistas. Portanto, a imagem do mar, antes motivo de orgulho e grande personagem da história portuguesa, é agora o início da trajetória que vai ao encontro da derrota, do fim trágico dos cinco séculos de colonização em África. O mar, assim como a cidade, está repleto de figuras degradadas, além de ser o portador das más notícias. O mar é agora para os portugueses o que sempre fora para os africanos, o local de onde chega o indesejado.

> Nunca encalhei, no entanto, em homens tão amargos como nessa época de dor em que os paquetes volviam ao reyno repletos de gente desiludida e raivosa, com a bagagem de um pacotinho na mão e uma acidez sem cura no peito, humilhados pelos antigos escravos e pela prepotência emplumada dos antropófagos. Os colonos que não lograram partir para o Brasil ou a França assemelhavam-se a anjos que perderam as argúcias do voo e chinelavam solas terrestres nos bairros mais tristes da cidade, feitos de ladeiras sem destino, de pelourinhos barrocos e de escadinhas desorientadas, em que mesmo as varandas dos prédios, com os seus casos vermelhos e a sua roupa no fio, se aparentavam a traseiras de subúrbio. (p. 200)

Desse modo, são os homens que retornam de África, mas também aqueles que retornam do mar, da expansão, da experiência colonial, trazendo a desilusão, o sentimento de falha diante das páginas da história, que aportam em Portugal. Mais uma vez, a fusão entre sujeito e espaço é convocada no texto. Os homens humilhados, anjos sem asas que vagam pela terra, habitaram os bairros tristes, labirintos formados por ladeiras, pelourinhos e escadas, único espaço possível, único espaço que os aceitará, colocando-os à margem, na tentativa de esquecê-los ou escondê-los, fazendo do subúrbio o local ideal para a criação daquele espaço em branco do qual falou José Gil.

O império, que se fez grande fora de casa, que se espalhou para todos os cantos do mundo, esqueceu o pequeno pedaço de terra da Península Ibérica. O poder esqueceu os homens que fizeram, de fato, as travessias. A história levou adiante o nome das dinastias e dos governadores. O império que se fez grande fora de casa, o fez ficcionalmente, assim como a ficção o torna mais próximo da realidade, trazendo para suas páginas as personagens apagadas na tentativa de criar um pequeno gigante, colonizador por natureza. Como afirma Margarida Calafate Ribeiro:

> Todos os impérios são, em grande parte, imaginários ou ficções políticas de nações que se excedem a si mesmas. Um império é, por definição, uma nação que se espalhou por terras longínquas do seu berço inicial e, nessa medida, é um território em processo simultâneo de desterritorialização e de reterritorialização. O movimento que o sistema implica liga-se à conquista inerente ao processo e às distâncias que ela envolve, que, apesar dos barcos, das armadas, dos exércitos ou dos mensageiros, constitui o preço a pagar por uma grandeza que essa mesma distância torna sempre duvidosa. (2004, p. 27)

Os processos de desterritorialização e reterritorialização pelos quais passou Portugal podem ser exemplificados, de forma resumida, nos anos de guerra colonial em África. O contingente populacional enviado para os territórios ultramarinos, na tentativa vã de impedir as independências e manter o império, mostrou, de variadas maneiras, as fraquezas da ficção construída durante quinhentos anos.

Para além da perda daqueles que morreram durante as guerras, o contraponto entre realidade e ficção, no que diz respeito ao mito do império português, foi sendo desmascarado com o retorno dos sobreviventes, militares ou não. Coube à literatura do pós-Revolução de Abril "enfrentar" o mítico, desvelar o discurso colonial que não oprimia somente o colonizado, mas que também levou o próprio império a cair em decadência. Os retornados, em sua condição de personagens que flutuam entre a realidade contemporânea de Portugal e a produção literária, nos fazem descortinar a ruína do fim do Império e pôr a nu o cadáver que dele restou.

III

A geração da utopia: a nação em caminho inverso

> *Ela está no horizonte. Me aproximo dois passos, ela se afasta dois passos. Caminho dez passos e o horizonte corre dez passos. Por mais que eu caminhe, jamais a alcançarei. Para que serve a utopia? Serve para isso: para caminhar.*
>
> Eduardo Galeano[1]

Apesar de o ano de 1849 ser considerado o marco inicial da literatura angolana como sistema literário, com a publicação de *Espontaneidades da minha alma*, de Maia Ferreira, é inegável que seu florescer se dá na segunda metade do século XX, com o avanço dos movimentos nacionalistas pós-segunda guerra e, consequentemente, nos territórios colonizados, os de cunho independentista. Tais movimentos vão ganhar cada vez mais adeptos a partir desse momento do século XX, especialmente nas colônias portuguesas. Deve-se lembrar que uma nova colonização iniciada em finais do século XIX, já tinha

1 GALEANO, Eduardo. *As palavras andantes*. Porto Alegre: S&PM, 1994, p. 310.

acabado por intensificar situações de confronto entre colonizador e colonizado, como a história acaba por resgatar.[2]

Como se sabe, Portugal só irá de fato se preocupar com a ocupação de suas colônias africanas após a independência do Brasil (1822), a Conferência de Berlim (1884-85) e o Ultimato Britânico (1890), pois, além da necessidade de substituir o território americano perdido, a não-colonização efetiva em África poderia acarretar a perda desses espaços para as potências europeias, como a Inglaterra, por exemplo. Segundo Norrie Macqueen: "[...] parece razoável apontar 1913 como data efetiva – e sempre aproximada – do estabelecimento definitivo do domínio europeu em Moçambique. Para Angola e para a Guiné poder-se-á apontar respectivamente, 1914 e 1915." (1998, p. 74). Apesar da data divergente, a argumentação de René Pélissier, no caso específico de Angola, além de corroborar a ideia de que a colonização só começou de fato no século XX, aponta para a falsidade histórica do império português. Afinal, se não havia ocupação efetiva nos séculos anteriores, não é possível falar em cinco séculos de colonização. Resgatamos a assertiva de Pélissier:

> Em 1904, até mesmo em 1907, a Angola realmente portuguesa representava no máximo um décimo do território actual. E isso não era confi-

2 Não queremos dizer com isso que não havia descontentamentos com relação à presença portuguesa antes do século XX. As resistências sempre existiram, basta lembrar a figura da rainha Jinga e os inúmeros confrontos relatados, no século XVII, por António de Oliveira Cadornega em usa obra de três tomos, *História geral das guerras angolanas* 1680-1681. (Anotado e corrigido por José Matias Delgado). Lisboa: Agência Geral do Ultramar, 1972. Ou ainda, como nos lembra Edward Said na introdução de *Cultura e Imperialismo*, "o contato imperial nunca consistiu na relação entre um ativo intruso ocidental contra um nativo não ocidental inerte ou passivo; *sempre* houve algum tipo de resistência ativa e, na maioria esmagadora dos casos, essa resistência acabou preponderando" (2011, p. 10)

> dencial. Estava escrito em "Angola – Dois Anos de Governo", de Paiva Couceiro. João de Almeida, que foi seu braço direito, contou as suas próprias campanhas. Se ele empreendeu, a partir de 1845, 180 operações militares, isso significa que a colónia não estava pacificada. Esta foi a chave que demonstrou a falsidade do slogan "Cinco séculos de colonização portuguesa em Angola". (2010, s.p.)

Ainda em sua argumentação, o historiador francês faz questão de ressaltar as campanhas militares efetuadas em Angola, o que demonstra que a resistência já existia muito antes da eclosão da guerra de independência, em 1961, o que está bem evidente na obra de Cadornega, por exemplo. Portanto, o que encontramos, no século XX, é a união de um conjunto de fatores, externos e internos, que levarão à organização de diversas formas de resistência.

Nesse contexto, é inegável, e já bastante trabalhado especificamente no meio acadêmico brasileiro, tanto em cursos de Letras, como nos de História,[3] o papel que a literatura desempenhou no longo processo a caminho da independência, burlando as ações de censura comandadas pelo Estado Novo português. A literatura angolana, assim como as produzidas em outros territórios de língua portuguesa, inglesa ou francesa, foi o primeiro caminho para a redescoberta da voz e da sua potência reivindicatória. Como afirma Benjamin Abdala Júnior, nessa época, ganhou espaço "uma tendência literária onde a condição de artista do escritor dialogava com a inserção ativa de sua cidadania. Aí estava Pepetela, um autor que

3 É evidente que o ensino de história da África e as literaturas africanas, nos cursos de gradução, está longe de atingir o desejado. No entanto, em grupos de pesquisa já consolidados, como os da UFF, UFRJ e USP, por exemplo, tal temática já foi bastante trabalhada.

veio a refletir em sua obra sobre os movimentos de ascensão e de queda dos sonhos libertários." (2003, p. 239).

Pepetela, provavelmente um dos escritores angolanos mais conhecidos e publicados, vencedor do Prêmio Camões em 1997 pelo conjunto da obra, pode ser pensado como alguém que fez parte da geração que levou o país à independência. Além disso, o escritor perpassa três momentos de extrema importância para a literatura angolana, se levarmos em consideração a periodização elaborada por Pires Laranjeira (1995). Segundo o professor e crítico português, a literatura angolana estaria dividida em sete momentos,[4] sendo o primeiro, ainda, o de uma literatura "luso-angolana", e somente a partir do segundo, a contar da publicação da obra de Maia Ferreira, o de uma literatura angolana como sistema. Assim, teríamos as fases de "incipiência" (das origens até 1848), "primórdios" (1849-1902), "prelúdio" (1903-1947), "formação" (1948-1960), "nacionalismo" (1961-1971), "independência" (1972-1980) e "renovação" (1981-1993).

Ao observarmos essas etapas propostas por Pires Laranjeira, podemos concluir que a produção inicial de Pepetela vai coincidir com o quarto período, aquele denominado justamente de período de "formação da literatura". Neste momento, datado entre 1948 e 1960, inaugurado pelo Movimento dos Novos Intelectuais de Angola, sob o lema "Vamos descobrir Angola", e passando pela criação da Revista *Mensagem* (1951), já a sofrer o processo de censura em seu segundo número, as preocupações sociais eram muito fortes. O pacto entre ideologia e estética dava seus primeiros passos e, segundo Pires Laranjeira (1995, p. 38-39), a exaltação do povo, a busca da identidade

4 Lembramos aqui que a publicação do livro de Pires Laranjeira data de 1995, portanto, é possível imaginar que até o momento presente pudéssemos pensar em outras divisões para a literatura angolana. Poderíamos falar em um oitavo período em que a distopia por parte do grupo que fez a independência encontra-se com o otimismo de uma nova geração.

nacional e a integração no chamado *mundo negro*, formavam as linhas gerais desse momento. Para ele,

> O Neo-realismo cruza-se com a Negritude. Com os ventos de certa abertura e descompressão da política internacional, a seguir à II Guerra Mundial, na Europa, como em África, animam-se as hostes angolanas empenhadas em libertar-se das malhas estreitas da política colonial e, portanto, de uma cultura alienada do meio africano. (LARANJEIRA, *idem*, p. 37)

Portanto, é com os ventos soprados após a Segunda Guerra, ventos carregados de ideias libertárias, que Pepetela parte para Lisboa,[5] no intuito de obter a formação superior. Já matriculado no curso de História, passa a compor a Assembleia Geral da Casa dos Estudantes do Império (CEI), onde publica seus primeiros contos, em 1959, no boletim *Mensagem*. Um ano após o início da guerra pela independência em Angola, em 1961, Pepetela foge da convocação para o exército português em direção a Paris, onde permanece por seis meses, seguindo para a Argélia, onde se forma em Sociologia pela Universidade de Argel.

O curso da guerra em Angola, que duraria treze anos, está intimamente ligado a sua produção literária, que atinge, entre os anos de 1961 e 1971, a fase do "nacionalismo". O quinto período apontado por Pires Laranjeira é o responsável pelos textos de temática "guerrilheira", mas é também atingido pela censura, que abrange e intensifica a sua atuação durante os anos de guerra. Segundo o crítico,

> [...] nesta década, abate-se uma repressão generalizada sobre os políticos e intelectuais ligados às

5 As referências biográficas que se seguem foram retiradas do livro *Portanto... Pepetela*, organizado pelas professoras Rita Chaves e Tânia Macedo, publicado em 2002 pela editora angolana Chá de Caxinde.

> movimentações nacionalistas. São encerradas a CEI, as Edições Imbondeiro e outras publicações e, durante um certo tempo (1964-1970), com a guerra a decorrer nalgumas regiões do mato (noroeste e leste), fica-se com a sensação de que as actividades culturais angolanísticas não recuperarão o folego. (LARANJEIRA, 1995, p. 40)

Nesta fase, Pepetela funda, ainda na Argélia, juntamente com Adolfo Maia, Henrique Abranches, João Vieira Lopes e Kasesa, o Centro de Estudos Angolanos (1964), com o objetivo de ajudar o Movimento Popular de Libertação de Angola (MPLA). Se como escritor, só conseguirá publicar seus livros a partir de 1977, a escrita de *Muana Puó* e *Mayombe* datam de 1969 e 1971. Ainda poderíamos considerar como parte desta fase, *As aventuras de Ngunga*, escrito em 1972, e a primeira obra a ganhar edição comercial, em 1977. Os dois primeiros livros só seriam publicados em 1978 e 1980, respectivamente.

Assim, o início da publicação das obras de Pepetela está inserido já no sexto período definido por Pires Laranjeira, o da "independência" (1972-1980), quando surge em Angola "uma actividade em torno de revistas e páginas literárias englobando europeus de passagem (no exército português, na função pública, nas empresas privadas), portugueses residentes e angolanos" (*idem*, p. 41). Ainda segundo o professor português, a fase de "renovação" (1981-1993) permitiu a publicação de obras ainda consideradas incômodas já para o poder vigente, dentre elas *A geração da utopia*, de 1992.

A partir da independência, vale lembrar, Pepetela assume uma série de cargos políticos, como o de diretor do Departamento de Orientação Política do MPLA (1975) e o de Vice-Ministro da Educação (1976). É exatamente o confronto entre a sua trajetória política e o seu caminho como escritor que chama a atenção. Em sua biografia, destaca-se o embate claro entre o homem, ao mesmo tempo, membro do MPLA e do governo, e o escritor, um crítico de algumas práticas e posturas do poder do qual fazia parte.

Desde *As aventuras de Ngunga*, texto produzido para o ensino de língua portuguesa para crianças no interior angolano que não a dominavam, o desejo libertário caminha ao lado das críticas ao Movimento e ao uso da tradição. Através da figura do Presidente Kafuxi, no caso, o pequeno Ngunga descobre o egoísmo, a exploração e a mentira, além da necessidade cega de respeitar um homem sem princípios, apenas por ser um mais velho. Assim são ressaltadas as incoerências ideológicas de alguns membros do Movimento, bem como a corrupção por parte daqueles que se autodenominavam os salvadores da pátria.

As mesmas situações são evidenciadas em *Mayombe*, texto mais denso em que o autor chama a atenção para a multiplicidade etno-cultural do MPLA, ou seja, deste movimento composto por sujeitos tão variados quanto o próprio país, multifacetado etnicamente. Desse modo, a temática da guerra de libertação abre espaço para outro conflito além do já conhecido colonizado *versus* colonizador, ou seja, para o problema do tribalismo, que acompanhará a história de Angola e se faz a marca de uma fratura sempre a agravar-se.

Nesse sentido, recorremos mais uma vez, às palavras de Pires Laranjeira, que, assim como diversos leitores da obra de Pepetela, tenta compreender a ligação entre o homem do governo e o escritor:

> Pode perguntar-se porque é que o escritor – que, como vimos, já tinha antecedentes de dúvidas heterodoxas, *Mayombe* – não abandonou o poder, uma vez que era vice-ministro da Educação. Por isso, é legítimo questionar se ele pode desempenhar o papel de reserva moral da Nação ou de advogado do diabo sem nunca ter seguido a caminho do exílio. [...] Ele mantinha uma reserva crítica, distanciando-se do poder, mas não se transferia de campo político, salvaguardando

> uma profunda ética e coerência de escritor crítico e todavia solidário. (1995, p. 146)

Assim, as personagens de Pepetela são vistas, por parte da crítica, como projeções de seu ideário político Não é à toa que alguns, ao analisarem seus romances, encontrem algo de autobiográfico em personagens que expõem abertamente, mesmo durante as guerras, suas opiniões críticas com relação ao MPLA. A opinião de Pires Laranjeira pode ser corroborada pela de Inocência Mata, ao afirmar que "Pepetela em muitos dos seus romances não inventa um outro lugar, mas propõe a deslocação radical dentro de um mesmo lugar [...]" (MATA, 2006a, p. 54). Desse modo, o autor não estabelece uma ruptura com o poder vigente e não faz parte de uma oposição a ele. No entanto, dentro do próprio grupo, destaca-se como uma voz dissonante.

O espaço dado pelo escritor angolano à diferença de discursos, ideologias e posturas resgata a diversidade cultural e ideológica que compõe o seu país (e por que não dizer a diversidade que compõe o ser humano como um todo?). Tal multiplicidade, tão utilizada por interesses externos nos conflitos civis, aparece problematizada em boa parte da ficção de Pepetela, que tenta, ao colocar em choque suas próprias personagens, desnudar os preconceitos internos, ao mesmo tempo em que chama a atenção para o uso que é feito desses embates, dos quais só saem prejudicados os próprios angolanos.

Segundo Laura Padilha:

> O intelectual deste fim de século [XX], ao perseguir a diferença e insistir na policromia, não pretende regressar às origens; impossível retorno. Pertencendo à esfera urbana, reconhece a distância existente entre ele e o outro que, nos longínquos quimbos e senzalas, vive ainda muito perto do legado da tradição ancestral. (PADILHA, 2002, p. 28-29)

Nesse sentido, é possível perceber a necessidade de analisar-se a constituição da sociedade angolana, tratada de forma desigual pela colonização portuguesa que sempre enfocou uma pequena parte do litoral do país. Esse tipo de colonização, que favoreceu o aparecimento de uma elite urbana, enquanto o interior do país permanecia ligado às suas tradições, também pode ser entendido como um dos motivos do fraccionismo em Angola. Pepetela, e outros intelectuais que vivenciaram o momento da independência, perceberam a importância dessa policromia, como intitula Laura Padilha, mas insistem em pensar o futuro do país e, se a ordem estabelecida ainda vê tais argumentos como oposição ao poder, a literatura assume o espaço de quebra do silêncio sobre as fraturas nele existentes.

Por este motivo, a obra de Pepetela, ao aliar literatura e história, oferece ao leitor um panorama bastante rico da sociedade angolana, pois além de ficcionalizar fatos ligados, principalmente, ao momento contemporâneo do país, o faz de forma crítica, ressaltando os problemas, sem atribuí-los somente à colonização ou fatores de interesses externos. De acordo com Inocência Mata, "A sua obra pauta-se por características sémicas que apontam para a diferença, a diversidade, a alteridade, a igualdade e a dialogia, num processo em que o diálogo entre as duas entidades não tem um resultado somativo mas cumulativo [...]" (MATA, 2006a, p. 56). Assim como a professora e crítica são-tomense, Rita Chaves também destaca a importância dos impasses na formação da nacionalidade que estão presentes na obra de Pepetela:

> Talvez mais do que qualquer outra produção estejam visivelmente assinalados na sua as representações, os impasses, e as contradições da história recente do país. A indisfarçada preocupação com os problemas em torno da formação da nacionalidade pode explicar a continuidade de um projeto em cujo interior se manifestam as

> diversas rupturas que o próprio desenvolvimento da História impõe. (CHAVES, 2005, p. 88-89)

Quando se pensa a obra de Pepetela como um projeto ideológico que auxilia o leitor a compreender não só a formação da nacionalidade angolana, mas sua problematização, é possível perceber a importância desse olhar que participou do processo e que agora o vê com certo distanciamento. Talvez, se o escritor tivesse abandonado o movimento logo após a independência, fosse agora apenas mais uma voz a compor a oposição. Ao contrário, como fez parte desses primeiros anos de construção do país, ele pôde observar as transformações entre o que foi desejado durante a luta e os caminhos escolhidos no pós-independência, trazendo esse impasse para suas obras.

O ficcionista, assim, mesmo envolvido em todo o processo de independência e construção da nova nação, usou a literatura para criticar e denunciar os desvios de alguns (ou de muitos), ao mesmo tempo em que dela se valeu para refletir sobre os grupos etno e socioculturais que constituiriam o novo país que, mesmo durante a guerra contra o colonizador, já se mostravam as suas fraturas. É sobre esta fratura interna, obviamente alimentada por interesses externos, que Pepetela vai escrever a partir do seu exílio na Argélia. Segundo o próprio autor, em entrevista a Michel Laban, esta marca de sua escrita parece surgir de forma natural: "Estou a escrever sobre a realidade e a crise penetra imediatamente" (PEPETELA *apud* LABAN, 1998, p. 791).

A geração da utopia, nesse sentido, não deixa de ser um bom exemplo da crise imposta pela realidade, o que faz com que alguém que ajudou a pôr de pé um sonho, o sonho de liberdade que viria com a independência, acabe por vê-lo ruir e, por isso, olha agora o país com os olhos de lamento. Tal dor ganha dimensão maior, quando o sonhador percebe que outros, que lutaram ao seu lado pelo futuro de Angola, rapidamente esqueceram os motivos da resistência, escolhendo seus próprios interesses como força reivindicatória. Desse modo, os sonhos que impulsionaram a geração de 60 acabam por cair por terra, mas, mesmo assim, a utopia, a nosso ver, não desvanece.

Aqui, voltamos à epígrafe de Eduardo Galeano para ressaltar que o romance de Pepetela é exatamente este caminhar constante em direção à utopia, sempre localizada no amanhã. Assim, a utopia descrita por Galeano pode ser a do sonho impossível, aquele que sempre estará um passo à frente dos que a perseguem, continuando sempre a constituir-se a força motora que alimenta o caminhar, e não um obstáculo à busca de dias melhores. A geração de 60, desse modo, pode ter levado Angola da utopia à distopia, mas também abriu caminhos para que a luta fosse vista como algo possível. O colonizador português se foi, no entanto, a luta possível ainda não está terminada, e será necessário que outra geração se encarregue de dar os próximos passos.

Nesse sentido, o romance, que possui quatro partes, pode ser divido em duas (levando em consideração a cronologia dos fatos narrados), sendo as primeiras, "A casa (1961)" e "A chana (1972)", referentes ao período do sonho de libertação e de guerra de independência, e as últimas "O polvo (Abril de 1982)" e "O templo (a partir de Julho de 1991") a cobrirem o pós-independência e, consequentemente, o tempo-espaço da guerra civil. No entanto, podemos propor uma outra divisão, também binária, no que diz respeito aos deslocamentos encontrados na obra e que se torna o ponto de interesse desta análise. Vemos em "A casa" o momento de formação de uma jovem geração de angolanos que ganha corpo no espaço português da Casa dos Estudantes do Império, espaço de vigilância que se transformou em local de resistência. Nas três partes restantes, veremos o desenrolar da guerra, com o regresso de algumas personagens para Angola, a independência e a realidade distópica, ou seja, aquela realidade em crise da qual falou Pepetela. Por este motivo, vemos, no desfecho da obra, que a nação percorreu o caminho inverso àquele proposto no início da guerra de independência, evidenciado na primeira parte do livro.

A Casa dos Estudantes do Império: a(s) partida(s) necessária(s)

> *A CEI [era] um dos poucos oásis de democracia e de liberdade que ainda sobreviviam no vasto deserto colonial-fascista; era um corpo vivo, uma autêntica instituição de educação informal que contemplava e orientava a formação de estudantes africanos, incutindo-lhes valores como os de liberdade, de democracia, de tolerância e, sobretudo, a nós africanos, despertava-nos para a nossa própria identidade e ensinava-nos como combater a alienação mental e cultural provocada por séculos de dominação colonial.*
>
> Jorge Querido[6]

Fruto do desejo imperial português, a Casa dos Estudantes do Império, referida como um oásis por Jorge Querido, é criada em 1944, como proposta do Ministro das Colônias, Francisco José Vieira Machado. Como o ensino nas colônias, especialmente o universitário, é extremamente tardio, pois surgido em Angola e Moçambique apenas em 1968, muitos estudantes viajavam para a Metrópole para dar continuidade aos seus estudos. Os primeiros a formarem uma associação, segundo Pires Laranjeira (2005), foram os moçambicanos, em 1941, seguidos dos angolanos, em 1942. Porém, a iniciativa do movimento associativo, que começava a encorajar outras colônias, confronta-

6 QUERIDO, Jorge. "O 'espírito' da CEI". In: *Mensagem*: número especial. Lisboa: Associação Casa dos Estudantes do Império, 1997, p. 117.

va as ideias imperiais do regime, que logo unificou as Associações de Estudantes, pela criação da Casa dos Estudantes do Império (CEI).

Desde a sua constituição, já a fala do Ministro das Colônias apontava a necessidade de construção de uma "mentalidade nacional", no sentido imperialista:

> Constituída a Casa dos Estudantes do Império fica satisfeito o nosso desejo, sabendo que podemos contar com a vossa dedicação, patriotismo e boa vontade. Estabelecer-se-á, assim, a necessária camaradagem entre todos os estudantes e uma mentalidade nacional mais profícua. Cada vez mais as nossas colónias estão integradas no pensamento da Metrópole, e é bom reforçar o elo que reúne o escol do Ultramar ao do Continente. (MACHADO, 1944, p. 134)

Portanto, fica evidente, nos discursos do Estado Novo que envolvem a criação da CEI, que esta se tratava de uma manobra política e, não, de uma benfeitoria para os chamados povos colonizados. Ela nasce como uma tentativa de abortar os desejos independentistas dos jovens que eram obrigados a deixar a sua terra para completarem os estudos na Metrópole.

A Casa, que desenvolvia variadas atividades culturais, esportivas e assistenciais, se foi rapidamente transformando em um dos grandes erros de Salazar, pois, segundo as palavras de Pires Laranjeira, "A partir de 1948, a CEI já era mais 'africana' do que 'imperial'" (2005, p. 130). Desse modo a sua criação proporcionou a reunião dos poucos africanos com acesso à educação formal e que, por sua formação, começam a se articular através do desejo comum de independência. Como afirma Edward Said:

> O nacionalismo é uma declaração de pertencer a um lugar, a um povo, a uma herança cultural.

> Ele afirma uma pátria criada por uma comunidade de língua, cultura e costumes e, ao fazê-lo, rechaça o exílio, luta para evitar seus estragos. Com efeito, a interação entre nacionalismo e exílio é como a dialética hegeliana do senhor e do escravo, opostos que informam e constituem um ao outro. Em seus primeiros estágios, todos os nacionalismos se desenvolvem a partir de uma situação de separação. (SAID, 2003, p. 49)

Partindo dessa reflexão de Said, podemos pensar que Salazar acabou por reunir elementos que em contato gerariam uma combustão, ou seja, o desejo de liberdade e a experiência do exílio. Para além do distanciamento de seus espaços, pelo exílio, o olhar do outro (colonizador), constantemente a destacar as diferenças – amenizadas nos discursos oficiais, mas declaradas nas ações diárias – também contribuiu para o desabrochar dos sentimentos nacionalistas sustentados pelo desejo de liberdade. A Casa dos Estudantes do Império tornou-se um dos principais espaços de resistência e propagação dos ideais anticoloniais e/ou anti-imperiais, propagação que estava presente em publicações literárias de nomes africanos, palestras e atividades clandestinas.

A proximidade com outros países europeus, especialmente a França, de onde vinham importantes teorias de valorização da cultura negra, além de ser espaço de criação de movimentos independentistas,[7] permitiu aos estudantes expandir o seu olhar sobre as possibilidades

7 Apesar das divergências com relação ao local e à data de criação do MPLA, diversos autores reconhecem a sua criação em Paris, no ano de 1960, diferente da versão mantida pelo partido de que a criação data de 1956, em Luanda. A respeito do assunto, ver: BITTENCOURT, Marcelo. "A criação do MPLA". *In: Estudos Afro-Asiáticos*. Número 32. Rio de Janeiro: CEAA/UCAM, 2007, p. 185-208. Ver também: PACHECO, Carlos. "Em que ano realmente foi fundado o MPLA?". In: *Repensar Angola*. Lisboa: Vega, 2000.

de resistência frente à colonização portuguesa. O ambiente da CEI forneceu materiais, de variados tipos, financiados pelo próprio Estado Novo, que espalharam tais ideologias, não só entre aqueles que viviam na metrópole, mas também entre os que permaneceram no ultramar. Pires Laranjeira afirma que

> A partir de 1958, a CEI tinha por único objectivo lutar pela consciencialização a caminho da independência das colónias [...] a partir de 1959 e principalmente de 1961, os estudantes, sobretudo negros e mestiços, mas também brancos, começaram a demandar outras paragens, seguindo directivas políticas dos movimentos de libertação que se tinham formado em meados dos anos 50. (LARANJEIRA, 2005, p. 135)

Com a intensificação de atividades consideradas subversivas, como a impressão de panfletos dos movimentos de independência, a Casa passa a ser constantemente vigiada e investigada pela PIDE (Polícia Internacional e de Defesa do Estado), que faz buscas por materiais de cunho político, prende alguns de seus membros e segue de perto as atividades de outros. É nesse contexto que a Casa é encerrada, em 1965, por decisão do governo, que reconhece o potencial subversivo de seus membros e de suas atividades nas lutas que haviam começado em 1961 no ultramar.

Ao analisar os processos produzidos pela PIDE e que hoje se encontram depositados no Arquivo Nacional da Torre do Tombo, em Lisboa, é possível encontrar materiais riquíssimos sobre as atividades da Casa dos Estudantes do Império. Apesar de tal espólio ainda levantar debates sobre a legitimidade de seus dados textuais,[8] já que foram

8 Tal ressalva se faz necessária, já que pessoas envolvidas ou citadas nos processos, por vezes, reclamam desses arquivos, por estes trazerem correspondên-

produzidos e organizados por um órgão do governo, de caráter extremamente repressor, os processos ali armazenados trazem, para além de depoimentos, importantes documentos, como manifestos, panfletos, telegramas etc..[9] No mais, a própria necessidade de investigação por parte da PIDE e as correspondências trocadas entre membros do poder por si só constituem material de interesse científico.

---

cias pessoais, ou por terem sido produzidos em situações de tortura. Sobre estes debates, é interessante destacar o texto do historiador Carlos Pacheco, inicialmente publicado no *Diário de Notícias*, em 5 de abril de 1996, e depois no livro *Repensar Angola*, de 2000. O artigo intitulado "Quem tem medo do aquivo da PIDE/DGS" foi escrito em resposta a um texto de António Barreto, publicado no jornal *Público*, em 18 de fevereiro de 1996. Neste artigo, Barreto reivindica a posse de seu processo, por este conter documentos pessoais. Carlos Pacheco, por sua vez, dá exemplos de outros países, como a Alemanha, a Rússia e a África do Sul, que também possuem este tipo de arquivo, defendendo a ideia de que não se pode negar as realidade históricas. "A vigilância que as polícias secretas exerceram foi absoluta, violando a vida dos cidadãos ao pormenor. A perseguição nos regimes autocráticos inscreve-se numa lógica diferente das dos estados de Direito. Nestes, os indivíduos são cidadãos, nos regimes de ditadura são suspeitos [...]. Nesses países nunca se conclamou contra o Estado e tão pouco se exigiu a devolução aos particulares de objectos que lhes foram subtraídos. O que aconteceu, aconteceu. Faz parte da história" (PACHECO, 2000, p. 45-46).

9 O processo que corresponde à Casa dos Estudantes do Império contém cinco volumes, cada um com uma quantidade de folhas bastante variada: o número vai de quarenta e nove folhas até mais de trezentas, dependendo do volume. As pastas são compostas por depoimentos de membros da Casa, suspeitos de atividades subversivas; documentos administrativos, desde atas de reuniões até o contrato de aluguel da casa; panfletos impressos e/ou distruibuídos na CEI, apreendidos pela PIDE quando a Casa já se encontrava sob vigilância constante; cartas enviadas pela direção da Casa, reclamando de tal vigilância; documentos do governo que destacam a periculosidade do ambiente e dos membros da CEI, entre outros papéis avulsos.

Nestes processos também é possível evidenciar o peso da CEI na circulação das produções literárias e culturais dos países africanos de língua portuguesa. A coleção "Autores Ultramarinos", iniciada em 1960 e dirigida por Fernando Costa Andrade, é um forte exemplo do empenho dos estudantes em fazer ouvir as vozes vindas de África. A coleção é citada no depoimento, dado em julho de 1963, por Manuel Dias Monteiro, estudante natural de Angola, e presidente da direção da CEI, nomeado em dezembro de 1962. A citação a seguir, apesar de longa, se faz necessária, pois dá mostras das intensas atividades da CEI. Em seu depoimento, do qual extraímos fragmentos que nos interessavam, Monteiro afirma que:

> [...] durante o ano de mil novecentos e sessenta foram publicados na referida colecção, "AUTORES ULTRAMARINOS", os livros "AMOR" (Poemas – de mil novecentos e sessenta), de Mário António e "A Cidade e a Infância" (Contos, mil novecentos e sessenta), Luandino Vieira.
>
> [...] Que, nesse período [12/1960 a 07/1961] foram publicados na colecção "AUTORES ULTRAMARINOS" os seguintes livros: "Fuga" (Poemas, mil novecentos e sessenta) de Arnaldo Santos; "Poemas de Viriato da Cruz" e Poemas de Circunstância, - de António Cardoso, todos edição da Casa dos Estudantes do Império.
>
> [e ainda no mesmo período] "Terra de Acácias Rubras", de Costa Andrade; "Kissange", de Manuel Lima; "Poemas", de Agostinho Neto e "Poemas", de António Jacinto.

> [bem como] o livro "Poesias", de Alexandre Dáskalos, em edição e propriedade da família do autor.
>
> [em 1962] foi publicado o livro "Caminhada" (Poemas), de Ovídio Martins. [e ainda] foi publicado o livro "Diálogo", de Henrique Abranches e em Maio passado o livro "Poesia Angolana", de Tomaz Vieira da Cruz. (ANTT. PIDE/DGS. Série SR329-46, 3º volume)

Nestes excertos do depoimento, é possível perceber que a Casa dos Estudantes do Império não apenas publicou autores africanos, como publicou obras de escritores que já eram conhecidos por suas atividades políticas. Por exemplo, quando houve a publicação da obra *A cidade e a infância*, de Luandino Vieira, em 1960, o autor já possuía uma passagem pela prisão, em 1959, por suas atividades consideradas subversivas. Portanto, já está evidente a intenção de tornar público não só a arte, como também os projetos ideológicos de um grupo de escritores. Ao comentar sobre a coleção publicada pela CEI, António Faria, historiador e antigo membro da casa, diz que as obras são "sem dúvida a afirmação de uma diferença de culturas mas é sobretudo um acto revolucionário" (FARIA, 1997, p. 62). Ele ainda relembra Fanon e o "significado somático do acto de escrever", ressaltando que, naquele contexto, "Escrever significava mais do que dar corpo a ideias ou sensações, sentimentos ou projectos, mas simplesmente *existir*. Quem escrevia existia. Existia como ser humano, porque passava a ter identidade e era um referente [...]." (*idem*, p. 56).

É sobre a geração que pertencia à Casa dos Estudantes do Império, quando do início da guerra em Angola, que Pepetela trata no romance aqui focalizado. Resgata com maestria o sonho de independência nutrido pela geração de estudantes ainda na Metrópole, percorrendo a sua trajetória desde a saída de Angola até a fuga para a

França, destacando o papel exercido pela CEI, as diferenças existentes entre os movimentos de libertação, as perseguições sofridas pelos estudantes, entre outros temas de importância para a história contemporânea de Portugal e de Angola.

Como está indicado no título do capítulo, "A Casa (1961)", as primeiras 120 páginas do romance serão dedicadas aos acontecimentos do ano de 1961 que envolvem a CEI e o início da guerra em Angola. Um grupo de cerca de cinco estudantes, entre recém-formados, formandos e calouros (Aníbal, Sara, Vítor, Malongo, Laurindo...) dividem as angústias de um tempo de guerra, o desejo de agir e as suas limitações e, principalmente, as saudades da terra natal que acabam por mitificá-la.

> Cada um ficava agarrado às suas recordações da infância e transmitia aos outros, que as viviam como próprias. E a ideia cada vez mais mítica da terra longínqua, feita de impressões misturadas, em que se cruzava a cadência do kissanje com as frutas do planalto e as zebras do deserto do Namibe. A distância emprestava às coisas o tom patinado da perfeição.
>
> Foram anos de descoberta da terra ausente. (p. 11)

Sara, como outros jovens angolanos, sabia que estudar na metrópole era um caminho obrigatório para aqueles que pretendiam ascender em Angola e contribuir para o seu desenvolvimento. A jovem já havia saído de Benguela para poder fazer o liceu no Lubango, e percebeu que na viagem para a metrópole, onde cursaria medicina, "começava o exílio" (p. 11). Como podemos verificar nas palavras de Stuart Hall: "a pobreza, o subdesenvolvimento, a falta de oportunidades – os legados do Império em toda parte – podem forçar as pessoas a migrar, o que causa o espalhamento – a dispersão. Mas cada disseminação carrega consigo a promessa do retorno redentor" (HALL, 2006,

p. 28). Os sentimentos de Sara também evidenciam a problemática dessa migração necessária: "E ali, no centro mesmo do império, Sara descobria a sua diferença cultural em relação aos portugueses. Foi um caminho longo e perturbante." (p. 11).

Mesmo sendo branca, sua condição de nascida na colônia a colocava em uma paradoxal situação, pois, para os portugueses, seria sempre uma "portuguesa de segunda", e, para os estudantes negros da CEI, não era totalmente confiável por ser branca. Seu relacionamento com Malongo, negro, jogador de futebol do Benfica e totalmente alheio às questões políticas, também trazia uma série de incômodos, já que o racismo da sociedade portuguesa ficava evidente quando os dois estavam juntos – "Sara leu reprovação nos olhos das mulheres" (p. 70). Apesar de dividida entre a cor da pele e a nacionalidade, Sara não deixa de demonstrar sua personalidade combativa e, dentre as personagens, é a que mais questiona abertamente os comportamentos, seja dos portugueses – "Português puro nunca existiu, sempre foi um mestiço. E agora vem com racismos, bardamerda" (p. 70-71) – ou dos africanos – "[...] o nacionalismo é uma fase necessária e vale a pena lutar por ele. [...]. Mas provoca também exclusões injustas" (p. 92). Por isso era admirada pelo seu comprometimento, tanto com os estudos quanto com a situação colonial, e já havia deixado evidente seu posicionamento crítico em uma palestra sobre mortalidade infantil – "Palestra prudente, com cuidadosa escolha das palavras, que lhe valeu muitos aplausos no fim, mas também uma chamada à Pide, a polícia política, para advertência" (p. 12).

Mas para além de todas as preocupações destacadas inicialmente por Sara, ligadas aos preconceitos sofridos, ou por serem negros ou brancos nascidos no ultramar, a adaptação em Lisboa e a distância de suas famílias, os estudantes que viviam na metrópole no ano de 1961, tinham de lidar com as preocupações da guerra iniciada em Angola e as pressões do governo salazarista que, apesar do envio cada vez mais constante de tropas, "fingia" não haver uma guerra, investindo na censura para que informações não fossem publicadas e o povo não tivesse a dimensão exata do que ocorria no ultramar. Inseridos nesse contexto de silêncio, os estudantes perdiam o foco, tentando imaginar a situação real nas colônias, como fica evidente na fala da personagem Vítor, estudante de veterinária, vindo do Huambo em 1959:

> – Bem, tenho estudado. Mas ultimamente, sabes, com todos esse acontecimento, deve haver poucos que estão mesmo a estudar. Uma pessoa pensa, pensa... A cabeça está virada para outras coisas.
>
> [...]
>
> O que se passa realmente na terra? O que é verdade e o que é propagando do regime? [...] Pois é duma guerra que se trata, diga o governo o que disser. As notícias enchiam as páginas dos jornais, mas as informações eram poucas. A censura estava a trabalhar a triplo vapor, as tesouras nunca funcionaram tanto como agora. Os jornais enchiam-se de discursos patrioteiros, Portugal é uno e indivisível, de declarações de apoio ao regime, mas pouco de concreto sobre os acontecimentos. (p. 14)

Vítor é apresentado, primeiramente, como um estudante com histórico de reprovações e, apesar de o narrador já adiantar que ele "um dia adoptaria o nome de Mundial" (p. 12), indicando a sua futura participação na guerra, não há, nesse primeiro momento, uma tomada de posição de sua parte. Ele participa das conversas, mais por estar preocupado com a família, do que por demonstrar um interesse político, que vai aflorar com a intensificação da guerra e da repressão por parte do governo português.

É no Café Rialva, "ponto de encontro obrigatório" (p. 12) dos estudantes da CEI, que as conversas sobre os estudos dão cada vez mais lugar à temática da guerra. As notícias, sempre camufladas pelo governo – "Não têm morrido tantos como a propaganda oficial proclama" (p. 10) – chegam aos poucos através das cartas enviadas por parentes, e o espaço do café é propício à troca de informação. Assim, os estudantes ficam sabendo do ataque às prisões de Luanda, bem como da atuação da UPA no norte do país. A falta de notícias dos familiares era uma das principais preocupações dos jovens – "Para Vítor era certamente pior. Vinha do Huambo, onde não se tinha notícia de grandes convulsões. Mas a repressão devia estar a agir também" (p. 14) –, além das perseguições da PIDE, já que muitos deles estavam envolvidos em atividades de militância política, e por serem africanos eram considerados um perigo em potencial[10] – "Um espesso clima de suspeição se abateu sobre os africanos em Lisboa [...] E a população passou de repente a olhá-los com hostilidade. [...] Traziam na cara os estigmas que os denunciavam como potenciais terroristas" (p. 10). Tal contexto eleva o racismo já sofrido pelos estudantes negros, como Vítor – "ele sofria o racismo exacerbado pela propaganda em Portugal" (p. 14). No entanto, tais situações tornam mais intenso o desejo de participar da luta e retornar à terra natal.

Aníbal, o mais velho do grupo, já formado e com um histórico estudantil transgressor – "muitas vezes defendendo ideias totalmente contrárias às dos professores" (p. 21) –, prestava o serviço militar obrigatório, mas era aspirante miliciano, e, quando podia, visitava a CEI, levando algumas informações de forma discreta. Afinal, nessa altura, já era sabido que a associação estudantil estava sob investigação da PIDE, como o próprio Aníbal ressalta: "– A situação está séria. Muita repressão, a Pide anda doida. Devem estar a fazer inquéritos e mais inquéritos sobre a Casa. Neste momento deve ser o alvo principal de-

10 O próprio Pepetela, que foi secretário da CEI, aparece em um dos processos da PIDE identificado como um "indivíduo politicamente suspeito", sem que haja qualquer explicação sobre tal constatação. (ANTT. PIDE/DGS, Série SR329-46, 5º volume).

les." (p. 19). Essa avaliação não era um simples palpite, pois a atuação dos membros da Casa "justificava" as preocupações do governo, como demonstra, por exemplo, o que se lê nos arquivos da PIDE, como se vê na transcrição abaixo recuperada:

> Pela nota oficiosa do Ministério da Educação Nacional publicada na imprensa em 19 de Maio último, foi dado conhecimento de que era considerada ilegal a circulação de comunicados emanados das Associações de Estudantes. [...] Em consequência de tais informações e com vista a esclarecer verdadeiramente as referências que nos vinham chegando, foi montado, junto da "Casa dos Estudantes do Império", um serviço de vigilância por parte desta Polícia, e, mais tarde, passada busca e apreensão [...] onde foram apreendidos vários documentos [...] (ANTT. PIDE/DGS, Série SR329-46, 5º volume).

Os próprios estudantes, ficcionalizados no romance, como vemos através da personagem Vítor, percebiam que certas atividades não eram comunicadas livremente e que apenas alguns atuavam em campos especificamente políticos:

> [...] já entendia suficientemente do ambiente da Casa para saber que por detrás duma coisa banal se escondia algo mais importante. Os mais-velhos eram estudantes em fim de curso, ou mesmo com o curso já terminado, que se reuniam em casa dum ou outro, para conversarem sobre os assuntos da terra. [...] Manobravam nos bastidores da Casa dos Estudantes, alguns faziam parte da Direcção, e influenciavam decisivamente as eleições nas Assembleias Gerais. *Mas tudo aparentemente sem organização prévia.* (p. 93-94. Grifo nosso)

O clima de clandestinidade está presente ao longo de todo o capítulo, principalmente através das conversas veladas. As atividades políticas da Casa dos Estudantes do Império não são descritas de forma clara, mas está evidente a natureza política de algumas reuniões e o seu contato com os movimentos de libertação. Embora houvesse a tentativa de esconder o comprometimento da CEI com os ideários independentistas, a militância e atuação clandestina de algumas personagens, mesmo aquelas que não faziam parte da associação, eram conhecidas e às vezes mal vistas, principalmente entre os menos politizados, como é explicitado por Fernanda, estudante de enfermagem, vinda do Lubango – "recebi uma carta do meu pai a prevenir-me para nunca lá pôr os pés, fazem política contra o governo. E eu cá nem percebo nem quero perceber de política" (p. 103). Apesar de Vítor realçar o caráter assistencial da CEI, esta jovem parece ter uma opinião já formada sobre as outras atividades que se desenvolvem na associação de estudantes:

> – A Casa é uma associação que torna a vida mais fácil aos estudantes das províncias africanas – evitou o termo colónia para não a chocar. – Temos uma cantina onde se come mais barato que em qualquer outro sítio. E um posto médico. E há muitas actividades culturais e de recreio. Isso é mau?
>
> – Se fosse só isso! Dizem que é uma capa para outras coisas. (p. 104)

Como sabemos, historicamente e fora do palco do romance, o conhecimento do que ocorria na CEI é cada vez maior, pelo que se intensificam os métodos de repressão, que culminaram nas "comissões administrativas" citadas por António Faria (1997). Para além dessas comissões, a PIDE passou a atuar de forma intensa, revistando não só o prédio da casa, como os próprios alunos. Além dos relatórios presentes nos processos da mesma PIDE, onde encontramos a listagem de materiais apreendidos e o nome dos alunos revistados, no livro de Carlos Ervedosa, *Era no tempo das acácias floridas* (1990), são relatadas algumas histórias sobre a atuação do órgão repressor junto à CEI, e como os estudantes agiam quando alguém era preso, queimando os materiais comprometedores antes que os agentes chegassem para fazer a revista – "Ainda havia nos ares um vago cheirinho a papel queimado quando a PIDE nos bateu à porta. Eram dois agentes que vinham passar uma busca ao quarto, à procura de qualquer prova incriminatória do preso" (p. 180).

Em *A geração da* utopia, Vítor, assim como Aníbal, sente que o clima de coibição estava a aumentar: "Vítor sentia-se sufocar com a falta de liberdade, a vigilância omnipresente da PIDE. Andava todo animado com o namoro finalmente conseguido com Fernanda. Mas dizia que Portugal já não era sítio para viverem, tinham de lutar pela independência" (p. 122-123).

Apesar deste sufocar, os estudantes não agem de forma combativa. Tudo é tratado com um clima de conspiração, sussurrado pelos cantos, pelos cafés, preferencialmente em movimento, caminhando pela rua, para que nenhum PIDE ouvisse os planos, especialmente, os relativos à fuga. A fala de Aníbal sobre a criação do MPLA é um exemplo claro dessa nuvem que perpassa a narrativa:

> – [...] recebi uma carta do exterior, não perguntes nem donde nem de quem. Fala-se lá fora dum outro partido.
>
> [...]
>
> – O Mário de Andrade e o Viriato da Cruz é que estão à frente, pelo menos no exterior. Dizem que foram eles que organizaram os ataques às prisões em Luanda. Chama-se Movimento Popular de Libertação de Angola, MPLA.
>
> [...]

> – [...] o que me escreveu diz para avisar a malta sobre a UPA, é um movimento tribalista do Norte e racista ainda por cima. (p. 20)

O clima de nebulosidade vivenciado na época, quando não era possível falar às claras, já que havia olhos da PIDE infiltrados também na Casa dos Estudantes do Império, é trazido para o romance. Em diversos momentos, principalmente a personagem Aníbal deixa evidente o cuidado necessário para que os planos não fossem descobertos. Os discursos contrapostos do MPLA e da UPA também fazem parte desse contexto e as questões raciais começam a ganhar espaço na associação e no meio estudantil de um modo geral. As conversas entre Sara e Laurindo – após a participação em uma manifestação no dia dos trabalhadores, em que o estudante era o único mulato e quando ambos perceberam que a luta contra o fascismo era uma e aquela pela independência das colônias era outra bastante distinta[11] – introduzem

11 Lembramos aqui que, segundo Amílcar Cabral, havia de fato uma diferença necessária entre a luta contra o colonialismo e aquela contra o fascismo português. No entanto, para o líder cabo-verdiano, era evidente que a liberdade das colônias levaria ao fim do Estado Novo, mas o contrário não era certo. "É necessário reafirmar claramente que, embora sendo contra todo o género de fascismos, os nossos povos não lutam contra o fascismo português: *nós lutamos contra o colonialismo português.* A destruição do fascismo em Portugal deverá ser obra do próprio povo português: a destruição do colonialismo português será obra dos nossos próprios povos. Se a queda do fascismo em Portugal poderia não conduzir ao fim do colonialismo português – sendo, aliás, esta hipótese proclamada por alguns dirigentes da oposição portuguesa – estamos seguros de que a liquidação do colonialismo português arrastará a destruição do fascismo em Portugal. Através da nossa luta de libertação, nós contribuímos eficazmente para a queda do fascismo português e damos ao povo de Portugal a melhor prova da nossa solidariedade. Este factor é um motivo de orgulho para os nossos povos, que esperam do povo português a mesma solidariedade, por meio do reforçamento da luta contra o fascismo" (1974, p. 17).

a temática racial. Sara compreende a difícil tomada de decisão por parte dos brancos nascidos no ultramar – "Se são pela libertação, têm de se colocar contra a classe de origem, contra a sua sociedade, mas sobretudo, contra os pais" (p. 39). Já Laurindo preocupa-se com o pai, também dividido na sua condição de mulato – "Por um lado os brancos a quererem aproveitar da situação para crescer, e para isso acusando os angolanos de terrorismo. Por outro os negros que se podem revoltar a qualquer momento e que dizem que os mulatos são como os pais brancos" (p. 40).

Em um momento mais avançado do romance, quando as notícias sobre os movimentos de libertação se adensam e estudantes mais jovens já atuam nas atividades clandestinas da CEI, o assunto é trazido novamente à tona quando Vítor recebe a missão de convidar Elias, também estudante, seis anos mais velho, mas que morava em uma casa pertencente a uma igreja protestante, a participar de um baile da Casa. É especialmente através desse encontro que podemos perceber uma certa imaturidade política de Vítor. Ele "sentia-se intimidado" (p. 96), e por não possuir muita leitura sobre a questão do colonizado, não consegue rebater os argumentos de Elias. Este, por sua vez, rapidamente recusa o convite para ir ao baile da CEI, e demonstra, através de suas leituras de Frantz Fanon, um alinhamento à ideologia da UPA, afirmando que não passa de uma utopia a ideia de que todos os angolanos, independentes da cor, poderiam lutar juntos pela independência e formar uma sociedade justa. E não deixa de atacar a própria CEI, vista por ele como um espaço da elite, dominado por filhos de colonos: "[...] No fundo, querem apenas uma melhor integração no Portugal multirracial. Todos falam da independência, mas a ideia não é a mesma. É mudar para ficar tudo na mesma, com o português dominando o negro" (p. 96).

Desse modo, Pepetela destaca a variedade de discursos que compõem o período, não se limitando à questão entre colonizador e colonizado, mesmo sendo o espaço português o palco inicial de sua narrativa. A escolha da CEI como ambiente no qual, historicamente, uma geração de africanos se utilizou dos aparelhos do Estado português para construir um projeto de liberdade, não deixa de reencenar a polifonia presente em *Mayombe*. Nesse sentido, ao descrever a composição da Casa, não apenas com relação à nacionalidade, mas também à cor da pele, Pepetela deixa claro a existência de divergências raciais, bem como evidencia o protagonismo angolano no espaço da CEI.

> A maioria era de angolanos, todos misturados, brancos, negros e mulatos, estes bem mais numerosos. Os caboverdianos, que se misturavam facilmente com os angolanos, eram quase exclusivamente mulatos. Os guineenses e são-tomenses, mais raros, eram negros. Os moçambicanos eram na quase exclusividade brancos. E tinham tendência de se juntar aos grupos. Mesa unicamente constituída por brancos, já se sabia, era de moçambicanos. [...] havia muito subtilmente uma barreira que começava a desenhar-se, algo ainda indefinido afastando as pessoas, tendendo a empurrar alguns brancos angolanos para os grupos de moçambicanos. [...] Em Angola tudo estava a tender para uma guerra racial, havia uma repressão selectiva. Isso provocava reflexos em Lisboa. (p. 17-18)

Inicialmente formada mais por brancos e mulatos, como a passagem acima demonstra, a Casa foi ficando cada vez mais branca, após o início das guerras em África.[12] Tal mudança pode ser interpreta-

12 Em informação enviada ao Ministério do Ultramar, em 27 de janeiro de 1962 (ANTT. PIDE/DGS, Série SR329-46, 5º volume), afirma-se que "Os estudantes de côr estão ostensivamente a retirar-se das várias actividades da "C.E.I", frequentando-a o menos possível". O comunicado também dá a entender

da pela necessidade de fuga daqueles que corriam o risco de serem convocados para o exército português. Com o avançar da guerra e o número de tropas a aumentar, é necessário lembrar que os africanos eram considerados cidadãos portugueses, logo, deveriam obedecer à convocação militar. Se para os jovens portugueses de fato (se podemos dizer assim) ir para a guerra significava o maior temor da época (como é possível observar em vários poemas da década de 60), o temor por parte dos africanos era significativamente maior, já que seriam obrigados a lutar contra os seus. (É evidente que, assim como havia portugueses a favor da descolonização, havia africanos contra ela).

Para os alunos da Casa, envolvidos em atividades consideradas subversivas, a opção era desertar, fugir, não apenas para não servir ao exército português, mas principalmente para atuar nos movimentos de libertação. Esse era o caso de Aníbal que já estava a serviço do exército e poderia ser mobilizado a qualquer momento. Para ele, existia dois caminhos: trabalhar clandestinamente ou desertar, mas a decisão não era só sua, pois ele precisava atender às necessidade do movimento.

> – [...] Continuo a pensar que seria muito mais duro embarcar e lá fazer trabalho clandestino. Isso sim, era uma posição difícil. Mas [...]. Recebi ordens do exterior de desertar e passar a fronteira. Ordens não, porque de facto não se trata disso. Mas uma sugestão. A malta lá fora pensa que posso ser útil, tenho experiência militar. E eles estão a precisar. (p. 55)

---

que tal retirada é proposital, com o objetivo de classificar a CEI como uma associação apenas de estudantes brancos. Ainda é solicitado pelo mesmo Ministério, em 20 de março de 1962, um levantamento da "percentagem de brancos, mulatos e pretos que existem na direcção e massa associativa da Casa dos Estudantes do Império e ainda a indicação da pigmentação e naturalidade de cada um dos detentores dos principais cargos directivos".

Assim como Aníbal, as outras personagens ainda estudantes da CEI preocupam-se com o provável envio para as suas terras, mas para lutar pelo colonizador contra o seu povo, como afirma o jovem Laurindo: "– Agora a malta está preocupada com a possibilidade de uma mobilização geral para o exército. Fala-se muito nisso. E ninguém é muito claro, nem mesmo ao seu melhor amigo, mas todos estão a pensar no exemplo de Aníbal" (p. 91). Nesse contexto, as ideias e os ideais vindos da França, como já atrás referido, – lembramos aqui as figuras do senegalês Leopold Senghor e dos martinicanos Aimé Cesáire e Frantz Fanon – alimentavam as esperanças de uma revolução bem sucedida. A França era o paraíso da liberdade, o que de certo modo era bastante irônico, já que o país ainda possuía colônias em África, e aquelas que haviam conseguido a independência também tinham histórico de violência colonial, como é o caso da Argélia, talvez o mais conhecido, e bem analisado pelo próprio Fanon. Irônica ou não, a fuga para Paris era o único caminho possível para os jovens figurantes do romance, como revela o narrador:

> A malta começava a pensar no estrangeiro como o paraíso da liberdade. Não era preciso falar para se entender o que passava nas cabeças. A França era o Eden, o generoso lugar de asilo para todos os perseguidos, o reino da tolerância e do mel. Paris, apenas conhecida pelos filmes, era a Babel para onde convergiam os contestatários de todos os quadrantes, os humilhados de todas as gerações. Os angolanos olhavam para Paris, mesmo sem o ousar dizer. (p. 93)

Fica claro, no romance, o papel que a Casa dos Estudantes do Império exerce na fuga dos seus membros para o exterior.[13] Os con-

13 Também é ressaltada, nos documentos produzidos pela PIDE, a importância da CEI na fuga dos estudantes, considerada um caminho para entrada

tatos são feitos através da CEI e todos os integrantes da geração em questão conseguem fugir. Aníbal sai antes, por meios que não são explicitados. Sabe-se apenas que obedecia às ordens do MPLA. Vítor e Laurindo, já envolvidos com o movimento de libertação, ajudam na organização da fuga dos restantes. Malongo, dispensado do Benfica e sem conseguir passaporte por não ter completado o serviço militar, também fugirá com o grupo, levando Sara, já formada e grávida, que também não consegue passaporte por já ter ficha na PIDE. Os quatro fogem juntos em direção à "terra da liberdade", com propósitos já distintos, que não se cumprirão de imediato. Vítor e Laurindo atuariam na guerra junto ao MPLA, Malongo queria apenas fugir da obrigação com a terra, e Sara pretendia usar a sua formação, auxiliando os combatentes feridos.

Os caminhos desenhados na primeira parte do romance, destinada à associação estudantil, serão desenvolvidos paulatinamente nos capítulos seguintes. Após a fuga para a França, seremos direcionados para o cenário de guerra em Angola e posteriormente para as duas décadas seguintes à independência. Desse modo, acompanhamos o retorno da geração da utopia, em momentos diversos da história de Angola. Tal retorno configurara um novo panorama com relação aos desejos de libertação evidenciados na Casa dos Estudantes do Império, criando um panorama nada otimista com relação ao futuro do país. As palavras de Marta, portuguesa amiga de Sara, já apontam para este futuro obscuro: "As revoluções são para libertar, e libertam

nos movimentos de libertação. Em carta de 4 de julho de 1961, apura-se o seguinte: A "Casa dos Estudantes do Império" funciona, em Lisboa, como o principal centro recrutador, dizendo o aliciador ao pretendido aliciado, que estavam tentando fazer sair do País, o maior número de estudantes ultramarinos e patriotas angolanos que desejassem trabalhar a favor da independência de Angola, saída essa que se faria ilegalmente, mas com toda a segurança, visto ser dirigida por uma "Organização de Protecção aos Povos Subdesenvolvidos". (ANTT. PIDE/DGS, Série SR329-46, 5º volume) quando têm sucesso. Mas por um instante apenas. No instante seguinte se esgotam. E tornam-se cadáveres putrefactos que os ditos revolucionários carregam às costas toda a vida" (p. 131). É exatamente sobre o "instante seguinte" que o romance de Pepetela dedicará sua maior parte. Cada um dos cinco jovens tem um destino diferente depois da passagem por Paris. Estes trajetos, que levam ao encontro do caminho para a distopia, serão analisados a seguir.

O retorno sonhado e o confronto no espelho

> *O utopista não aceita o mundo que encontra, não se satisfaz com as possibilidades atualmente existentes: sonha, antecipa, projeta, experimenta. É justamente este ato de desacordo que dá vida à utopia. Ela nasce quando na consciência surge uma ruptura entre o que é, e o que deveria ser; entre o mundo que é, e o mundo que pode ser pensado.*
>
> Jerky Szachi[14]

O grupo que deserta para a França, quando do início da guerra em Angola, terá seu futuro repartido após a chegada ao então considerado paraíso. Lentamente, o romance nos levará a reencontrar Vítor, Aníbal, Sara, Malongo e Elias, e a descobrir que outros, nas incertezas da guerra, perderam as suas vidas, como Laurindo – "Que terá pensado o Laurindo, quando o apanharam e mais à sua coluna de guerrilheiros num rio da Lunda? Teve tempo de sentir medo, ou morreu com a primeira rajada? O corpo nunca foi encontrado [...]. Morreu de

14 SZARCHI, Jerzy. *As utopias*. Tradução: Rubem Cézar Fernandes. Rio de Janeiro: Paz e Terra, 1972, p. 12-13.

bala ou afogado?" (p. 191). O processo de retorno, no caso das personagens, pois, se dá de forma variada. Apesar de terem partido juntos para Paris, seus destinos seguiram caminhos diversos que, mais cedo ou mais tarde, os levaram de volta a Angola.

Portanto, seguindo a divisão inicial que propusemos, a de pensar o romance de modo bipartido – os jovens em Portugal na primeira parte da narrativa, e depois o processo de retorno nas três partes restantes –, é possível observar que o narrador, ao reapresentar cada uma das personagens, o faz em um tom misterioso, sem revelar de imediato seus nomes, mas partindo de suas trajetórias, dos caminhos percorridos até o momento do narrado. É assim que acompanhamos o retorno para Angola e a vivência da guerra, no capítulo "A chana (1972)", ao nos depararmos com o desespero de um homem que não sabe o caminho a seguir em terreno tão amplo e que o faz sentir-se tão pequeno: "O homem é um ponto minúsculo na chana. O Sol acaba de se erguer e perdeu o tom ensanguentado que guardara por momentos, depois de violar a noite. O homem já deixou atrás de si uma longa extensão de terreno, coberta por capim." (p. 143). A guerra está estampada no rosto deste homem, no seu cansaço, para além das roupas e elementos que o identificam como um guerrilheiro do MPLA:

> O homem tem uma arma, uma Kalashnikov soviética, apoiada ao ombro esquerdo. Um boné verde oculta-lhe o abundante cabelo encarapinhado. A barba farta termina em duas pontas, no queixo. Os olhos são grandes, muito brancos, realçados pelos sinais duma noite mal dormida. (p. 144)

Aos poucos somos apresentados ao espaço e ao homem, cuja história será contada antes mesmo da sua identificação. Assim, sabemos que está focado em sua missão de chegar à fronteira e, apesar de refletir sobre a descrença do povo na guerrilha, contribui para este descrédito, deixando de ouvir as pessoas que, com medo dos conflitos, queriam seguir os guerrilheiros – "Quando avistava o grupo de guerrilheiros, o povo vinha pedir, deixem-nos ir convosco, precisamos da protecção das vossas armas. Ele não respondia. Mandava o grupo avançar mais depressa" (p. 146).

Vítor, agora Mundial, será apresentado adiante, quando sua identidade se revela, como um homem comum, para que depois nos deparemos com o que ele de fato se tornou após os anos em Paris, anos vividos à custa de mulheres, com as quais se relacionou. Por não ter terminado os estudos, foi chamado para o combate pelo MPLA, o que para ele consistiu em "Uma injustiça, pois outros nas mesmas circunstâncias tinham ficado pelas Europas. [...]. Mas ele aceitava vir para a luta, sem grande resistência." (p. 156). Já em 1972, temos a visão clara do movimento distópico que se aproxima. Vítor é apenas o primeiro a "roer a corda", a trocar o discurso da época de estudante por atitudes condenáveis.

À voz do narrador, que nos fornece as informações sobre a sua trajetória, se contrapõe o próprio discurso da personagem (como na passagem acima), pessimista com relação à guerra e à organização do movimento – "Maldita guerra! Os que a iniciaram abandonaram-na, os outros que se arranjem... Caramba, estou a dizer o mesmo que o povo. Mas é verdade, merda." (p. 161). A chana é o local de transformação de Vítor que vai, rapidamente, do descontentamento ao descaso, chegando a questionar a sua participação na guerra, antes entendida como voluntária – "Ninguém o tinha obrigado, se nela participava era por sua vontade. Deixa lá disso, sei bem como é isto de ser voluntário: uma pessoa é obrigada, o que dirão os amigos, o que será o futuro? Voluntariado forçado!" (p. 161). Vítor, mesmo antes da independência, já demonstra que o seu envolvimento não é mais para o bem comum, mas somente para o seu próprio: "O passado fora enterrado na areia da chana e mesmo as promessas e os ideais colectivos. O que importava agora era o que iria encontrar na penugem azulada do futuro, o seu futuro. Ele, Mundial, já estava a salvo, já tinha um futuro." (p. 221). Ao mesclar um comportamento de desânimo com um de extremo egoísmo, coloca em evidência a sua transformação, as mudanças sofridas por alguém que se deixou corromper. Mas, durante a guerra, ainda demonstra algum sinal de caráter, não em seus atos, mas em algumas de suas reflexões:

> [...] sinto raiva, raiva impotente, mas contra quê? Já nem é contra o inimigo. Cumpre o seu papel de colonizador. O colonialista é colonialista, acabou. Dele não há nada a esperar. Mas de nós? O povo esperava tudo de nós, prometemos-lhe o paraíso na terra, a liberdade, a vida tranquila do amanhã. Falamos sempre no amanhã. Ontem era a noite escura do colonialismo, hoje é o sofrimento da guerra, mas amanhã será o paraíso. Um amanhã que nunca vem, um hoje eterno. Tão eterno que o povo esquece o passado e diz ontem era melhor que hoje. (p. 166-167)

A reflexão de Mundial, paradoxal, já que ele é o primeiro a demonstrar desinteresse pelo bem do povo, dialoga de forma muito próxima com a epígrafe de Eduardo Galeano utilizada no início deste capítulo. O amanhã, assim como a utopia, estará sempre no futuro, nunca se faz hoje, por estar sempre no horizonte daqueles que esperam por dias melhores. Para Rita Chaves, na chana, "os procedimentos divisionistas cumprem a terrível função de anunciar a precariedade da vitória. O desencanto parece chegar antes do fim da guerra de libertação e o discurso do narrador não oculta o sentimento de frustração a prenunciar a descrença." (2005, p. 100).

Por isso, a utopia continuará no amanhã, pois como afirma Szachi em nossa epígrafe, é o "desacordo que dá vida à utopia". A geração da CEI é como o utopista descrito por Szachi, ou seja, sonhou, projetou e experimentou – e de certo modo, até realizou parte do que foi idealizado, com a expulsão do colonizador –, mas na consciência daqueles que mantiveram seus ideais, a ruptura entre o que foi sonhado ("o que deveria ser") e a realidade ("o que é") permanece nos confrontos pós-independência, marca do que não foi totalmente concretizado. A liberdade para o povo angolano chegou em 1975; no entanto, tal liberdade foi limitada, já que apenas o colonizador português saiu de cena, deixando caminho aberto para outras disputas Como esclarece Carlos Pacheco,

> [...] Angola se achava literalmente transformada numa placa de disputa entre as grandes potências, sempre interessadas em alimentar velhas dissenções entre os movimentos de libertação.
>
> [...] perante a impotência de Portugal para controlar o que quer que fosse, a descolonização teve o desfecho que se sabe: Angola transformada num vasto campo de batalha, onde exércitos estrangeiros, por procuração, se digladiavam secundando os seus parceiros angolanos. (PACHECO, 2000, p. 19)

Portanto, a independência de 1975 foi parcial e o povo continuou esperando pelo amanhã, momento em que o país deixará de caminhar em função de interesses externos e escolherá, como sua prioridade, o próprio desenvolvimento. Ao ver o país transformado em "vasto campo de batalha" após a saída do colonizador, a euforia vivenciada com a independência passa rapidamente, dando lugar a um sentimento de desalento alimentado pelos confrontos civis.

A literatura, elemento importante para a fomentação de uma identidade nacional na luta contra o apagamento colonial, precisava agora refletir sobre um novo contexto, o de um país livre que, após treze anos de guerra contra o seu principal opressor, se vê envolvido em um novo conflito. A independência não trouxe o alívio perseguido, mas deixou às claras a herança colonial da desigualdade. O famoso "dividir para reinar" deixou marcas profundas e "os africanos não mais vão encontrar o rosto do opressor projetado no espelho barrado da história, mas a sua própria face ali refletida e vincada por marcas de profundas contradições." (PADILHA, 2002, p. 47). Os escritores de ficção que assumiram para si a tarefa de contar a história do país tinham pela frente um novo desafio, e conforme ainda Laura Padilha, no momento pós-independência "os textos se tornam disfóricos e passam a refletir o difícil aprendizado das independências [...] tal mudança cria outras e surpreendentes correlações de forças ficcionais [...]" (*idem*, p. 38).

A geração da utopia caminha nesse sentido disfórico apontado por Padilha, e Aníbal, o primeiro a sair de Portugal, é a personagem que mais apresenta tal característica. Do mesmo modo que Mundial, Aníbal (Sábio) será reapresentado inicialmente de forma generalizada, como um homem que vive isolado em uma praia. Tal característica do romance – apresentar suas personagens sem identificá-las – pode ser entendida como um modo de igualar esses homens, destacando a sua condição humana, refletindo sobre seus erros e acertos, mostrando as suas imperfeições e destacando as suas transformações. Benjamin Abdala Júnior afirma que os heróis de Pepetela "são paradigmas que não se circunscrevem apenas a Angola. Apresentam na verdade modelos de conduta extensíveis à condição humana – um paradigma do homem em geral em sua história e no seu impulso de transformação" (2003, p. 240-241).

Aníbal, reapresentado na terceira parte do romance "O Polvo (1982)" – apesar das alusões feitas às suas discussões com Mundial durante a guerra na segunda parte da narrativa – é o responsável por trazer ao leitor a atmosfera de desencanto do pós-independência. Reconhecidamente o herói da obra, por sua postura ideológica e atitudes corretas, é o sujeito que se retira para não compactuar com a corrupção que se instala em Angola. Assim como o pequeno herói de *As aventuras de Ngunga*, que desaparece no fim da história, para não ser corrompido, o Sábio prefere o isolamento – "a pior solidão é estar numa multidão de gente com quem já não tens mais nada em comum" (p. 245).

No entanto, durante algumas passagens da parte "A Chana (1972)" é possível perceber que a figura do Sábio, apesar de inspiração para muitos, causava um certo desconforto naqueles que já apresentavam um caráter duvidoso. Por este motivo, além de ter sido dado como morto vários vezes, Aníbal é esquecido em momentos de importantes decisões:

> Ficou mais ou menos na gaveta e nem o chamaram para participar das reuniões importantes que se realizavam. Quando a nova direcção foi eleita, alguém se lembrou dele para o tal curso na União Soviética. Não quis aceitar, mas quase lhe impuseram. Muita coisa tinha mudado em 1974 em Portugal e ia terminar a guerra. Era necessário pensar num exército regular, para isso os mais capazes tinham de estudar nova organização e estratégias.
>
> Regressou a Angola em 75, em plena guerra contra os outros partidos. Logo foi destacado para chefiar uma coluna que travava o avanço dos sul-africanos no Rio Keve. (p. 234)

Quando retorna a Angola, ainda se envolve na guerra civil, mas logo em seguida decide retirar-se, pois a guerra já lhe havia dado muitas tristezas, como a morte da mulher amada, Mussole. Aníbal é a imagem da desesperança, a mais forte delas, exatamente por ser ele a personagem cuja ética e compromisso revolucionário eram inabaláveis. Laurindo, o mais jovem, já havia morrido. Logo, a um só tempo, a sabedoria e a juventude deixavam de fazer parte das decisões a serem tomadas, deixavam de ter sentido diante da nova lógica seguida no pós-independência. Para o Sábio "o desencanto é sempre uma morte" (p. 240), e se não havia mais ideais pelos quais lutar, a retirada era o caminho mais digno. Segundo Rita Chaves, Aníbal "farto de ser derrotado pela imposição de um conjunto de normas que pensou ver afastado com o fim do colonialismo, retira-se para um lugar distante e ali empenha sua incrédula resistência" (2005, p. 101).

A geração da Casa dos Estudantes do Império, ao retornar para Angola e fazer a independência, também se divide, assim como a guerra civil divide o país. Enquanto uns ainda defendem a criação de uma sociedade justa, como Aníbal e Sara, outros estão cada vez mais preocupados com seus próprios interesses, como Vítor, e mais adiante Malongo e Elias. Esse rompimento evidencia que a luta não era apenas contra o colonizador, cuja expulsão significava o caminho certo para o bem estar do povo angolano, as questões tribalistas, por exemplo, continuavam a se adensar, prejudicando o país. Para além de todos os embates travados no romance, como os de Mundial e Sábio, a própria situação de Sara, personagem bastante apagada após a fuga de Portugal para a França, demonstra o não-lugar do branco nesse novo contexto, ou seja, que a cor de sua pele parecia mais importante, quando da decisão de incluí-la ou não nos planos do governo. Não era levado em conta o fato de ser uma profissional competente e qualificada na área de medicina. Sara, que sempre demonstrou interesse pela luta, nunca foi chamada para ajudar, viveu um longo exílio na França "esperando apenas que o Movimento a chamasse para a luta. Mas nunca a chamavam [...]" (p. 180), apesar das "dezenas de cartas" (p. 181) enviadas oferecendo seu trabalho – "[...] até parece que não precisam de médicos na retaguarda" (*ibidem*). Retornando a Angola somente após a independência, assume, a partir de dado momento narrativo, o importante papel de interlocutora de Aníbal, quando já atua como médica. Este, relembrando as questões políticas e refletindo sobre o papel da geração da qual ambos faziam parte, afirma:

> – Isso de utopia é verdade. Costumo pensar que a nossa geração se devia chamar a geração da utopia. Tu, eu, o Laurindo, o Vítor antes, para só falar dos que conheceste. Mas tantos outros, vindos antes ou depois, todos nós a um momento dado éramos puros e queríamos fazer uma coisa diferente. Pensávamos que íamos construir uma sociedade justa, sem diferenças, sem privilégios, sem perseguições, uma comunidade de interesses e pensamentos, o Paraíso dos cristãos, em suma. A um momento dado, mesmo que muito breve nalguns casos, fomos puros, desinteressados, só pensando no povo e lutando por ele. E depois... tudo se adulterou, tudo apodreceu, muito antes de se chegar ao poder. Quando as pessoas se aperceberam que mais cedo ou mais tarde era inevitável chegarem ao poder. Cada um começou a preparar as bases de lançamento para esse poder, a defender posições particulares, egoístas. A utopia morreu. E hoje cheira mal, como qualquer corpo em putrefacção. Dela só resta um discurso vazio. (p. 240)

Aníbal repete, deste modo, a mesma palavra que Marta havia utilizado, e que já citamos no fim do item anterior, para definir o caminho percorrido pela revolução. Para ambos, o resultado do processo é como um cadáver putrefacto, algo que já se esgotou, mas do qual muitos ainda fazem uso. O discurso da liberdade é utilizado agora não para convocar o povo a lutar, mas para fazer uma autopropaganda, pois aquele partido que levou o país à sua independência, o MPLA, ainda se afirma como o melhor para consolidar o futuro da nação, daí não admitir ser objeto de desconfianças.

Para o Sábio, a geração que poderia ser chamada de "geração da utopia" atingiu apenas parte do seu propósito, ao deixar de lado o povo e defender apenas os seus interesses.[15] A sua retirada para a praia é a saída de cena de alguém que se sente com as mãos atadas diante dos esquemas do governo, dos tentáculos do polvo – "No fundo somos todos uns vencidos, não temos futuro [...]. Não temos futuro, nem representamos o futuro. Já somos o passado. A nossa geração consumiu-se. É preciso saber retirar, quando se não tem mais nada para dar." (p. 255). Por isso a imagem do animal que atormenta a sua memória desde a infância, como ele mesmo conta para Sara ainda na época da CEI – "Só ficou a imagem dum polvo espantoso, com todos os tentáculos virados para mim. Hoje ainda, quando tenho pesadelos, aparece esse polvo. [...]. Pois jurei que um dia havia de lá voltar, equipado, para matar o polvo" (p. 24) – é retomada nesta terceira parte do romance.

A decisão de Aníbal, de caçar e matar o monstro de sua infância, parece ser o último ato heroico da personagem, já distancia-

---

15 Lembramos aqui as palavras de Amílcar Cabral, quando destaca a instalação do neocolonialismo nos países recém-independentes, situação perfeitamente identificável com o contexto ficcionalizado por Pepetela: "Para manter o poder que a libertação nacional põe nas suas mãos, a pequena-burguesia só tem um caminho: deixar agir livremente as suas tendências naturais de emburguesamento, permitir o desenvolvimento duma burguesia burocrática e intermediária do ciclo de mercadorias, para se transformar numa pseudo-burguesia nacional, quer dizer, negar a revolução e unir-se estreitamente ao capital imperialista. Ora tudo isto corresponde à situação neocolonial, quer dizer, à traição dos objectivos da libertação nacional. Para não trair estes objectivos, a pequena-burguesia só tem um caminho: reforçar a sua consciência revolucionária, repudiar as tentações de emburguesamento e as solicitações naturais da sua mentalidade de classe, identificar-se com as classes trabalhadoras, não se opor ao desenvolvimento normal do processo da revolução. Isto significa que, para desempenhar perfeitamente o papel que lhe cabe na luta de libertação nacional, a pequena-burguesia revolucionária deve ser capaz de se suicidar como classe, para ressuscitar como trabalhador revolucionário, inteiramente identificada com as aspirações mais profundas do povo a que pertence" (1974, p. 55).

da da vida política de Angola. Nesse sentido, a figura tentacular do polvo representaria todos os braços de opressão que asfixiam o país, por isso o narrador afirma que Aníbal "precisava ser maniqueísta ao extremo" (p. 292), enfrentando o animal como o real inimigo de toda a sua vida. Assim, a narrativa do conflito é precedida pelos pensamentos provocativos que Aníbal direciona ao polvo que vive na sua lembrança – "Sabias que eu vinha, por isso estás pintado de branco, o branco do medo, mas também o branco do ódio e da morte" (p. 294). Tais pensamentos irão mostrar ao leitor a diferença entre o polvo que habita a memória de Aníbal e o polvo real, que afinal "não estava pintado de branco, antes parecia roxo-negro, com pintas rosadas das ventosas" (*ibidem*). Acreditamos que a oposição entre o animal "pintado de branco" e o outro, "roxo-negro", marcam também a mudança dos inimigos enfrentados por Aníbal, por isso a morte do polvo é descrita como uma fatalidade e não traz o orgulho que o ex-guerrilheiro imaginava que iria sentir. Afinal, o fim do colonialismo, que poderia ser visto como a morte do polvo e o afastar de seus tentáculos, não trouxe a liberdade da forma como fora sonhada durante os anos de guerra –

> Sabia, tinha envelhecido nesta manhã. Nunca mais nada seria como antes, ia faltar sempre o polvo. Haveria de continuar a mergulhar, por vezes a entrar na gruta, esperando que ele voltasse. Uma fatalidade se tinha cumprido, mais uma, mas não se sentia orgulhoso. (p. 298)

O animal morto por Aníbal apresenta-se infinitamente menor do que aquele que assombrava os seus sonhos de criança – "Há trinta anos era um monstro tremendo, hoje era um polvinho mirrando na areia, agora são só uns fiapos de pele e carne" (p. 298-99). Do mesmo modo, a força do povo que conseguiu expulsar o colonizador aparecia de forma diminuída no contexto do pós-independência. O animal, seja ele pintado de branco, ou roxo-negro, encolhe-se ao sol, e a sua morte é apenas a constatação da ruína dos sonhos do ex-guerrilheiro. Por isso, Aníbal "estava ainda longe da paz" (p. 299).

Se a morte do polvo é também a morte dos sonhos de Aníbal, a entrada na última parte do romance, "O templo (a partir de 1991)", é a pá de cal definitiva jogada neste corpo putrefato, do qual falavam Marta, no tempo da CEI, e Aníbal, nos novos tempos. O retorno de mais duas personagens indica a morte dos valores antes defendidos. Malongo e Elias, também reapresentados de forma misteriosa, sem que sejam identificados de imediato, representam, juntamente com Vítor, os males que atacam as noções socialistas antes utilizadas como bandeiras do governo. É interessante observar que a tríade formada no momento final da narrativa, Vítor, Malongo e Elias, era impensável na época da Casa dos Estudantes do Império. Vítor fazia parte da militância do MPLA e foi um dos responsáveis pela fuga para a França. Já Malongo, apesar de seu amigo, era um sujeito apolítico, só pensava conseguir o seu lugar como titular no time do Benfica, e só foge de Portugal para não servir ao exército. Por fim, Elias, o único a concluir os estudos, chegando até ao doutorado nos Estados Unidos, foi membro da UPA, até fazer parte da Unita.

Portanto, esse grupo, bastante heterogêneo em sua origem, como é demonstrado no primeiro capítulo do romance, evidenciará o estágio avançado de corrupção vivenciado em Angola, através da troca de favores, que unirá essas três personagens. Não é possível salvar um lado da história, pois representantes de variados lados estão envolvidos em negócios escusos, falcatruas, e o único interesse que os une é a ganância em detrimento do bem estar do povo. Ao analisarmos as três figuras, fica evidente que os problemas de Angola não podem ser resumidos aos interesses externos, pois Vítor, Malongo e Elias conseguem enriquecer através da exploração do próprio aparelho do Estado e também do povo. Segundo Carlos Pacheco: "[...] o novo Estado independente não está, também ele, isento de responsabilidades, na medida em que malbaratou recursos humanos disponíveis, em primazia de gente absolutamente despreparada, cujo único 'mérito" era a fidelidade ao regime político" (PACHECO, 2000, p. 23), como é o caso de Vítor que, lembramos, não termina o curso superior e por isso mesmo é chamado para a guerra, além de demonstrar, já na chana, o seu comportamento individualista. Corrobora com as ideias de Pacheco, Carlos Albuquerque, ao afirmar que,

> Não escapando à regra de outras guerras, a de Angola pós-independência provocou, também, promoções rápidas de políticos e militares. Reafirmando o paradoxo dos grandes conflitos, criou oportunidades de valorização pessoal e profissional. Cimentou silos de poder e ergueu rampas de lançamento para o universo de negócios, gerando fortunas rápidas e fáceis. Com a criminosa cumplicidade e desumana hipocrisia dos que a fomentaram, fizeram e fazem, e mesmo de alguns que afirmavam opor-se-lhe, como nas outras, também na guerra de Angola os ricos ficaram mais ricos e os pobres mais pobres, nada havendo pelo meio. (ALBUQUERQUE, 2002, p. 27)

Ao definir as bases do governo, bem como seus acordos comerciais, tendo como princípio a fidelidade ao regime e/ou lucros obtidos de forma ilícita e ao privilegiar determinadas pessoas, os responsáveis pela administração do país acabaram por criar uma situação circular, em que pessoas sem preparo não desenvolvem a nação, e comerciantes gananciosos, com seus preços exorbitantes, levam o país a uma constante precariedade. Malongo, que durante os tempos de estudante, só se dedicou ao futebol e à vida boêmia, reaparece no ano de 1991 como empresário, alguém que já estava atento às novas possibilidades de exploração no pós-independência e passa a representar empresas belgas, francesas e holandesas. Ele é a personificação do neocolonialista e do neoliberal, aquele que conhece as necessidades do país, mas vai comercializá-las, defendendo o seu próprio lucro. Malongo, claramente alguém sem o menor preparo, será beneficiado pelos seus contatos – "Os amigos acabavam assim por resolver os assuntos a favor das firmas que representava." (p. 308) – especialmente pela figura de Vítor, que conseguira um cargo de ministro:

> Mas a guerra tinha finalmente acabado. E ele estava há muito tempo preparado para a paz. Começou a vir à banda para pequenos negócios. Servia de intermediário de firmas belgas, francesas ou holandesas, de médio porte, que queriam vender produtos ou tecnologias. Como era amigo antigo de responsáveis importantes, especialmente o Vítor Ramos, grande kamba de sempre, conseguiu os primeiros negócios. (p. 307)

Assim, Malongo fará parte daquele grupo que, mesmo tendo oportunidade de estudar, como Vítor, seguiu outros caminhos, e ainda conseguiu ascender financeiramente. Por outro lado, o ex-jogador de futebol é o que manifesta, de forma menos hipócrita, a sua ganância. Malongo nunca teve interesses políticos, já que se tinha aproveitado do Movimento quando da época da fuga de Portugal, e sempre demonstrara o seu desejo de enriquecimento. Agora, no pós-independência, realiza seus desejos, mesmo que para isso precise passar por cima dos mais pobres: "Bendita economia de mercado, que havia de pôr as pessoas nos lugares certos, o cozinheiro na cozinha, o criado a lavar retretes e o magnata no iate. Ainda não tinha iate, mas para lá já caminhava." (p. 310).

Sem sombra de dúvidas, aquele que possui o discurso mais elaborado é Elias, estudante que não frequentou a CEI, pois vivia com uma bolsa fornecida por uma igreja protestante e também por não comungar os ideais pregados pelo grupo pró MPLA. Já naquela época Elias era um leitor e defensor dos pensamentos de Frantz Fanon, portanto, acreditava na luta como resposta ao colonialismo, além de se aliar aos movimentos mais radicais de independência, que viam a impossibilidade de permanência de brancos e mulatos no país livre. Acabou por afastar-se das atividades políticas para dedicar-se aos estudos:

> – Estava na UPA, depois FNLA. Arranjei uma bolsa e estudei nos Estates, Filosofia, claro. E Psicologia mais tarde. Depois criaram a Unita e aderi. Mas acabei por descrer dos meus conterrâneos do Bié que a dirigiam. Makas que agora não interessa descrever. Afastei-me de toda a actividade política. Fiz um doutoramento em Psicologia Social, comecei a dar aulas. Em 1975 fiz um movimento para aqui, mas a situação da guerra desencorajou-me e parei pela Nigéria, onde fiquei como professor. Vivi aí esse tempo todo. Mas tive notícias de que aqui as coisas mexiam e voltei. Já há liberdade suficiente para transmitir a minha mensagem, antes era capaz de ter problemas. (p. 329)

Assim como se dá com o retorno de Malongo, é possível perceber que a volta de Elias ao país é bem pensada e programada para colocar em prática seus projetos. O caminho percorrido por Elias é o do estudo. Entre as personagens é o que atingiu o maior grau de instrução, e, obviamente, utiliza isso em seu novo projeto – a Igreja de Dominus, na qual, visivelmente aplica seus conhecimentos de psicologia para atingir a mente da população com um discurso de salvação. Seus métodos garantem a cura, não só espiritual, como também física: "Ataco na profundidade do ser, na sua apetência a ter uma doença. Curo o íntimo do indivíduo, mas o íntimo do organismo, não as doenças da mente. Interfiro nos fluxos de energia de base do corpo, no metabolismo essencial e nas trocas com a natureza" (p. 331).

A ideia de construir um "Templo", onde seja possível ligar palavras de salvação a elementos das culturas africanas, como a música de batuque e a dança, parece ser para ele o caminho mais curto até o enriquecimento. Em pouco tempo de conversa com Malongo e Vítor, deixa o discurso religioso de lado, para tratar a Igreja de Dominus como um negócio:

> Com apoio desses [como os de Malongo e Vítor], construo uma igreja grande. Mas o mais importante é estender a organização a todo o lado, conquistar o amor dos homens. Com o amor dos homens, é evidente que a Igreja pode também ganhar parte do dinheiro das pessoas, o amor é isso, é saber partilhar. Falando claro, ando à procura de sócios com poder e dinheiro. O resto faço eu. (p. 334)

O templo de Dominus – que só se torna concreto com a ajuda política de Vítor – é o grande elemento de distopia do romance. Não é à toa que a narrativa termina com a grande cerimônia inaugural da nova igreja e que o título do capítulo aponte para o tempo em que tal se dá, "(a partir de julho de 1991)". É apresentado como a grande solução para o sofrimento do povo, no mesmo ano em que é assinado o acordo de Bicesse, que deveria representar o fim dos conflitos civis. O "templo" apenas retoma características vivenciadas ainda no "tempo" do colonizador. Religião, política e negócios são colocados no mesmo "balaio", deixando claro que quem sofrerá constantemente as consequências dos abusos de poder é o povo. Portanto, o "Templo de Dominus" pode ser visto como um novo "tempo de dominação", em que os agentes da opressão (o senhor, o *dominus*) não são mais elementos externos, mas os próprios filhos da terra.

Ao escolher o ano de 1991 como ponto de partida para a narração dos últimos acontecimentos do romance, Pepetela, mesmo trazendo a imagem do templo como local de corrupção, deixa em aberto a possibilidade para um processo de reutopização – possibilidade que já aparecia no final da parte "O Polvo (1982)", quando Aníbal mata o monstro de sua infância. Como afirma Rita Chaves: "A alusão a essa força no fim do capítulo exprime a hipótese de que, adormecida, a utopia pode um dia acordar." (2005, p. 102).

Por mais que o retorno daqueles que projetaram a independência na Casa dos Estudantes do Império seja uma grande evidência da distopia, os filhos dessa geração, representados por Judite (filha de Sara) e seu noivo Orlando, são vistos ainda como a esperança futura – a esperança no mais jovem já encontrada em *As aventuras de Ngunga*. Tanto o discurso de Vítor, ainda na chana, quanto o discurso de Aníbal, apontam para a necessidade de uma nova geração assumir os ideais defendidos, inicialmente, pela geração da CEI. O confronto entre o velho e o novo aparecerá nesta última parte do romance (entre as páginas 317 e 324), quando há um embate entre os jovens Orlando e Sara e o mais velho Vítor. Ao fim da "conversa", após os jovens irem embora, Vítor chama o rapaz de subversivo, exatamente o mesmo título que os estudantes recebiam do governo português na altura da guerra. Malongo e Vítor concluem em desfavor da democracia:

> – Esse tempo já passou, Vítor, em que podias meter um gajo kuzuo por ofensa real ou imaginária.
>
> – Essa é a merda, essa é a merda.
>
> – Agora há democracia. Cada um pode falar. (p. 324)

É neste tempo de democracia, que chegaria com o acordo de Bicesse, que Judite e Orlando poderão fazer valer os novos ideais de uma geração que viveu a transição para a liberdade ainda muito jovem, e muito jovem viu o país recomeçar uma outra guerra. Se a geração da utopia levou o país à independência, mas também à descrença, foi ela a responsável por gerar um novo caminho. Nesse sentido, o romance de Pepetela não decreta a morte do país, mas de certa forma, anuncia um renascer necessário. Como afirma Inocência Mata,

> Muitos aspectos da inovação contida na obra de Pepetela residem no repovoamento da paisagem e na remitologização do espaço da utopia, roída pelos descasos da revolução. Diferentemente do que acontece em outros romances angolanos, em que a morte do país se anuncia irrevogável num pretérito que retira a possibilidade de revitalização, de qualquer restituição vital e, portanto, se sugere a impossibilidade liminar da *reutopização*, a obra de Pepetela, mesmo aquela em que o desencanto é intenso, como *A Geração da Utopia*, mas também em *O Desejo de Kianda* e em *Parábola do Cágado Velho*, contorna a distopia e antecipa outro "desejo utópico", porque não se esgota num pretérito. (MATA, 2006a, p. 64-65)

Voltamos aqui ao início do romance *A geração da utopia*. A história da CEI, no primeiro capítulo do livro, é iniciada por uma voz que, cumprindo a promessa, feita trinta anos antes, inicia o seu texto utilizando a palavra "portanto", aquela que, segundo o professor que o avaliara, só deveria ser aplicada "como conclusão de um raciocínio" (p. 9). Assim, a voz, que rapidamente se retira para dar lugar à história da geração da CEI, anuncia que "portanto, só os ciclos eram eternos" (*ibidem*), introduzindo, desse modo, o caminho distópico a ser percorrido por essas personagens. No entanto, o "outro desejo utópico" apontado por Inocência Mata, está claramente anunciado na falta de "ponto final" no epílogo do romance. Afinal a conclusão já estava em seu início – "Como é óbvio, não pode existir epílogo nem ponto final para uma estória que começa por portanto" (p. 376).

A geração da CEI representou uma vírgula na história de Angola. Sem dúvida, ela foi a responsável pela revalorização da cultura local e pela vontade de liberdade gritada aos quatro cantos do mundo, mas, infelizmente, parte do sonho se perdeu com a liberdade conquistada. Cabe à nova geração, representada no romance por Judite e Orlando, dar continuidade aos valores morais que figuravam nos anos 60, representando, "portanto", não um ponto final, mas as reticências, uma capacidade de regeneração.

IV

As duas sombras do rio: a cisão como herança

Temos que construir a nação talvez não no sentido a que nos referíamos no passado mas naquilo que ela é na realidade. Uma nação tem elementos de unidade, isso é importante, mas não se deve subestimar os seus elementos de diversidade, que também têm a sua importância.

Borges Coelho[1]

Já na fala escolhida como epígrafe é possível perceber o olhar de João Paulo Borges Coelho sobre a realidade múltipla de seu país, multiplicidade que será transposta tanto para suas investigações de historiador, como para a sua escrita literária. Apesar da reconhecida importância de um projeto de nação baseado na unidade, para que fosse possível atingir a independência, também se deve reconhecer que um dos grandes problemas das colônias, após a sua transformação

1 BORGES COELHO, João Paulo. *Entrevista*. Em agosto de 2006. Disponível em: macua.blogs.com/mocambique_para_todos/files/joo_paulo_borges_coelho_entrevista.doc (Acesso em maio de 2007)

em Estado, foi a insistência nesse modelo, muitas vezes não respeitando a diversidade etnocultural que compunha o território.

João Paulo Borges Coelho nasceu em Portugal, mas, apesar disso, escolheu a ex-colônia do Índico como seu lugar de origem – "Sou moçambicano, apesar de ter nascido cá. Nasci no Porto, em 1955, mas as minhas origens maternas são daqui. [...] metade de mim é moçambicana e a outra metade, por via paterna, portuguesa. O mais importante é que eu optei por ser moçambicano" (BORGES COELHO, 2006, s.p.). Portanto, sustentando-se em sua herança materna, o escritor não só escolheu a sua nacionalidade, como também o seu material de trabalho, duplo trabalho: pesquisa científica e criação literária. Logo, são as transformações vivenciadas em seu país, principalmente no período pós-independência, que ganham destaque no seu olhar perspicaz e atravessaram a fronteira entre a ciência e a arte. Ele reitera: "É através de Moçambique que eu vejo o mundo" (BORGES COELHO, 2006a, s. p.).

Em suas investigações como historiador, seu objeto de pesquisa são as duas guerras que marcaram o país no século XX, a de independência (1964-1974) e a civil (1976-1992). No entanto, ao estudar tais conflitos, o historiador-escritor admite estar concentrado nas mudanças ocorridas no pós-independência, principalmente com o fim do conflito fratricida, por acreditar que finalmente Moçambique está a encontrar um caminho para a união.

> O facto de estudar guerras não significa gostar delas; para já eu não gosto nada de guerras. Estudo esses conflitos e agora tenho um interesse especial pela integração regional. Depois de vários períodos de grandes divisões está a surgir agora, neste contexto, uma maior cooperação e eu acredito que essa cooperação é uma das chaves que pode aliviar os nossos países digamos de uma situação de maior vulnerabilidade. (BORGES COELHO, 2006, s.p.)

Não é por acaso que as escolhas temáticas para suas obras literárias se liguem não apenas aos acontecimentos históricos centrais, mas, ao contrário, deem particular atenção aos microacontecimentos, numa tentativa de atingir uma reflexão sobre a realidade moçambicana de forma mais abrangente possível. Está evidente nos romances e livros de contos, que Borges Coelho utiliza-se da escrita para promover também a integração regional da qual fala.

Desse modo, o seu olhar não deixa de inserir Moçambique em um contexto mais amplo, o da contemporaneidade, apesar das particularidades locais, ou seja, o fato de se tratar de um país pertencente à costa oriental do continente africano. Por isso, o espaço é um forte elemento e uma das questões de maior destaque na obra do autor, já que Borges Coelho traz, como cenário para suas narrativas, regiões que compõem o mapa geográfico de Moçambique, mas que, até então, pouco apareciam no seu mapa literário, como é o caso do norte do país, presente já no primeiro romance, publicado em 2003. Para Rita Chaves essa escolha parece fazer parte do projeto literário do escritor:

> Essa demarcação espacial torna-se um dado importante na medida em que promove o deslocamento em relação ao interior e ao Norte de Moçambique, ampliando também o que podemos reconhecer como a territorialidade literária do país. Tal como os investimentos estavam até então concentrados no Sul, o território literário, com raríssimas exceções, não ousava expandir-se. O primeiro romance de João Paulo enfrenta esses limites e investe na ocupação de outras regiões, incorporando em seu imaginário espaços que o país independente ainda conhece pouco. (CHAVES, 2008, p. 188)

As duas sombras do rio já apresenta este projeto mesmo antes do início de seu texto, quando nos deparamos com o mapa apresentado logo ao abrirmos o livro (ver imagem 4 em anexo, p. 212). O que em um primeiro momento pode parecer somente uma localização para as ações que se seguirão, transforma-se em um guia imprescindível para que o leitor acompanhe as movimentações das personagens, não só no espaço moçambicano, mas também nas áreas fronteiriças, Zâmbia e Zimbábue. Do espaço interno, destaca-se a Região do Zumbo, acima do Zambeze, rio que marca a divisão entre o norte e o sul do país. Sobre a região, o autor afirma que decidiu "[...] fazer um pouco de barulho a volta do Zumbo tal como se podia fazer por muitos outros lugares deste país nas mesmas condições" (BORGES COELHO, 2006, s.p.). Portanto, foi das pesquisas historiográficas nesta região, que Borges Coelho retirou o material para a escrita do seu primeiro romance: "Como eram tantas as história que me contavam, eu à noite tomava apontamentos de algumas coisas e subitamente comecei a escrever contos dispersos e subitamente comecei a ligar os episódios e acabou num romance." (*ibidem*).

Logo, o ofício de historiador foi essencial para o despertar da atividade literária, fato que Borges Coelho reconhece ao assumir, por exemplo, que o "excessivo rigor na localização do espaço-tempo das tramas [...]" (CHAVES, 2009, p. 153) é um dos traços marcantes da sua primeira área de atuação.[2] Portanto, rediscutir as bases da história de Moçambique, através de seus conflitos contemporâneos, será uma das questões presentes também em suas obras, sempre apresentando um tempo alargado, que se concentra no presente, sem esquecer as influências e heranças de um passado ainda "desconhecido". Ainda para Rita Chaves,

2 Aqui lembramos Beatriz Sarlo, quando afirma que: "O primado do detalhe é um modo realista-romântico de fortalecimento da credibilidade do narrador e da veracidade de sua narração" (2007, p. 51).

> Do ofício de historiador, percebe-se o legado da intimidade com a reflexão sobre uma realidade marcada por fundas transformações, o que se vai projetar nessa nova forma de escrita que é também um modo de investigar. Por variadas trilhas, João Paulo propicia-nos o acesso a um universo pautado pelo senso da ruptura, marca da vida no seu jovem país, mas que não deixa de ser, noutros enquadramentos, um selo dos nossos tempos em diferentes geografias. (2008, p. 187)

Essa escrita investigativa, da qual fala Rita Chaves, é a base para a criação literária de Borges Coelho que, remodelando a realidade histórica de Moçambique, traz à cena as temporalidades que compõem a memória social do país, sempre tendo como ponto de partida o presente. Desse modo, o "senso de ruptura" (re)inscreve as marcas deixadas tanto pelo período colonial, como pelo pós-independência. *As duas sombras do rio* é um exemplo claro dessa imbricação passado-presente, ao deixar o leitor percorrer os caminhos traçados após a libertação do jugo colonial português, sem esquecer suas heranças e implicações no momento atual, mas, sobretudo, pensando na condição futura, nas possibilidades que ainda virão.

O leão e a cobra: a persistência da divisão colonial

> *O limite insinua a presença constante da diferença e sugere a necessidade da separação.*
>
> Cássio Hissa[3]

3 HISSA, Cássio Eduardo Viana. *A mobilidade das fronteiras: inserções geográficas na crise da modernidade.* Belo Horizonte: UFMG, 2002, p. 19.

No meu país
a única forma de liberdade permitida
é a loucura

Jorge Viegas[4]

A predominância de produções literárias vindas do sul do país são um reflexo direto do próprio sistema colonial adotado por Portugal, fixado majoritamente nas regiões fronteiriças com a África do Sul e em pontos estratégicos ao longo do litoral, deixando os territórios ao norte e no interior a cargo das chamadas "Companhias Majestáticas".[5] Tal distribuição administrativa permite um maior investimento e desenvolvimento do sul de Moçambique, enquanto o norte permanece entregue à exploração de companhias estrangeiras, a quem pouco interessava o crescimento dessas regiões. De acordo com Patrick Chabal,

> As dificuldades em subjugar a resistência africana, o arrendamento de metade do Norte do país a companhias estrangeiras, e a obsessão pela África do Sul fizeram com que a integração de Moçambique como colónia fosse menos bem su-

4 VIEGAS, Jorge. *Novelo de chamas.* Lisboa: ALAC, 1989, p. 21.

5 As Companhias Majestáticas, ou companhias privilegiadas, eram grupos privados que possuíam a concessão do governo português para explorar parte dos territórios coloniais, exploração que contava com o trabalho forçado dos naturais da terra. Segundo Albert Adu Boahen (2010, p. 203-204), "Em Moçambique, eram fundamentalmente as diversas companhias concessionárias multinacionais que se beneficiavam com o trabalho forçado. Moçambicanos eram exportados para a Rodésia do Sul, África do Sul e São Tomé, onde se somavam, nas *plantations* de cacau, a milhares de angolanos". No caso de Moçambique, as mais conhecidas são a Companhia de Moçambique e a Companhia do Niassa.

> cedida do que nas outras colónias portuguesas. O facto de a capital ser muito ao sul, e a cidade da Beira se encontrar mais voltada para Salisburry do que para a capital – e ambas as cidades estarem virtualmente cortadas do resto do país ao norte do Zambeze – teve profundas implicações no desenvolvimento cultural e social de Moçambique. De facto, o Norte e o Sul de Moçambique foram e permaneceram, durante o período colonial, dois "países" diferentes. (CHABAL, 1994, p. 27-28)

É esta divisão – a existência de uma fronteira dentro do próprio país – que Portugal precisa abolir diante da necessidade de intensificação da colonização, já no século XX.[6] Assim como no caso de Angola, a presença cada vez mais constante de portugueses no território faz crescer o descontentamento da população, levando a movimentos de resistência que desencadearam a guerra pela independência. De acordo com Borges Coelho, as agitações de finas de 64 e 65, com ataques a postos administrativos colocava as autoridades portuguesas "face à sua incapacidade de controlar o território e as suas populações, pela extensão daquele, pela dispersão destas e pela fraca implantação dos aparelhos administrativos, instrumento essencial da colonização" (1989, p. 22).

Portanto, parecia óbvio, frente a uma administração colonial concentrada ao sul, e que desconhecia as extensões do território moçambicano, que a resistência viesse do norte. Além disso, havia

6 A necessidade de estruturação do território leva à divisão administrativa de Moçambique. O Decreto nº 247, de maio de 1973, fixou as últimas divisões distritais: Lourenço Marques, Gaza, Inhambane, Beira, Tete, Vila Pery, Zambézia. Cabo Delgado, Niassa, Nampula e Ilha. Tal divisão tinha interesses não só administrativos, mas também de controle populacional e, de acordo com Amélia Neves Souto (2007, p. 81-82), são variados os problemas enfrentados, desde a grande extensão de alguns distritos até a separação das etnias em fronteiras diferentes.

um considerável grupo de moçambicanos, inicialmente, no Malawi e depois na Zâmbia, de onde partiriam as primeiras ofensivas da FRELIMO. De acordo com a pesquisa realizada por Borges Coelho, sobre o início da luta na província de Tete, a preocupação do governo português com relação a esta região está revelada no "Plano de Operações Terra Quente", que previa as vias possíveis de penetração da FRELIMO em Moçambique. Segundo o historiador, tal Plano foi produzido "três meses antes das primeiras acções armadas", focando "todo o território a Norte do rio Zambeze" (*idem*, p. 43).

Assim, é possível perceber que a história do início da guerra de independência levada à frente pela FRELIMO vai, estrategicamente, visar, em um primeiro momento, as áreas onde a colonização não tinha uma presença eficaz, logo, onde não haveria também uma forte resistência ou contra-ataque. De acordo com Vitor Alexandre Lourenço:

> A luta armada pela independência nacional vai, por fim, ser desencadeada pela FRELIMO, em 25 de Setembro de 1964. Planeada para ter início simultaneamente em várias frentes geográficas de modo a dispersar as forças militares portuguesas e a reduzir a sua capacidade militar de resposta, só em Cabo Delgado foi possível começar a acção armada naquela data. Cedo, porém, ela se vai estender a outras províncias: Niassa, Tete e Zambézia. Com excepção da Zambézia, estas eram as províncias de mais fraca densidade populacional, e aquelas onde a presença económica, política e administrativa portuguesa era menos intensa. (2010, p. 84)

Com o início da guerra e o avançar das operações da FRELIMO, o movimento de libertação passa a exercer grande influência sobre as populações rurais, daí formarem as "zonas libertadas", áreas que passavam a ser administradas pelo movimento, afastando a ocupação colonial. A experiência das "zonas libertadas", implantada primeiramente em Cabo Delgado, dá início à aproximação da FRELIMO com o povo e à coletivização das atividades, dos meios de produção agrícola e da comercialização dos produtos. Através do trabalho nas zonas libertadas, a FRELIMO passa a ser responsável por um projeto de reestruturação da vida social, o que lhe vai conferir o papel de representante do povo moçambicano na luta contra o colonialismo português. Ainda segundo Vítor Alexandre Lourenço,

> [...] apesar da resistência política e social de alguns sectores da sociedade colonial, e de alguns moçambicanos opositores da FRELIMO que se opunham ao papel exclusivo desta nas discussões sobre o futuro de Moçambique, a FRELIMO conseguiu fazer-se reconhecer como «Representante único e legítimo do povo moçambicano», e definir as modalidades do acesso político do país à independência, isto é, as condições do seu próprio e imediato acesso ao poder de Estado. [...]. A FRELIMO deixava então de ser um «movimento de libertação», dirigindo uma guerrilha em regiões rurais distantes dos centros urbanos, para se tornar um partido de poder, que se preparava para tomar sem partilha e *formalmente* o controlo político, jurídico, económico, administrativo e burocrático de um Estado «moderno» e soberano. (*idem*, p. 92)

Este breve recuo ao início da guerra de independência e das movimentações da FRELIMO se faz necessário para compreendermos o mapa dos conflitos em Moçambique e, consequentemente, o mapa ficcional que se apresenta na obra de Borges Coelho, de um modo geral, e no romance *As duas sombras do rio*, mais especificamente. É de extrema importância para o leitor a localização desses conflitos, primeiro o que levou à independência e, depois, o que se seguiu a ela, ambos concentrados espacialmente no norte de Moçambique, espaço de predileção do autor.

É no contexto da guerra civil, iniciada em 1976, quando a RENAMO decide confrontar-se com o governo da FRELIMO, que o romance de João Paulo Borges Coelho está situado. É já em meados da década de 80 que ocorrem os fatos narrados, quando o pescador Leónidas Ntsato é encontrado – "[...] estava vivo, embora parecendo um pouco morto" (p. 14-15) – na pequena ilha de Cacessemo, ao meio do rio Zambeze, entre a margem norte e a margem sul. Este espaço será determinante para a trajetória pessoal de Leónidas,[7] pois, como já foi comentado anteriormente, a questão das fronteiras permaneceu como herança da estrutura colonial portuguesa. Portanto, a situação do pescador, diante de um longo desmaio, será rapidamente analisada sob o viés do conflito interno.

Tal análise é feita pelo Nganga Gomanhundo, quando a família de Ntsato o procura na tentativa de descobrir a causa, e também a cura para a condição do pescador. O Nganga prepara então um ritual, na tentativa de encontrar, através da comunicação com os antepassados, alguma explicação – "Prepara-se então, resignado, para iniciar a sempre difícil e fastidiosa incursão genealógica, pois a experiência diz-lhe que é muitas vezes nos antepassados e nas suas complicadas relações com os vivos que se descobre o fio do enredo" (p. 36). Porém, o Nganga não deixa de comentar, em tom de leve crítica, o fato de a população recorrer primeiro às enfermarias (Leónidas é atendidos primeiro pela enfermeira Inês), deixando as curas tradicionais em segundo plano.

---

7 Falamos aqui em trajetória pessoal, pois neste item analisaremos separadamente os caminhos percorridos por Leónidas Ntsato, deixando para o subitem 4.2, "Empurrados para novas fronteiras: o destino dos refugiados", a análise dos deslocamentos coletivos da população da região do Zumbo.

A presença do Nganga, e da sua crítica – "É sempre a mesma coisa: as pessoas andam de roda da enfermeira Inês à procura de coisas novas, desprezando a tradição" (p. 28) –, traz uma importante questão, se levarmos em conta que o governo da FRELIMO proibiu, de início, práticas rituais, consideradas superstição, portanto, um atraso para o desenvolvimento da nova nação. Tal proibição também está relacionada com o projeto do "homem novo" que, de acordo com José Luís Cabaço (2009), encontrava a sua maior dificuldade na "'triagem' das práticas e valores que deveriam inspirar o perfil identitário cuja dinâmica se pretendia estimular" (p. 305) e tinha como "principal obstáculo [...] a persistência das estruturas tradicionais" (p. 308). Ainda segundo o antropólogo, "A FRELIMO estava consciente do problema, mas o enfrentava com a convicção determinista na dinâmica revolucionária e com uma visão iluminista do poder transformador da ciência e do progresso" (*ibidem*). O rompimento, logo após a independência, com as autoridades tradicionais também era uma tentativa de extirpar ligações com toda e qualquer estrutura que tivesse vínculos com a administração colonial, como era o caso de muitos desses chefes. Conforme esclarece Vítor Lourenço:

> A FRELIMO, ao destronar toda a administração colonial, eliminou uma das fontes de legitimidade das Autoridades Tradicionais. A partir de 1977, a condenação política da(s) prática(s) religiosa(s) e ritual(ais) à categoria de superstição, tornou, na prática, as cerimónias tradicionais ilegais, o que inexoravelmente parecia quebrar as ligações sociais também com outro importante fundamento da segunda fonte de legitimidade das Autoridades Tradicionais. Todavia, para a população local, não desapareceu a legitimidade do papel político do chefe tradicional enquanto portador de conhecimentos sociais e

> rituais sobre as tradições locais. Essa legitimidade continuou a existir como uma forte «corrente social» em todas as camadas populacionais rurais. (2010, p. 95)

Logo, Nganga Gomanhundo representa a continuidade (apesar das enfermarias) do valor das práticas religiosas tradicionais, a despeito das proibições do governo. No entanto, o romance não deixa de estabelecer uma relação entre o Nganga e o passado colonial de Moçambique. "Gomanhundo é quase dali" (p. 30), veio do norte do país para a região do Zumbo, quando ainda se chamava Sixpence e pretendia ser pescador. Sua transformação em Nganga Gomanhundo decorre de um episódio de quase morte, ao ser atacado por um crocodilo, quando "a alma errante" do Frei Pedro da Santíssima Trindade[8] "comprou um corpo onde se alojar pelo preço de o manter inteiro, salvando o pescador" (p. 34). Assim, Gomanhundo carrega consigo a marca de outro tempo, do tempo em que Frei Pedro explorava os moradores daquela região para construir a sua igreja. Por outro lado, o Frei, apesar de causador de males como a exploração e a fome, possuía o dom da cura, herança que passou a Sixpence quando este foi salvo do ataque do crocodilo.

8 O narrador esclarece a história do Frei Pedro da Santíssima Trindade, religioso da ordem dos Dominicanos que, no início do século XIX (1820), é responsável pela igreja de Nossa Senhora dos Remédios, no Zumbo. O romance destaca o caráter explorador do Frei, assim como dos outros Dominicanos que o precederam na região, e que conseguiram muito ouro "com a ajuda forçada do povo que ali havia" (p. 33). O narrador ainda levanta a hipótese, de forma bastante irônica, da ligação de Frei Pedro com o período de "grande míngua' e consequente fome que atinge o local – "(legítimo seria perguntar hoje se não terá sido Frei Pedro quem a provocou)" (p. 34). Afinal, com o ouro, já fruto da exploração, o Frei compra toda a comida que vê, e, no auge da necessidade, é em troca de alimento e de panos que os habitantes vão ajudá-lo na construção de uma nova igreja.

É ao dom da cura que a família de Ntsato recorre e, afinal, Gomanhundo conhece também a proximidade com a morte pela qual passou aquele outro pescador. A fronteira entre a vida e a morte, que caracteriza a condição de Leónidas, será interpretada pelo Nganga como um problema fronteiriço ainda maior, aquele que divide o norte e o sul país, demarcado geograficamente pelo rio Zambeze e historicamente pela presença portuguesa. Assim, Gomanhundo explica o problema de Leónidas à sua mulher, Amina:

> – O problema é muito grave. O teu marido está entre o norte e o sul – começou ele. Diz coisas com algum nexo mas que todas juntas não fazem sentido. Entre o norte e sul. Por vezes revela a força do leão e fala como se fosse um verdadeiro m'phondoro, com os olhos vermelhos a faiscar de cólera e toda a força da terra. Mas logo em seguida esse discurso de macho irreflectido do sul se acalma e ele torna-se sereno e azul como as águas profundas. Revela então uma grande sabedoria que é apanágio das mulheres e da grande cobra do norte. (p. 36-37)

Desse modo, a explicação do Nganga Gomanhundo dialoga de forma muito próxima com a fala, já citada, de Patrick Chabal. No entanto, enquanto o historiador e ensaísta atenta para a divisão do período colonial e para a existência de praticamente dois países em um, consequência da incapacidade da administração portuguesa para ocupar todo o território, a personagem de Borges Coelho indica a permanência dessa fronteira mesmo após a independência. Tal diagnóstico interessa a partir do momento em que o discurso da FRELIMO aponta para uma unificação em prol de uma identidade nacional, caminho necessário para a conquista da independência. Porém, tal unidade permanece no campo do discurso, não atingindo a realidade do país, que continua dividido entre o norte e o sul, assim como parece estar a personagem de Leónidas Ntsato.

Toda a teoria do Nganga Gomanhundo sobre o estado de Leónidas faz referência à impossibilidade de encontro, ou harmonia, entre os dois espaços: "– O problema é que estando os dois juntos tudo se complica. Não podemos ter o fogo e a água ao mesmo tempo" (p. 37). Segundo o Nganga, norte e sul não se complementam, ao contrário, vivem em constante disputa. Separadas pelo rio Zambeze – "O rio é a fronteira entre os dois poderes que lutam dentro dele. É ali que começa um e acaba o outro, ali acaba o norte e começa o sul" (p. 38) – as duas regiões ainda não encontraram o caminho para a comunicação, e a falta de diálogo que se reflete na guerra pós-independência é matéria do embate que ocorre no interior do pescador Ntsato, levando-o aos desmaios ou a enfrentar situações absurdas, como quando caminha entre os crocodilos, buscando um local improvável para que o confronto entre o leão e a cobra acontecesse:

> Depara ali com uma multidão de nhacocos, gigantescas bestas em silenciosa assembleia, imóveis como apodrecidos troncos. Ntsato passa pela calada reunião com a insensata arrogância do desvario e ali mesmo se senta para deixar correr o combate de espíritos que se trava no interior da sua cabeça. Por fora está sereno; por dentro é incomensurável o seu sofrimento e prova disso são os suaves queixumes que dele emanam e constituem o único som audível naquele universo. Um a um, os crocodilos que se faziam de mortos retiram, dissimulando-se lentamente no canavial. E é já um solitário Ntsato que assiste e alberga o combate até que a noite desce e os dois espíritos – a cobra e o leão – se cansam de tão furiosa disputa. (p. 42)

No entanto, não é só de delírios que vive Leónidas Ntsato depois do seu incidente. Apesar de considerado como louco, afinal, ao voltar do desmaio não parece agir com qualquer coerência, o conflito interno vivenciado pelo pescador é de extrema importância para os habitantes daquele local, pois a aparente loucura indica na realidade uma fratura que atinge a todos. Os espíritos do leão e da cobra, ao se debaterem dentro de Leónidas, apesar de causar uma série de perturbações, também oferecem um entendimento da situação do país. Mas a sua pretensa condição de louco, impede que os outros o ouçam – "O problema é que não há ninguém para me ouvir, para ouvir o que os espíritos querem dizer. Todos se riem de mim" (p. 48) – e Leónidas, ao sofrer o conflito interno, conseguirá prever o que acontecerá na região do Zumbo – "[...] eu tenho muita coisa a dizer sobre o mau caminho para onde Moçambique está a ser levado, um caminho que só traz miséria e desgraça" (*ibidem*).

Diante desse contexto, mais uma vez o romance trará a questão do embate entre a administração atual e a sabedoria ancestral, tendo em vista que Leónidas tenta contar as suas visões, ao procurar o administrador da região, Sigaúke, e este, em uma nítida atitude de superioridade mesclada ao medo, se nega a ouvi-lo. A negação de Sigaúke, que também passa por uma postura elitista, é rapidamente explicada pela orientação que deveria ser seguida no pós-independência, ou seja, o combate a práticas rituais: "Na escola de administradores ensinaram-lhe que era preciso acabar com os obscurantistas fazendo valer o materialismo e a lei" (p. 47).

Porém, assim como a continuidade do exercício dessas práticas está presente na figura do Nganga Gomanhundo, também através de Sigaúke é possível evidenciar a necessidade de tentar "equilibrar" as forças do governo e a sabedoria do povo, tentativa essa que claramente não é alcançada. Logo, para o administrador do Zumbo, "as coisas existiam mas era como se não existissem pois ele não dava conhecimento oficial daquilo que não lhe interessava" (p. 48). Diante da distância da base do governo, situada no extremo sul do país, era fácil omitir a continuidade de certas práticas. Mas esta não era a situação do pescador, de quem o administrador faz pouco caso, acreditando que toda a sua história não passava de um pretexto para conseguir dinheiro. Tal posicionamento é logo questionado pelo narrador:[9] "Fazia mal o administrador Sigaúke, um estrangeiro, em mexer com os espíritos da terra." (*ibidem*). Mesmo assim, o comportamento do administrador chega ao extremo de expulsar Leónidas Ntsato, e este, finalmente, profere o "m'fiti": "– Amanhã é o último dia desta terra e vão chover pedras na Administração! O fogo há-de queimar esses teus papéis" (p. 49).

O "m'fiti" – a maldição – proferido por Leónidas é datado no romance, como um ataque à região do Zumbo ocorrido em 16 de outubro de 1985. A maior parte da narrativa de João Paulo Borges Coelho será destinada a descrever os acontecimentos decorrentes desse ataque que, afinal, demonstra a veracidade da fala de Leónidas Ntsato.[10] O pescador, que continua atordoado pelos espíritos em confronto, desaparece diante da tamanha confusão causada pela invasão de uns e pela fuga de outros, reaparecendo vez ou outra entre as histórias dos habitantes da região. Sua condição o faz passar despercebido em meio à guerra e, embora seja constantemente procurado pela família, permanece afastado, tentando lidar com a luta entre os espíritos e compreender suas mensagens.

> A loucura concede este privilégio ímpar de afastamento e quase invisibilidade, e Ntsato soubera tirar disso o melhor proveito. Não se senti-

---

9 É importante destacar a presença constante e explícita das opiniões do narrador durante o romance. Ora entre parênteses, ora inserida no texto narrativo, a sua voz onisciente aparece para chamar a atenção do leitor, para questionar as falas das personagens, para lembrar fatos passados, etc.

10 O ataque à região do Zumbo e as consequentes migrações para as regiões fronteiriças serão trabalhados no subitem 4.2 deste capítulo.

> ra enredado na intrincada trama tecida pelos homens e, talvez por isso, também os homens o haviam excluído das suas loucas movimentações: tanto os que fugiram e se não puderam levá-lo consigo como os que chegaram, atentos a outros propósitos ao ponto de se esquecerem de o maltratar. (p. 217)

A condição errante de Leónidas, que o faz perpassar os acontecimentos relativos à guerra de forma diferente do restante da população, e a sua "invisibilidade" é claramente retratada no romance, pois, a partir do "m'fiti", o drama pessoal do pescador dá lugar àquele vivenciado pelos habitantes em fuga. Portanto, na parte central da narrativa, é possível conhecer outras personagens, enquanto Leónidas Ntsato e seus tormentos permanecem como um mistério. No entanto, ao reaparecer, destacando o seu isolamento, Ntsato demonstra momentos de lucidez e reflexão sobre a sua condição, sempre atrelada à situação do país. Confunde-se com as margens do rio Zambeze, do mesmo modo que o afastamento entre estas é entendido como parte do conflito:

> Na sua condição há tendência a esquecer os factos recentes, cuja memória surge envolta no mal-estar da doença, e a lembrar os mais antigos, quando ele pescava despreocupadamente e tinha uma família. Ou mais atrás ainda, quando brincava pelas margens com os irmãos. [...]. Mas depois veio a grande mudança, que aconteceu como uma veia que rebentasse e espalhasse o sangue por toda a parte. E foi por isso que lhe veio a doença, é a desunião das margens do rio que o aflige. Ntsato não entende aquele mar largo que por vezes esconde a outra margem na bruma, completamente. Já as vozes não o atravessam (o sol ficou mais sul e mais distante). O seu cora-

> ção tenta ainda construir uma ponte que ligue as duas margens mas sente-se cada vez menos capaz. Cada vez mais cansado. (p. 192-193)

Lembramos que o afastamento das margens do rio também pode ser entendido como uma das heranças do período colonial, tendo em vista a necessidade de navegabilidade do Zambeze. Destacamos ainda a construção, na década de 60, da barragem de Cabora Bassa, um dos focos de atenção da FRELIMO, já que tal obra permitiria, para além de uma maior ocupação do território por novos colonos portugueses, dificultando a entrada dos guerrilheiros, uma presença sul-africana, já que a África do Sul também seria beneficiada pela produção de energia elétrica da barragem (BORGES COELHO, 1989, p. 50).

Desse modo, o alargamento do rio, afastando as margens, marca a história dessa colonização, inicialmente pelo interesse na sua navegação, para o transporte de escravos, e, posteriormente, pela exploração dos seus bens naturais. Assim, a veia que arrebenta, e provoca a desunião das margens, evidencia que a divisão norte e sul não era apenas administrativa, mas que também era marcada e sentida no espaço geográfico, alterando a paisagem, interferindo na vida das populações, exigindo mudanças e separações. Não é por acaso que a personagem afetada, dividida entre o norte e o sul, seja um pescador, conhecedor dessas águas. A reflexão de Leónidas relembra a tranquilidade das águas, enquanto o seu conflito interno tenta buscar uma solução.

É a busca pela cura que trará de volta a personagem de Leónidas Ntsato nos capítulos finais do romance, quando a preocupação do Nganga Gomanhundo aumenta diante de novas e confrontantes evidências. Diante da aparição do espírito do leão através de Joaquina M'boa (p. 147), que analisará a situação de conflito do país – "– Mataram a terra e todas as coisas. Matam-se agora uns aos outros. E quando há este ódio entre vizinhos, quando as aldeias se inimizam desta maneira, quando a família se acaba, é porque se aproxima o vazio e o fim. Porque se apaga o fogo." (p. 151) – Gomanhundo chega à conclusão de que Leónidas não pode ter o espírito do leão, já que Joaquina é sua "mvula" (medium): "– Tenho boas notícias para ti, Ntsato. Tenho andado a estudar o teu problema. Fiz as minhas consultas, pensei muito nas respostas que me foram dadas. E acho que afinal não és, não podes ser o mvula do leão" (p. 218)

Diante da nova descoberta, Gomanhundo propõe que a família de Leónidas financie a sua viagem ao Norte, onde pode procurar maiores explicações para o estado do pescador. No entanto, ao ser questionado sobre a necessidade da viagem, que "era, ao mesmo tempo, a confissão da sua relativa incapacidade" (p. 223), o Nganga recupera os problemas vivenciados no país, refletindo sobre os conflitos que acabam por "desalinhar" uma ordem conhecida já há muito tempo:

> O mal era dos tempos e da dificuldade que eles tinham em tomar uma direcção. Antigamente as coisas eram certas e claras, estava tudo arrumado nos seus lugares. Sabíamos de onde vínhamos e isso ajudava-nos a ir percebendo para onde íamos. Os passos eram certos, embora só aos deuses coubesse adivinhar quando vinha a chuva. Agora não, desde aquele maldito m'fiti que tudo se toldou e dessa sabedoria já só restam retalhos e fragmentos. Parecemos, todos nós, um pobre e escanzelado cão que persegue o rabo dando voltas cada vez mais rápidas e furiosas, sem avançar em qualquer direcção. (p. 223)

Portanto, a explicação dada por Gomanhundo extrapola a necessidade de desvendar a situação de Leónidas Ntsato. O Nganga não confessa, mas no íntimo sente-se perdido diante da "obrigação" de encontrar a cura para o pescador. No momento atual, em que a sabedoria encontra-se fragmentada, a busca de Gomanhundo ganha proporções maiores e a sua viagem é também uma tentativa de compreender os caminhos percorridos pelo próprio país, que parece andar em círculos.

É nesta viagem que o Nganga conhecerá Harkiriwa – "Harkiriwa, a makewana, aquela que chama a chuva, a tradutora da jiboia" – para quem a margem sul é um território desconhecido, "são outras as palavras e as artes que os homens criam para traduzir a natureza, para expressar as suas amizades e os seus ódios, as suas fantasias" (p. 226). É deste encontro que resultará mudança de perspectiva de Gomanhundo, ampliada pela sabedoria da "mvula" da cobra. O problema enfrentado por Leónidas Ntsato acabou por levar o Nganga a descobrir questões muito maiores, vivenciadas naquela região:

> À medida que vai falando o nganga vai-se dando conta de quão pequeno é o seu problema (e, por inerência, o de Ntsato), comparado com aquele com que a makewana se debate, que diz respeito não a um Ntsato mas a muitos, a milhares, a toda aquela grande comunidade que um dia acordou dividida, em guerra com os seus valores e o culto dos seus espíritos, questionando mensageiros e destruindo santuários; em guerra com a natureza que lhe nega a chuva; em guerra consigo própria como se pode ver pela forma como os seus membros se matam uns aos outros, numa lenta e inexorável descida para a miséria e, para lá dela, para o caos e para o fim. (p. 229)

O confronto interno finalmente é visto por Gomanhundo, para além daquele vivido pelo pescador, metonímia de um processo que abrange a necessidade de definições sobre a nova nação. Assim, o problema não é apenas de Ntsato, mas de uma estrutura que levou a diversos enfrentamentos, não só entre os mesmos, mas também a revisionismos de tradições conhecidas, como já citamos anteriormente, quanto ao caso da proibição de algumas práticas religiosas. Para

Harkiriwa, o problema vem do sul, enquanto a solução está no norte – "O fogo é a dor, a água o refresco e a serenidade" –, enquanto o narrador, sempre presente entre os parênteses, atenta para a mudança de interpretação dependendo da perspectiva: "(estivesse aqui Joaquina M'boa, a mvula lá do sul, e diria que fogo é vida e renascer)" (p. 229).

A figura do narrador continuará a relativizar a divisão entre o norte e o sul, lembrando o papel que cada um pode exercer para o crescimento do país ao realçar a importância tanto do fogo quanto da água para uma renovação, um recomeço. Nesse sentido, ressalta a imagem da ilha de Cacessemo, onde Leónidas Ntsato foi encontrado no início do romance. A pequena ilha, situada no meio do rio Zambeze, parece ter escolhido o ponto de equilíbrio entre o norte e o sul, mostrando que é possível conviver entre os dois espaços.

> [...] a ilha de Cacessemo mantém-se no meio do rio, na exacta fronteira entre o norte e o sul, descobrindo para fugir à tragédia um original equilíbrio entre o rugido do leão que vem de baixo e o silvo agudo da cobra que lhe chega do norte. Entre o vermelho-vivo da queimada que destrói para que possa haver recomeço e o azul da chuva que traz o segredo e a sabedoria desse recomeço. Será que a queimada se extingue antes que a natureza chegue ao fim e nada mais haja para arder? Será que a chuva vem para a germinar? (p. 251)

Portanto, o desfecho da narrativa particular de Leónidas Ntsato parece desvencilhar o problema do pescador da divisão norte-sul. Afinal chega-se à conclusão que, tanto o espírito do leão, quanto o espírito da cobra possuem as suas "mvulas", Joaquina M'boa e Harkiriwa, respectivamente. Lembramos que o diagnóstico inicial, o da divisão entre norte e sul, foi proposto por Gomanhundo, que é intermediário de um espírito de fora, "(um espírito mestiço, comprador de comida e construtor de catedrais)" (p. 255), como ressalta o narrador, que ainda dirá: "Do verdadeiro dono do seu nome herdou o vício de construir a partir do nada, trazendo de fora, que é como quem diz, de pôr a verdade ancestral um pouco de lado para perseguir a evidência e inventar a mudança" (*ibidem*).

Assim, a verdade colocada por Gomanhundo no início do romance passa a ser contestada, principalmente a partir do confronto com Harkiriwa, vinda do norte, disposta a atravessar a fronteira desconhecida em direção ao sul, para ajudar Leónidas. É Harkiriwa quem questionará a busca de Gomanhundo pela verdade, esquecendo a relação que esta estabelece entre o passado e o futuro.

> Ela [a verdade] é a palavra que trazemos dos antepassados para entregar aos vindouros. Ela é a única coisa imutável neste tempo maldito de transformação. Se a verdade não nos basta é porque falhamos no nosso papel. Interrompemos a cadeia natural das coisas e o resultado está à vista: ninguém respeita as regras, é o caos. (p. 253)

Porém, é necessário ressaltar que a ajuda vem do norte. Sobre a "mvula" do Leão, só assistimos a uma cerimônia, enquanto a "mvula" da cobra acompanhará Gomanhundo na sua tentativa de descobrir o que se passa com Leónidas. É de Harkiriwa que vem a nova interpretação dos fatos, a lembrança dos antepassados, e uma proposta de solução: "Dizem que os loucos dialogam de perto com os espíritos. É preciso, pois, ao contrário de lhe tentar abrir o caminho, seguir os passos de Ntsato atentamente pois poderá vir dele alguma revelação" (p. 255). E a revelação de Leónidas é aquela que estava presente no início do romance, a zona fronteiriça, nem norte, nem sul, mas o exato espaço do rio que divide Moçambique: "Na margem norte, Leónidas Ntsato, que durante tanto tempo procurou respostas lá em cima, também conclui que elas poderão estar dentro do rio, no espaço onde nadam as sombras iluminadas das estrelas." (p. 257).

É nas águas do rio Zambeze que Leónidas submergirá, não para retornar ao seu estado inicial, aquele vivo parecendo morto que foi encontrado desacordado em Cacessemo. No entanto, o mergulho do velho pescador parece ser a busca de um reencontro. Um reencontro espaço-temporal, tanto com aquela zona limítrofe, quanto com os momentos de tranquilidade vivenciados por aqueles que já não se encontram no caos atual, como demonstra a longa, mas necessária citação abaixo:

> Levanta-se e penetra nas águas lisas que lhe engolem os pés, depois as pernas até os joelhos. As estrelas dançam-lhe agora na pele, movimentadas pela ligeira ondulação. Olha uma vez para trás mas prossegue sempre, com as águas já pela cintura, depois pelo pescoço, até que por fim nada mais resta senão um ligeiro borbulhar onde continuam a saltitar as sombras iluminadas dos astros lá de cima.
>
> [...]
>
> É afinal tão simples a história deste rio. Tão simples e, todavia, levou séculos a desenrolar-se pois os deuses gostam de contá-la devagar. Devagar, também, Leónidas Ntsato mergulhou nele nessa noite, ficando nós sem saber se procurava chegar a Cacessemo para alongar a sua perplexidade nessa fronteira, se lhe bastava perder-se nas águas para ganhar a tranquilidade e a indiferença dos afogados. (p. 258-260)

Ao buscar o reencontro com o rio e ao escolher a condição de afogado, Leónidas transpõe finalmente a fronteira, não aquela física, espacial, entre o norte e o sul, que parecia atormentar-lhe o juízo. A união dessa fronteira, diante do contexto de guerra (que ainda permanecerá por mais seis anos), do "m'fiti", é ainda apenas uma construção fictícia, não se mostrando realizável. Assim, Leónidas Ntsato escolhe ultrapassar a fronteira da vida, talvez para encontrar, do outro lado, a tranquilidade que escapa àquela região. É através da "larga e majestosa fita de prata que separa a terra do céu" (p. 258), que Leónidas vai em busca de paz.

O cenário do rio Zambeze, onde "[...] gerações e gerações de antepassados se despediram desta vida e penetraram nas brumas do além amarrados uns aos outros [...]" (*ibidem*), revive, no pós-independência, quando o passado retorna com o presente da triste realidade daqueles que se "afogam" numa tentativa de fuga dos horrores da guerra civil. Leónidas Ntsato que, mesmo com sua aparente condição de "doente" e/ou "louco", sobreviveu ao "m'fiti", parecendo sempre invisível aos olhos dos invasores, segue o mesmo caminho daqueles que "muitos juntos nos porões escuros dos barcos", onde "ficava pouco espaço para os seus medos e terrores" (*ibidem*), foram levados pelas águas do Zambeze. Aos restantes moradores da região, o contínuo trânsito é a condição da liberdade.

Empurrados para novas fronteiras: o destino dos refugiados

> *O inimigo, o pior dos inimigos, sempre esteve dentro de nós. Descobrimos essa verdade tão simples e ficamos a sós com os nossos próprios fantasmas. E isso nunca nos aconteceu antes.*
>
> Mia Couto[11]

11 COUTO, Mia. *Pensatempos* – textos de opinião. Lisboa: Editorial Caminho, 2005, p. 22.

Do meu país as aves se ausentaram
e com elas se foi a vida, a alegria.
E os poetas nos versos que cantaram,
foram pássaros de morte e de melancolia.

Jorge Viegas[12]

Paralela à história de Leónidas Ntsato, o romance de Borges Coelho deterá a sua atenção sobre outras vivências da região afetada pelo "m'fiti". Núcleos familiares, comerciais e administrativos compõem a maior parte da narrativa, evidenciando o destino das personagens que transitam entre Moçambique e suas fronteiras com a Zâmbia e o Zimbábue. São esses deslocamentos que movimentam o romance e apresentam a geografia de parte do norte de Moçambique, contando a sua história, não só a contemporânea, mas também a de outros tempos, como já apontamos anteriormente. Desse modo, a personagem de Leónidas funciona como um anunciador das histórias que dão continuidade ao romance. Afinal, é na sequência do "m'fiti", revelado por ele e que ocorre em 16 de outubro de 1985, que o leitor passa a conhecer as outras personagens que habitam a região do Zumbo.

Assim como foi importante recuar ao tempo colonial para compreender a existência de uma fronteira geográfica e cultural em Moçambique, também se faz necessário enfocar os caminhos que levaram à constituição de um conflito civil após a independência do país e como esse conflito influencia diretamente o processo migratório evidenciado em *As duas sombras do rio*. Nesse sentido, a epígrafe de Mia Couto serve-nos como ponto de partida para refletir sobre a complexidade da situação vivenciada em Moçambique a partir do fim do confronto entre colonizador e colonizado. Se, no item anterior, analisamos a visão do conflito interno como uma herança do período

12 VIEGAS, Jorge. *Núcleo tenaz*. Lisboa: Edições 70, 1982, p. 12.

colonial – apesar de já destacarmos alguns posicionamentos conflituosos da FRELIMO –, aqui chamamos a atenção para o momento em que o "outro" deixa de existir ou, simplesmente, há o aparecimento de novos "outros".

O inimigo interno, identificado por Mia Couto, pode ser aqui visto de duas formas: por uma perspectiva mais restrita, relativa diretamente ao confronto entre FRELIMO e RENAMO, ou, de modo mais abrangente, aquele que envolve o contexto da África Austral, especialmente, as relações entre Moçambique, África do Sul e Rodésia. Ao optarmos por esta última hipótese, faz-se necessário repensar o próprio significado da palavra "interno", e sua ligação com os conflitos nos países africanos independentes. Ressaltamos que, com a saída dos antigos colonizadores, os conflitos não ficaram limitados às fronteiras de cada país, como é possível verificar no caso de Moçambique, principalmente no que diz respeito à criação da RENAMO, alimentada fora do território moçambicano. Como destaca João Paulo Borges Coelho (2009, p. 4):

> [...] a independência de Moçambique inscreve-se numa profunda alteração na geo-política na África Austral em meados da década de 1970, marcada pelo desaparecimento do colonialismo na região, deixando apenas os casos atípicos da África do Sul do 'apartheid' e da Rodésia. Para este último país, o Moçambique independente governado por um regime saído directamente do movimento de libertação representava dois perigos fundamentais: por um lado alargava a fronteira rodesiana exposta à infiltração da guerrilha nacionalista, e por outro o vital acesso ao mar através do porto e do Corredor da Beira ficava seriamente ameaçado.

Assim, a independência moçambicana gerou um novo confronto. O acordo existente entre Portugal e a Rodésia sobre a utilização do Corredor da Beira é quebrado com a independência, dificultando o escoamento dos produtos deste país. Para além do problema econômico gerado, a Rodésia, que só ficaria independente em 1980, passava a ter, através da fronteira, um contato maior com o movimento nacionalista que levou Moçambique à independência.

Ao continuar sua análise, Borges Coelho aponta para uma relação entre o confronto inicial no pós-independência e a guerra de libertação, na medida em que a oposição passa a ser formada por dissidentes da FRELIMO e por vítimas da repressão que se refugiaram na Rodésia. Para além desse grupo, é possível identificar uma camada formada pelos portugueses saídos de Moçambique, bem como por moçambicanos que possuíam ligações com o regime colonial.[13] Segundo Christian Geffray, em *A causa das armas* (1991), "O conjunto desta população imigrada era muito heterogéneo, mas partilhava o mesmo ódio intenso contra o comunismo" (p. 11), sistema de governo implantado no novo Estado dirigido pela FRELIMO.

---

13 É necessário lembrar que com a intensificação da guerra colonial uma das estratégias utilizadas pelo governo português foi a criação de tropas formadas por africanos, os Grupos Especiais. De acordo com José Luís Cabaço (2009, p. 251), "a participação dos nativos no exército era apresentada, então, como instrumento privilegiado do início do processo de assimilação". E, segundo dados apresentados por Borges Coelho (2009, p. 7-8), na altura da revolução dos Cravos, em 1974, já existiam 83 Companhias de Grupos Especiais e 12 Grupos Especiais de Paraquedistas. Esta "política colonial de africanização da guerra" também pode ser responsabilizada pelos conflitos pós-independência, pois a dificuldade de integrar esses homens ao novo sistema, fez com que muitos participassem da criação do MNR/RENAMO. Em outro texto, Borges Coelho afirma que o processo de militarização das sociedades "contribuiu para o elevado potencial de violência que patenteava na altura das respectivas independências, em 1975, e nos anos que se seguiram" (2003, p. 177).

Nesse contexto, a Rodésia exerce um importante papel, não apenas no espaço africano, mas também como ponto de referência mundial na luta contra o comunismo, como ressalta Geffray: "No imaginário dos meios de extrema-direita internacionais, a Rodésia era considerada nessa altura como um dos pontos avançados da 'defesa do Ocidente' face ao 'perigo comunista'" (*ibidem*). O antropólogo ainda salienta que jovens neofascistas eram recrutadas em Londres e "sonhavam fazer o seu baptismo de fogo indo 'matar preto' - vermelhos - nas savanas selvagens da velha África..." (*ibidem*).

Portanto, é nesse espaço de luta contra o comunismo e de variadas diásporas moçambicanas que a oposição à FRELIMO será construída e alimentada. O MNR (Mozambique National Resistence), posteriormente RENAMO (Resistência Nacional de Moçambique) nasce na Rodésia em 1976, como uma reposta ao apoio que Moçambique independente dava ao movimento de libertação da ainda Rodésia, o ZANU (Zimbabwe African National Union). Ainda segundo Geffray, as operações iniciadas em 1977, quando André Matade Matsangaissa já chefiava a RENAMO, contaram com a participação do exército rodesiano e foram "[...] obra de um apêndice mercenário da burguesia racista de Salisbury em colaboração com os elementos mais decididos e exaltados dos meios coloniais expulsos de Moçambique" (1991, p. 12).

No entanto, para além das contribuições rodesianas para a eclosão do conflito, é necessário também ressaltar em que medida o comportamento da FRELIMO, após a independência, como grupo responsável pelo novo Estado, causará o descontentamento de alguns setores da sociedade e do próprio partido. Com relação ao fim da guerra de libertação, o principal ponto a ser pensado é o destino dado aos soldados que combateram nos Grupos Especiais, presos e encaminhados para os campos de reeducação ou obrigados a passar por um arrependimento público.[14] Esses se tornaram um foco da RENAMO que, assim que possível, libertavam e cooptavam os antigos soldados. A segunda questão envolve os próprios dissidentes da FRELIMO, muitos deles descontentes com a centralização do governo nas mãos do extremo sul do país.

Porém, fora do âmbito da guerra, já terminada, ou da divisão administrativa do partido, a FRELIMO enfrentava outro problema: compreender e organizar um vasto e complexo território, formado, aos moldes coloniais, através da junção de povos variados. Para Christian Geffray, a FRELIMO não contava com praticamente "nenhum mecanismo político ou social de ligação que lhes permitisse reconhecer a existência dos diferentes componentes, por vezes contraditórios, da sociedade colonizada que lhes era dado governar..." (*idem*, p. 15). Diante dessa questão – também resultante de algumas falhas no processo de independência e de transição de poder – a solução encontrada para o desenvolvimento do espaço rural e das suas populações, ainda segundo Geffray, foi a criação das "aldeias comunais":

> De Norte a Sul do país (do Rovuma ao Maputo), independentemente dos sistemas sociais, da sua história, quer se tratasse de agricultores, de caçadores, de pescadores, de produtores de sorgo, de mandioca, de milho, de amendoim ou de algodão, de proprietários de coqueiros, de citrinos

14 Segundo Borges Coelho (2003, p. 191), no primeiro caso, "[...] o internamento em campos de reeducação, localizados no centro e norte do país, onde entrando como inimigos do povo deveriam sair, após um processo de limpeza, como exemplo do «homem novo» revolucionário, identificado com o povo". Já no segundo caso: o "processo de «purificação» que passava pela afixação em locais públicos (de trabalho ou residência), por parte destes comprometidos, das suas biografias pessoais, ficando assim demonstrado o seu arrependimento, e libertando-se os arrependidos das chantagens que lhes pudessem ser feitas por terceiros com base no seu agora incómodo passado".

> ou de cajueiros, de regiões de grande migração, de forte produção mercantil, de zonas afastadas ou de áreas próximas de centros urbanos, todos os habitantes das regiões rurais, ou seja *mais de 80% dos treze milhões de moçambicanos, deveriam acabar por deixar as suas casa para se juntarem nas aldeias.* Deveriam depois abandonar progressivamente as suas antigas terras, propriedades e prerrogativas familiares ou individuais para se dedicarem aos trabalhos colectivos nos campos da cooperativa de produção, no quadro de uma organização do trabalho mais eficaz e fraternal. (1991, p. 15. Grifos nossos)

Logo, a criação das aldeias comunais, como uma solução para organizar não só o território e sua população, mas, principalmente, a produção agrícola, tratada agora de forma coletiva, trouxe muitas críticas ao modo de governar da FRELIMO. Para o antropólogo, a "ideologia da página em branco" (*idem*, p. 16), que reunia em uma mesma aldeia povos de origens e tradições diferentes, anulando as individualidades, pode ser interpretada como um dos principais pontos de descontentamento popular, afinal as pessoas foram "obrigadas a construir as suas casas na aldeia (o que equivale a um mês de trabalho por cada palhota), por vezes a dez quilómetros de distância, num território estranho; e isto voluntariamente ou à força, pois o processo foi frequentemente violento" (*idem*, p. 20).

A violência identificada na formação das aldeias comunais, violência exercida pelo mesmo movimento que lutou pela independência de um regime colonial opressor depois de dez anos de guerra, levou à fuga de parte dessa população que, organizada com os chefes locais, tentava se afastar do controle excessivo da FRELIMO. Essa fuga geralmente ocorria para territórios controlados militarmente pela RENAMO. Ainda segundo Geffray, sobre a adesão à RENAMO:

"Em vez das alianças individuais e mais ou menos tímidas que imaginávamos, houve uma dissidência colectiva que, segundo todos os testemunhos, foi vivida num ambiente de entusiasmo e de esperança." (*idem*, p. 24).

Portanto, e de forma resumida, esses são alguns dos motivos para a ebulição do confronto civil que só terminou em 1992. Uma combinação de fatores externos à África de um modo geral, mas que alimentava os conflitos no continente – a Guerra Fria, por exemplo –, de outros fronteiriços, como a relação entre Moçambique, Rodésia e África do Sul e, por último, os fatores internos ao território moçambicano, como algumas posturas da FRELIMO no pós-independência, principalmente aquelas adotadas e impostas ao espaço rural, espaço este que também será o mais atingido pela guerra civil. Ao analisar os aspectos internos do conflito, João Paulo Borges Coelho ressalta que

> [...] a face complementar da rapidez da progressão da guerrilha deve ser explicada pela dificuldade governamental em responder-lhe e, agora sim, pelo impacto social e económico interno profundamente negativo da estratégia de desenvolvimento adoptada, e das políticas que a materializaram sobretudo a partir da entrada na década de 1980. [...] negligenciando-se a massa de pequenos camponeses que constituíam a esmagadora maioria da população [...].Os resultados desastrosos da estratégia de desenvolvimento, associados aos devastadores efeitos da guerra e da seca, instalam uma crise profunda. *Cada vez mais o mundo rural se torna num espaço paradoxal em que convivem a violência da guerra com um reordenamento populacional acelerado e autoritário levado a cabo pela Frelimo e pelo Estado* [...]. (2009, p. 14. Grifos nossos.)

É exatamente esse mundo rural a escolha ficcional de João Paulo Borges Coelho, e não apenas em *As duas sombras rio*. É também esse espaço seu objeto de investigação como historiador. Em seu primeiro romance, não interessa somente o espaço em si, mas principalmente como ele é habitado durante a guerra civil e os paradoxos existentes nas tentativas administrativas da FRELIMO. Para além do foco em Moçambique, interessa perceber o papel de seus vizinhos nesse processo, e como o conflito empurra o povo moçambicano para fora do país, como podemos evidenciar no poema "Do meu país", de Jorge Viegas, utilizado como epígrafe, e também nas palavras do antropólogo José Luís Cabaço:

> Em debandada pelo mato ou confinados nos campos de refugiados, as comunidades e famílias camponesas dispersaram-se. Outros buscaram a protecção dos centros urbanos e das áreas sob controle do Governo; outros ainda seguiram o movimento rebelde. A maioria atravessou as fronteiras para os países vizinhos. (2009, p. 323)

Em dados momentos as fronteiras parecem tão fluídas, diante do vai e vem das personagens, que o leitor precisa mesmo recorrer ao mapa que introduz o romance, na tentativa de localizar personagens e acontecimentos. No entanto, a tensão existente na relação fronteiriça evidenciada na narrativa fica clara quando os interesses econômicos estão em jogo, como quando o esquema de tráfico de marfim, chefiado por Million, responsável pelo Parque Nacional do Baixo Zambeze (Zâmbia), começa a incomodar o tenente Zvobo, do exército do Zimbabwe. Em um diálogo em que acusações não são feitas de forma direta, sobressai a preocupação com o conflito em Moçambique:

> Somos três países vivendo juntos, quase como irmãos: a sua Zâmbia aqui, Moçambique mais para leste, do outro lado do rio Aruângua, e o

> meu Zimbabwe para sul, do outro lado do rio Zambeze. Isso significa, como sabe, que o que se passa num deles interessa sempre aos restantes como sempre acontece entre vizinhos e irmãos (Million coça-se, desconfortado). *Ora as coisas, do outro lado do rio, em Moçambique, estão muito instáveis. Há por lá terroristas que ainda não chegaram aqui mas podem fazê-lo a qualquer momento.* É preciso estarmos alerta para evitar surpresas. Nem eu nem vocês temos forças suficientes para patrulhar as fronteiras. Não sabemos, sequer, se eles pensam respeitá-las. (p. 56. Grifos nossos.)

A preocupação em guardar e proteger as fronteiras vai desaparecendo ao longo do romance, principalmente quando conhecemos a trajetória de algumas personagens, como Amina – "Viera fugida da sua terra [...]" (p. 21); Nganga Gomanhundo – "Gomanundo é quase dali" (p. 30); Mama Mère – "[...] chegou ali à Feira há muitos anos vinda de longe [...]" (p. 59); Dona Flora – "mulata de Tete" (p. 66); Amoda Xavier – "[...] que saiu a muito tempo de Tete" (p. 117), que mais tarde, juntamente com a esposa Maria Isabel "[...] atravessou o Zambeze para sul [...]" (p. 119); todos deslocados pelas mais diversas razões, o que dá mostras da própria formação da região, um local de diásporas e encontros. Como lembra o narrador, os vizinhos de Amina, assim como ela própria, não são dali: "Os vizinhos são desde há muito conhecidos. *Vieram quase todos juntos*, partilham o mesmo e desgraçado passado"[15] (p. 40. Grifos nossos). Todavia, é com a intensificação do cenário da guerra civil, mais especificamente, dos ataques

15 Apesar de o romance não falar diretamente nas Aldeias Comunais, é possível perceber, como nesta citação, uma possível referência indireta a essas comunidades.

da RENAMO à região do Zumbo, que a situação fronteiriça ganhará destaque, através da fuga das personagens.

Na madrugada de 16 de outubro de 1985 ocorre o primeiro ataque àquela região, como é relatado no romance – "O Zumbo dorme e o mesmo fazem todas as aldeias, lugarejos e casas dispersas que lhe estão em redor" (p. 63). Apesar da existência de um batalhão, o Batalhão 450, designado para patrulhar a área, o ataque é inevitável: "Como uma lava de fogo que desce a encosta penetrou então um grande grupo de homens endoidecidos inundando a rua principal e espalhando-se pelos caminhos que a ela vão ter" (p. 64). O contraste entre o vermelho do fogo e o branco das cinzas demarca o limite da destruição e descreve, juntamente com o som das explosões, o primeiro palco de guerra da narrativa de Borges Coelho, no qual o prédio da administração, as casas, o posto de saúde, a escola, a loja de Dona Flora, foram explodidos pelos inomináveis invasores.[16]

É a partir desse cenário de total desgraça que se inicia o grande movimento do romance: os deslocamentos das personagens – não o primeiro, pois como já referenciamos, a maioria delas é composta por história de diásporas – em direção a uma nova condição. Empurrados pelos sinais vindos do Zumbo, os moradores do Bairro Lusaka são os primeiros a perceberem o futuro lastimoso que se aproxima:

> [...] a sorte da multidão foi que o Bairro Lusaka se localiza para lá do posto de saúde. Avisada pelos gritos, pelas explosões e pelos fumos de que o Zumbo chegava ao seu último dia, tratou de sair dali antes que o mesmo infalivelmente acontecesse com o seu bairro. [...]. Caminhavam para oeste,

16 Aqui chamamos a atenção para o fato de o nome da RENAMO não aparecer uma única vez ao longo do romance. Nos vários momentos em que são narrados os ataques às aldeias, a ação parte de "invasores", e o narrador nunca os associa à RENAMO.

> para o lado oposto da vila, em direcção às margens do rio Aruângua, fugindo à catástrofe e aproximando-se de nova e dissimulada catástrofe. (p. 66)

A tragédia vivenciada no Zumbo, que nesse dia "[...] interrompia uma vida de muitos séculos" (p. 68), era só o prenúncio de algo maior, como alerta o narrador. A fuga em massa da população em direção ao rio Aruângua, abandonando o país na tentativa de chegar à Feira, já em território zambiano, seria o início de um novo desastre: "E se antes a tragédia se abatera sobre as imponentes casas de cimento (algumas velhas de séculos) e as humildes moradas de palha por igual, começava agora o segundo andamento do m'fiti, desta feita envolvendo o povo inteiro" (p. 67). A travessia do rio não deixava de ser uma armadilha, na qual caíram alguns daqueles que já haviam sobrevivido ao ataque inimigo. Mas, mesmo para os que conseguiram transpor aquela margem/fronteira, o novo destino, totalmente desconhecido, também seria uma espécie de "m'fiti". Já do outro lado do rio, a vida que aguarda o povo do Zumbo não oferece quaisquer perspectiva – "[...] a Feira era agora uma grande cidade de sobreviventes atordoados vagueando sem direcção por ruas novas, desconhecidas de quase todos." (p. 68) –, não lhes sendo possível mensurar o tamanho do conflito e as suas consequências. Logo, só resta ao povo não fazer planos e esperar.

No momento da fuga, a divisão geográfica entre Moçambique e a Zâmbia, mais especificamente entre o Zumbo e a Feira, marcada pelo rio Aruângua, parece não existir, o que corrobora a preocupação, já citada, do tenente Zvobo sobre o patrulhamento das fronteiras. A chegada desordenada dos que fugiam de Moçambique deixa evidente que, para além das demarcações territoriais, sobressaem relações mais antigas – "Afinal eram familiares e conhecidos quem ali vinha abordando o Aruângua de forma tão insensata" (p. 67) –, resultantes de outros processos que levaram a variadas migrações. No entanto, o "outro lado do rio" – como repete inúmeras vezes o narrador –, independente do parentesco existente, não pertence a Moçambique. Logo, a população recém-chegada passa a pertencer a uma outra categoria:

> E estes sobreviventes bebiam já numa nova qualidade – a de refugiados –, que camponeses e pescadores haviam deixado de ser a partir do momento em que transpuseram o rio. São agora refugiados e é próprio dos refugiados agradecer. É próprio deles tremer de frio, olhar em volta em sucessivas procuras, chorar de alegria e de tristeza. (p. 83-84)

O misto de alegria e tristeza é justificado pelo alívio sentido ao se afastar de uma zona de perigo, mas ao mesmo tempo pela dor de ter que deixar para trás toda uma vida. Segundo o artigo 1 do capítulo 1 da Convenção de Genebra, de 1951, é considerada refugiada a pessoa que "[...] receando com razão ser perseguida em virtude da sua raça, religião, nacionalidade, filiação em certo grupo social ou das suas opiniões políticas, se encontre fora do país de que tem a nacionalidade e não possa ou [...] não queira pedir a protecção daquele país [...]"[17].

Essa nova condição, às vezes escolhida e tantas outras imposta pelo contexto de guerra civil, empurra esses sujeitos não só para um novo território, mas, principalmente, para o perigo do total afastamento de suas tradições. Os refugiados alimentam, assim, o desejo de voltar para sua terra de origem, sem ao menos saber se a própria terra ainda existe, ou se foi destruída pelos ataques. Desse modo, o retorno não significa a recuperação de bens materiais e culturais, já que não existe qualquer garantia em tempos de guerra. O lugar de

17 Texto relativo à Convenção de Genebra e ao Estatuto dos Refugiados. Disponível em: www.cidadevirtual.pt/acnur/acn_lisboa/conv-o.httml. Acesso em 13 de julho de 2012.

origem, quando buscado pelos refugiados, só existe de fato no espaço da memória.

No entanto, nem todos os que fugiram do Zumbo atravessaram a fronteira para o exterior, alguns permaneceram em Moçambique, o que não significa que seus destinos serão melhores. A migração, neste caso, do norte para sul, atravessando o rio Zambeze, tendo como destino a região de Bawa, desmascara uma importante diferença: enquanto os que optaram pela saída do país receberão auxílio e serão encaminhados para campos de refugiados, aqueles que optaram por Bawa, talvez impulsionados por um desejo de retorno rápido, dependem da bondade dos moradores locais e acomodam-se como podem:

> Todo o norte do rio é agora uma paisagem lunar. Não há invasores à vista, que saciados com as parcas riquezas do Zumbo se retiraram céleres como haviam chegado. Não há também povo, que partiu em fuga desabrida, dividindo-se para atravessar o Aruângua e chegar desordenadamente à Feira, já no estrangeiro, optando a segunda metade por atravessar o Zambeze para sul, buscando na ainda moçambicana Bawa um espaço de vida provisória onde pudesse fazer um balanço (de quem cometeu a insensatez de ficar não se fala aqui, reduzidos que estão a brancas e puras ossadas). *Os primeiros irão ter por única alegria, no meio de mil tragédias, a chegada periódica de um cobertor, uma lata de milho, uma barra de sabão, trazidos por homens de braçadeiras vermelhas e gestos maquinais cuja profissão é fazer o bem. Os segundos não têm nada disto* mas podem, em contrapartida, contemplar a partir de Bawa a cidade que já foi sua, na outra margem – para eles é esta contemplação o bem mais precioso. (p. 104. Grifos nossos)

Este trecho coloca em evidência, mais uma vez, a fragilidade da FRELIMO diante da situação vivenciada no pós-independência. A administração de um território em muito desconhecido é agravada pela eclosão da guerra, e a situação piora a cada dia com os grandes deslocamentos populacionais. Afinal, como deixa claro o narrador, os de fora, permanecendo na nova cidade, desconfigurariam e confundiriam a sua geografia, pois, "não é natural que uma cidade tenha por habitantes os moradores de outra" (p. 84).

No exterior, a existência de campos específicos para o acolhimento dos refugiados, auxiliados por organismos internacionais, não afetaria tanto a vida do local de destino. No caso das migrações internas, a responsabilidade recai sobre o mesmo governo que, em situação de conflito, não tem condições de administrar tamanha movimentação: "Foram tantos os que sobreviveram e fugiram ao m'fiti (e era Bawa tão pequena) que a situação acabou por ficar muito difícil" (p. 108). No caso específico de Moçambique, onde já existia uma crise na produção agrícola, tais deslocamentos, que muitas das vezes esvaziavam as aldeias comunais, deixavam a situação dos dois espaços, o de saída e o de destino, em condições ainda mais precárias: "A fome está a chegar como todos os anos, nos celeiros começa-se a ver o fundo e há lá mais bichos do que grãos. [...] não deixam de olhar para a outra margem, falando mais no que tinham do que naquilo que agora não têm" (*ibidem*).

No capítulo intitulado "o desejo de partir", a característica migratória das populações da região do Zumbo será retomada como algo que foi deixado como herança desde um tempo muito longínquo – "E partiram gerações atrás de gerações, de tal forma que a partida lhes ficou no sangue e não mais seria um povo inclinado a ficar na sua terra." (p. 116). No entanto, no período da guerra civil, para além da migração impulsionada pelos ataques, outros motivos levavam o povo, principalmente os jovens, a tentar uma vida melhor em outro lugar, onde houvesse melhores estruturas econômicas. Em "o desejo de partir", encontramos a personagem Jonas, filho de Leónidas Ntsato, que inicialmente viaja a procura do pai, mas com o tempo passa a achar que seu futuro está mesmo longe dali e, como não nos deixa esquecer o narrador, ele "não inovava. Limitava-se a repetir o gesto de seus avós, que cem anos antes também partiam pelos mesmíssimos caminhos em busca de dinheiro para pagar o imposto colonial, e sobretudo curiosos de conhecer esse mesmo desconhecido" (p. 114).

Assim, a curiosidade pelo desconhecido não será um sentimento exclusivo de Jonas Ntsato, que também será impulsionado por outras razões. Mais uma vez, a política socialista adotada pela FRELIMO, colocada em prática principalmente através das aldeias comunais, onde tudo era tratado de forma coletiva, é vista como um empecilho para o crescimento pessoal, fato que incomoda principalmente os jovens, que não conseguem vivenciar a liberdade de forma plena. Em Bawa, outros jovens como Jonas sentiam o sufocar do excessivo controle do dia-a-dia:

> Em Bawa, o movimento conjunto e controlado, em que as pessoas estão demasiado perto umas das outras e as autoridades quotidianamente a decidir medidas de excepção, incomodava os mais jovens. *O sonho, que é matéria privada e sem preço, cedia quase sempre lugar às soluções colectivas, mais justas mas, todavia, mais lentas e menos elaboradas para que nelas pudesse caber toda a gente.* Mas os jovens são obstinados, estão sempre a imaginar e cabiam mal nesse espaço curto e previsível. De modo que segredavam entre si, ignoravam a censura dos mais-velhos, viravam costas a um mundo que parecia não ter solução, feito de esperas, subserviências e migalhas, e punham-se a caminho. Em pequenos grupos em que cada um procurava explicar aos outros o que sabia por ouvir dizer, passavam a fronteira e escoavam-se por entre os dedos do atento tenen-

> te Zvobo, do exército zimbabweano, que tentava tudo para os não deixar entrar mas não tinha como deter a força de toda aquela imaginação. (p.112. Grifos nossos)

O narrador é muito claro, ao afirmar que "um mundo que parecia não ter solução" é o fator que empurra os jovens a atravessar a fronteira de Moçambique em busca de um sonho paralisado pelas metas coletivas. Segundo Vítor Lourenço (2010, p. 99), as medidas utilizadas pela FRELIMO, a partir de 1980, para a formação das aldeias comunais eram cada vez mais coercivas, com a finalidade de atingir o Plano Prospectivo Indicativo (PPI), um "plano económico para um período de dez anos". Ainda de acordo com Lourenço: "Em 1990, o PPI determinava que toda a população rural de Moçambique estivesse a produzir colectivamente e a viver em aldeias comunais, pressionando bastante os oficiais locais para o cumprimento deste prazo económico [...]" (*ibidem*).

Nesse contexto, em que o cumprimento de metas econômicas parecia mais importante do que as liberdades individuais, sonhadas ao longo da guerra de independência, jovens como Jonas Ntsato tinham sonhos simples, com um trabalho duro que pudesse garantir o acesso a bens materiais – "Independente de qual fosse o melhor, ambos – canaviais e minas – abriam as portas a um mundo novo de roupas coloridas, de música maravilhosa [...]" (p. 113). É evidente que o caminho escolhido por esses jovens, especialmente aquele que levava às minas da África da Sul, também não lhes trazia facilidades. No entanto, apenas a sensação de escolher o novo rumo de suas vidas abria a possibilidade de realização de "[...] de muitos e desconhecidos sonhos que só se podiam sonhar a partir daí e nunca antes, nunca quando a pobreza é tal que até os sonhos resultam magros e sem cor" (*ibidem*).

A pobreza, além de impulsionar a migração, também ajuda a fortalecer a oposição representada pela RENAMO. Segundo o mesmo Lourenço (2010, p. 103), "as aldeias comunais tornaram-se, e mantiveram-se, o principal propósito militar dos ataques da RENAMO", que convenciam, sem ou com uso de violência, as populações a retornarem ao seu lugar de origem. Muitos membros desses grupos, passando severas necessidades, engrossaram o movimento oposicionista, como acontece com os moradores de Panhame, local citado no romance, que "não passa de uma pequena aldeia que o administrador Sigaúke ainda não conhece [...]" (p. 152).

O desconhecimento por parte do administrador deixa em evidência a situação precária dessa aldeia. Seus habitantes praticamente não existem oficialmente, "são pobres, andam quase nus, cresce a barriga das crianças de tanta sofreguidão e tanta imprevisibilidade. Não têm imaginação para olhar mais longe e ainda bem, pois se a tivessem daí só lhes adviria mais desgraça e mais miséria" (p. 152-153). É exatamente na brecha deixada pelo governo da FRELIMO, que a RENAMO irá atuar, trazendo os habitantes de Panhame para a história, tal como ela se ficcionaliza – "passaram hoje a fazer parte desse mundo mais vasto quando os invasores lhes entraram pelas casas adentro" (p. 153), prometendo-lhes aquilo que o governo não lhes dava:

> – Povo de Panhame, vocês são miseráveis, *não têm nada que seja vosso*. Vocês tem sal? Têm roupa? Rádios?
>
> [...]
>
> – Venham connosco e nós vos daremos tudo isso e muitos mais. *Venham connosco e vão saber o que é a prosperidade.*
>
> E foi assim que, num ápice ditado pela urgência dos mais fortes e pela subserviência e ganância dos restantes, se armou uma grande coluna. [...] chegaram às portas de Bawa no dia 27 de Maio de 1987, pelas três horas da tarde. (p. 154. Grifos nossos.)

Borges Coelho (2009, p. 15) afirma que, a partir de finais de 1983, a RENAMO já é bastante diferente daquele movimento iniciado com o apoio rodesiano. Adentrando cada vez mais o território moçambicano, aproveita-se das falhas administrativas da FRELIMO, principalmente com relação às populações rurais – "Com eficácia militar e uma retórica de protesto, vai criando bolsas de apoio social e consolida-se no território, cresce em número". Sem deixar de chamar a atenção para a existência de um mecanismo de recrutamento violento por parte da RENAMO, o historiador destaca que a opção por uma produção voltada para a coletividade, acabava por diminuir as possibilidades econômicas da população. Assim, ao analisar o avanço da RENAMO, deve-se levar em conta, para ele, "as perspectivas económicas progressivamente bloqueadas das comunidades rurais, assim como a resposta a esta realidade e a um discurso modernista do Estado que reprime os valores tradicionais [...]" (*ibidem*).

No romance, vê-se que esta situação se projeta, pois, com o novo ataque, datado em 27 de maio de 1987, agora auxiliado pelo povo de Panhame, são os moradores de Bawa obrigados a se deslocar – "Caminham para um lado escolhido do mato onde ficarão encolhidos [...]" (p. 155). No entanto, o narrador ressalta uma diferença neste caso: o fato, já citado, de Bawa ter recebido parte da população que havia fugido do Zumbo, atravessando o rio Zambeze. Nesse sentido, a diáspora é agravada pela junção dos dois povos em direção a um terceiro lugar ao qual não pertencem. Para os de Bawa, um novo destino, para os do Zumbo, aceitar o destino:

> Bawa é abandonada logo pela manhã. Desta feita sofrem mais os da terra que, embora poucos, têm mais pertences. Para os do Zumbo é apenas a continuidade de um movimento iniciado há muito, de um lado para o outro, seguindo ordens que nem sempre compreendem. (*Ibidem*)

A guerra civil em Moçambique, que só terminou em 1992 com a assinatura do Acordo Geral de Paz, provocou o deslocamento para fora do país de aproximadamente 16 milhões pessoas, segundo os dados do "Alto Comissariado das Nações Unidas para os Refugiados" (ACNUR). Ainda segundo este órgão, em finais da década de 80, logo período próximo ao ficcionalizado por Borges Coelho, "cerca de 1.7 milhões de pessoas fugiram de Moçambique, formando a maior população refugiada em África e a terceira maior do mundo [...]. Distribuídos por seis países de asilo diferentes (Malawia, África do Sul, Suazilândia, Tanzânia, Zâmbia e Zimbabwe)" (ACNUR-Lisboa).[18] Lembramos aqui que estes dados são referentes apenas ao número de refugiados, ou seja, não inclui aqueles que migraram dentro do próprio território moçambicano.

Pode-se, pois, afirmar que o sentimento populacional, no pós-independência, passa rapidamente da euforia para o conhecimento das contradições internas. É lícito pensar que a independência em Moçambique foi vivenciada de forma ainda mais eufórica do que em outras colônias portuguesas, pois, contrariamente ao processo vivenciado em Angola, por exemplo, onde três grupos de orientações divergentes lutavam contra o colonialismo, o país índico possuía apenas um movimento de libertação, a FRELIMO. Logo, o sentimento de liberdade, ao menos em um primeiro momento, foi vivenciado com grande esperança. Afinal, o movimento que havia "expulsado" os colonizadores levaria a nova nação a encontrar a paz. No entanto, como já citamos, principalmente através das palavras de Christian Geffray, a FRELIMO não estava preparada (ou não foi preparada) para assumir e administrar o novo Estado.

O romance de Borges Coelho deixa evidente, através dos deslocamentos constantes das personagens, variadas falhas nos projetos

18 Disponível em: www.cidadevirtual.pt/acnur/acn_lisboa/swr/cx4-4.html. Acesso em 13 de julho de 2012.

implementados pela FRELIMO. A distopia diante da independência aparece em diversos momentos da obra, seja através do soldado que foge e esconde o seu passado para levar uma nova vida, ou quando o ficcionista mostra o descontentamento dos jovens, que assim como Jonas, vão procurar melhores condições em outros lugares, tal como seus antepassados faziam no período colonial, ou ainda, quando ele representa o envolvimento da população pobre de Panhame com os invasores, uma tentativa de sobrevivência diante de promessas simples, como alimentação e roupas.

Em cada diáspora é possível visualizar um "m'fiti" que se desdobra. Se no tempo do colonizador, mesmo na fuga previa-se o retorno, que seria possível graças ao movimento de libertação, agora, com o país independente, mas não de todo livre, o combate pela liberdade não projeta um futuro melhor. O que era possível suportar, tendo em mente que tempos melhores estavam por vir, transformou-se em um lamento contínuo, pois as atitudes, antes justificáveis, hoje parecem vãs:

> As coisas são hoje muito diferentes, não se combate como se combatia. Antes a dor era atenuada pelas ideias, pela visão clarividente do futuro. Matar libertava porque significava um passo em frente. Hoje, pelo contrário, o cheiro doce do sangue agarra-se às mãos, incomoda o sono. Antes, até fugir era positivo porque se fugia já com o regresso em mente. (p. 175-176)

O desejo do regresso permanece e está evidente na maioria das personagens. No entanto, as esperanças são menores diante do cenário que se apresenta. A conclusão do narrador sobre as diferenças entre as duas guerras que marcaram a história contemporânea de Moçambique faz-nos lembrar Frantz Fanon, em *Os condenados da Terra* (1968), e a sua defesa da necessária violência do colonizado para combater o colonizador. Na guerra de independência "matar libertava", mas afinal, o futuro não trouxe a liberdade sonhada como indica o texto romanesco, quando deixa claro que: "Parece que conquistamos a independência para depois a oferecer a um qualquer que passa. [...]. A independência é dobrarmos a espinha a tudo o que vem de cima e carregar o pé em tudo o que está em baixo" (p. 207). Como ressalta José Luís Cabaço,

> Com a independência, o fim da tensão vital criada pela luta armada, bem como da disciplina militar que condicionava comportamentos e vivências, reduziria, de forma inquestionável, os vectores centrípetos. O autoritarismo com que se procurou substitui-los acendeu, por reacção, dinâmicas de resistência, antigas e novas. (2009, p. 320).

Logo, independência não é o mesmo que liberdade, e as variadas negociações que envolveram as criações dos novos Estados africanos, como Moçambique, os interesses, internos e externos, deixaram como herança o paradoxo entre a proposta de um país para o povo e a realidade de métodos autoritários. As diásporas encontradas em *As duas sombras do rio* são um exemplo claro desse processo disfórico, no qual ser livre significa ser obrigado a abandonar suas raízes, dobrando o povo moçambicano "a espinha a tudo o que vem de cima" e carregando "o pé em tudo o que está em baixo", daí Jorge Viegas ter dito, como já aqui citado em epígrafe: "No meu país/ a única forma de liberdade permitida/ é a loucura".

V

A memória coletiva em trânsito

Não se percebeu devidamente até agora que a relação ingênua entre o ouvinte e o narrador é dominada pelo interesse em conservar o que foi narrador.

Walter Benjamin[1]

Os três romances que compõem o *corpus* literário da nossa tese, assim como toda a obra literária de António Lobo Antunes, Pepetela e João Paulo Borges Coelho, estão permeados pelas questões que envolvem a temática da memória, tão cara ao nosso tempo e bastante presente nos estudos literários, especialmente os posteriores à Primeira Guerra Mundial, quando a extrema preocupação com o esquecimento fez aflorar variadas políticas de "recuperação" e "preservação" do passado.[2] Dentre esses mecanismos, a valorização do testemunho, sempre

1 BENJAMIN, Walter. O narrador. In: *Obras escolhidas I* – Magia e técnica – Arte e poética. Tradução: Sérgio Paulo Rouanet. São Paulo: Brasiliense, 1994. p. 197-221.

2 Lembramos que, em 1933, Walter Benjamin expressa em seu texto "Experiência e pobreza" o esvaziamento na transmissão das experiências

circundado por uma série de desconfianças, foi responsável por consideráveis mudanças na relação entre a memória, a história e a escrita, seja esta ficcional ou não.

Como evidenciamos nos capítulos referentes à análise das três obras, seus autores estabelecem uma relação bastante estreita entre suas experiências pessoais e os acontecimentos narrados em seus livros. Lobo Antunes participou da guerra em Angola como médico; Pepetela atuou diretamente nos momentos pré e pós-independência do seu país; e João Paulo Borges Coelho buscou em sua vivência como historiador, o material literário, além de se valer de sua própria experiência da guerra. Os três, de algum modo, utilizaram bem mais do que a imaginação criativa, recorrendo aos espaços de memória para a escrita dos romances.

Portanto, aqui não utilizaremos o conceito de testemunha, como aquela que vivenciou diretamente os fatos, a considerada "testemunha primária". Logo, não se trata de falar em uma literatura autobiográfica, mas em considerar a produção desses autores como um testemunho de seu tempo, em sentido mais amplo, como o utilizado por Márcio Seligmann-Silva. Este crítico, além de considerar a literatura de testemunho como as obras de sobreviventes, também salienta a importância das assinaladas por "autores que enfocam catástrofes (guerras, campos de concentração etc., predominantemente do século XX)" (2005, p. 86). Afinal, como nos lembra Maurice Halbwachs,

---

como uma consequência da Primeira Guerra Mundial, "porque nunca houve experiências mais radicalmente desmoralizadas que a experiência estratégica pela guerra de trincheiras, a experiência econômica pela inflação, a experiência do corpo pela fome, a experiência moral pelos governantes" (1994, p. 115). Três anos mais tarde, em 1936, no texto "O narrador – considerações sobre a obra de Nikolai Leskov", Benjamin chama novamente a atenção para a incomunicabilidade da experiência: "a arte de narrar esté em vias de extinção" (*idem*, p. 197).

em sua obra *A memória coletiva* (2006, p. 31), o testemunho se torna insuficiente para "confirmar ou recordar uma lembrança", pois para isso "não são necessários testemunhos no sentido literal da palavra, ou seja, indivíduos presentes sob uma forma material e sensível".

No presente caso, os romancistas, ao revisitarem, em suas obras, momentos importantes da história recente de seus países – para além dos recuos temporais identificados principalmente em Lobo Antunes e Borges Coelho – contribuem para a formação de um novo discurso, construído a partir não só das suas lembranças, mas, principalmente, o que se forja com o auxílio de uma memória coletiva. Afinal, "se a nossa impressão pode se basear não apenas na nossa lembrança, mas também na de outros, nossa confiança na exatidão de nossa recordação será maior, como se uma mesma experiência fosse recomeçada não apenas pela mesma pessoa, mas por muitas" (HALBWACHS, 2006, p. 29).

Não queremos com isso afirmar que haja um interesse por parte dos autores em elaborar uma memória fidedigna desses acontecimentos, pois, como já salientou Márcio Seligmann-Silva (2005, p. 24), não podemos "falar de 'representação' da realidade ou de *mimeses* no sentido de cópia" diante da arte da memória, já que o testemunho "permite uma leitura que mantém a complexidade da relação dessas obras com o 'real'". Ao retornarmos à nossa epígrafe, retirada da obra de Walter Benjamin, ressaltamos que a relação existente entre ouvinte e narrador está permeada pelo interesse da conservação. Assim, tanto a composição do romance, como a sua perpetuação através da leitura, estão influenciados por atos de memória, por uma necessidade coletiva de recontar o passado, para que este não se apague. Como evidencia Le Goff, em *História e Memória*,

> [...] a amnésia é não só uma perturbação no indivíduo, que envolve perturbações mais ou menos graves da presença da personalidade, mas também a falta ou a perda, voluntária ou invo-

> luntária, da memória coletiva nos povos e nas nações que pode determinar perturbações graves da identidade coletiva. (LE GOFF, 1990, p. 425)

Portanto, a atual e generalizada preocupação com os lugares de memória traz consigo a necessidade de encontrar mecanismos de preservação do passado, até então atrelados à ciência histórica. No entanto, as transformações vivenciadas por este campo do saber, ao longo do século XX, especialmente após as contribuições da Escola dos Annales (1929), acabaram por levantar importantes questões sobre as relações entre memória e história e sobre a real capacidade desta de recuperar acontecimentos através dos documentos, ou daquilo que Carlo Ginzburg (2007) chamou de "rastros".

O mesmo Ginzburg adverte que o "nosso conhecimento do passado é inevitavelmente incerto, descontínuo, lacunar: baseado numa massa de fragmentos e de ruínas" (*idem*, p. 40). Logo, a sua reconstrução é algo impossível. Assim sendo, o conceito de história relacionado ao de verdade cai por terra, pois se o que temos do passado são rastros, o que existe é uma tentativa de costurar, sempre através da narratividade (WHITE, 2005), esse conhecimento descontínuo. Por este motivo, Ginzburg, ao relembrar Aristóteles, ressalta que o "verdadeiro é um ponto de chegada, não um ponto de partida", e que aquilo que os historiadores têm como ofício, mas que pertence a todos, é "destrinchar o entrelaçamento de verdadeiro, falso e fictício que é a trama do nosso estar no mundo" (2007, p. 14).

Desse modo, a relativização da escrita historiográfica também permitiu que se lançasse um novo olhar para as obras literárias que, além de utilizar a imaginação, podem entrecruzá-la com dados históricos, explorando exatamente o espaço lacunar do qual falou Ginzburg. Ainda segundo Le Goff, a história do imaginário "permite tratar o documento literário e o artístico como documentos históricos de pleno direito" (1990, p. 12). Logo, é possível compreender a obra literária como um espaço de memória, tanto através do seu conteúdo (do tema e da trama literária), como através do próprio ato de escrita do seu autor.

Os romances aqui analisados comprovam essas duas questões e evidenciam a necessidade de problematização do passado histórico de seus países e também a da revisão de uma memória já institucionalizada pelo poder hegemônico. Lembramos mais uma postulação de Le Goff, quando este salienta que "a memória é um elemento essencial do que se costuma chamar *identidade*, individual ou coletiva, cuja busca é uma das atividades fundamentais dos indivíduos e das sociedades de hoje, na febre e na angústia" (1990, p. 476). Por este motivo, acreditamos que a busca por identidade, indicada por Le Goff, uma identidade que contemple a pluralidade dos discursos, é que move a escrita de qualquer gesto de memória que se queira atuante e questionador.

Desconstruindo a memória oficial

> *[...] nem sempre é fácil traçar uma linha de separação entre passado mítico e passado real, um dos nós de qualquer política de memória em qualquer lugar. O real pode ser mitologizado tanto quanto o mítico pode engendrar fortes efeitos de realidade.*
>
> Andreas Huyssen[3]

Diante de tantas questões suscitadas pelos estudos da memória, especialmente a partir do entendimento do seu caráter coletivo, social e histórico, é relevante pensar também o quanto estas pesquisas se

3 HUYSSEN, Andreas. *Seduzidos pela memória:* arquitetura, monumento, mídia. Rio de Janeiro: Aeroplano, 2000, p. 16.

acumpliciam com o momento presente. Quando se foca a atenção no passado, seja com a intenção de recuperação, reconstrução ou problematização de um dado acontecimento, é importante compreender o que levou a essa necessidade e como o presente atuou nesse processo. Aqui, o que nos interessa é refletir como a revisitação dos momentos históricos em questão nos três romances também indica um questionamento da construção das memórias oficiais.

Existe um consenso, entre teóricos das mais diversas áreas, sobre a impossibilidade de conhecermos o passado em sua totalidade. O que chega até nós é sempre uma seleção, fruto de um construto humano, que atende a interesses variados. Como já disse Benjamin, "articular historicamente o passado não significa conhecê-lo 'como ele de fato foi'. Significa apropriar-se de uma reminiscência, tal como ela relampeja no momento de um perigo" (1994, p. 224). Sendo assim, é o relampejar de uma lembrança vaga que nos atinge. Ainda conforme Benjamin, "cabe ao materialismo histórico fixar uma imagem do passado, como ela se apresenta, no momento do perigo, ao sujeito histórico, sem que ele tenha consciência disso" (*ibidem*).

Desse modo, o que conhecemos do passado nos é transmitido através daquilo que Andreas Huyssen chama, como foi destacado em nossa epígrafe, de "política de memória", na qual se encontram um passado real e um passado mítico. No entanto, é difícil precisar a distância entre esses dois terrenos, especialmente se levarmos em consideração os inúmeros filtros que separam a revisitação do passado pelo presente. Le Goff (1990, p. 535) também chama a nossa atenção para a impossibilidade de atingirmos uma imagem pura do passado, afinal, o que chega até nós é produto de uma escolha, feita tanto por um conjunto de forças, quanto pelos historiadores. Esses dois filtros interferem diretamente na construção da "política de memória", e o que vemos, após o despertar do perigo da amnésia, é a cada vez maior relativização de seus papéis. Como lembra Todorov, "a memória não é boa nem má. Os benefícios que se espera extrair dela podem ser neutralizados e até desvirtuados" (2002, p. 191). Portanto, o contexto de produção das memórias históricas deve ser avaliado, para que seja possível identificar os reais interesses na perpetuação de determinados fatos em detrimentos de outros.

Nesse sentido, o que encontramos nos romances de Lobo Antunes, Pepetela e Borges Coelho vai além da apresentação de um passado reelaborado e problematizado. Os autores também evocam, através de um amplo recorte temporal – uma contemporaneidade ampliada – os contextos que possibilitaram a permanência de certas imagens na memória coletiva de cada país. As três narrativas, "textos entranhados de história" (Ginzburg, 2007, p. 11), além de expor a existência dos filtros apontados por Le Goff, desconstroem o passado mítico dos seus países, seja ele a narrativa das grandes navegações portuguesas que levou ao mito da invencibilidade na guerra colonial, ou a história da independência de Angola conquistada pelo MPLA e por um grupo de estudantes da CEI, também mitificados como heróis, ou ainda, a da independência moçambicana, comandada pela FRELIMO e a questão das benfeitorias de suas aldeias comunais.

O aparente período de democracia vivenciado nos três países a partir de meados da década de 70, com o fim do Estado Novo em Portugal e as, no caso, independências de Angola e Moçambique, demonstra claramente a existência de "políticas de memória" que visavam à manutenção, de um lado, no caso português, de uma memória nacional, e de outro, a construção, para Angola e Moçambique, de uma outra memória nacional, que seria a representante oficial da memória coletiva. Para os três países, após os longos anos de guerra, a necessidade de afirmação dessas memórias fazia-se ainda mais urgente, funcionando como um elemento aglutinador dos variados grupos que compõem essas sociedades.

No entanto, como já foi possível perceber ao longo dos capítulos de análise dos romances, a democracia nesses países, em muitos casos, era mais imaginada do que real, especialmente no que se refere às questões da memória. De acordo com Todorov, "nos países democráticos, a possibilidade de acessar o passado sem submeter-se a um controle centralizado é uma das liberdades mais inalienáveis, ao lado da liberdade de pensar e de expressar-se" (2002, p. 140). Assim, é possível salientar que o processo de reorganização das memórias nacionais também passa por um processo de apagamento – lembrar também é esquecer –, e o próprio Todorov reconhece que a democracia não mantém completamente a salvo os espaços da memória – "O estatuto da memória nas sociedades democráticas não parece definitivamente garantido" (*idem*, p. 141).

A gravidade dessa falta de garantia é ainda maior quando a relação entre o passado e o presente é muito recente, quando a existência de testemunhas pode colocar em risco a consolidação de uma história oficial que manipula os arquivos da memória. A memória viva, por mais fragmentada que seja, pode, quando não silenciada, fornece uma nova versão dos fatos, fazendo emergir uma outra memória coletiva. Nesse sentido, é interessante observar a participação das testemunhas desses arquivos vivos em congressos acadêmicos que tratam das temáticas em que estão envolvidas. Tivemos a oportunidade de presenciar exemplos claros dessas interações em dois eventos organizados pela professora Margarida Calafate Ribeiro. O primeiro, o Colóquio *Os filhos da Guerra Colonial*, ocorrido em 2011, contou com uma presença significativa de ex-militares na plateia, que se posicionaram em diversos momentos para questionar ou dar o seu próprio relato, sempre defendendo a sua autoridade como testemunha. Já em 2012, no Encontro Internacional *Memórias de tanta guerra*, as falas de Luandino Vieira e José Luís Cabaço também se revestiram de um caráter autobiográfico, já que ambos abordaram suas participações nos processos de independência de Angola e Moçambique, problematizando o que a história e a literatura têm produzido nos últimos anos. Em ambos os casos, presenciamos relatos em primeira pessoa sobre os palcos da guerra colonial / de independência, e foi possível perceber, seja pela defesa da autoridade dos primeiros, ou pela experiência crítica dos segundos, a existência de um espaço em que as memórias estão constantemente em disputa. Para Le Goff,

> Tornarem-se senhores da memória e do esquecimento é uma das grandes preocupações das classes, dos grupos, dos indivíduos que dominaram e dominam as sociedades históricas. Os esquecimentos e os silêncios da história são reveladores desses mecanismos de manipulação da memória coletiva. (1990, p. 426)

São essas lacunas, deixadas naturalmente pela falta de testemunhas ou criadas com o interesse de esconder algum dado, que precisam ser preenchidas por novas falas, discursos que não visem à linearização da história, mas que a compreendam como algo em constante mutação. É na utilização do passado que reside o perigo ideológico de homogeneizá-lo, de apagar a sua pluralidade para construir uma memória coletiva que atenda a interesses variados. Por isso, é necessário voltarmos a Benjamin (1994, p. 226) e lembrar a sua reflexão sobre o quadro de Klee, o *Angelus Novus*, com seus olhos "escancarados, sua boca dilatada, suas asas abertas". Para Benjamin esse é o modo como o "anjo da história" deve encarar o passado, não de uma forma contemplativa, pois "onde nós vemos uma cadeia de acontecimentos, ele vê uma catástrofe única, que acumula incansavelmente ruína sobre ruína e as dispersa a nossos pés". Portanto, a história linearizada, e do mesmo modo a memória, constituem uma ameaça para a percepção dessas ruínas que, por sua vez, nos levariam a perceber que o "estado de exceção" em que vivemos é, na verdade, uma regra.

Assim, é preciso encarar a história de forma questionadora e não aceitá-la passivamente para, por fim, compreendê-la como um mosaico, reorganizar os seus cacos, sem apagar a multiplicidade que a compõe, para que então possamos criar o verdadeiro "estado de exceção" de que fala Benjamin. Somente a partir de uma nova disposição dessa estrutura, é que será possível identificar as lacunas e o processo de formação dos apagamentos culturais. Para Peter Burke, em seu texto *História como memória social*,

> É sempre esclarecedor abordar problemas por trás, *virá-los pelo avesso*. Para entender os mecanismos da memória social, talvez valha a pena examinar a organização social do esquecer, as regras de exclusão, supressão ou repressão e a questão de quem quer que quem esqueça o quê e por quê. Em suma, a amnésia social. Amnésia se relaciona a "anistia", como o que se chamava de "atos de esquecimento", a obliteração oficial de memórias em conflito no interesse da coesão social. (2000, p. 85-86. Grifos nossos)

A proposta de Peter Burke oferece a possibilidade de se perceber, através da ausência, os "atos de esquecimento", os mecanismos ideológicos que levaram à organização social das memórias coletivas que conhecemos. Compreender o "quem quer que esqueça o quê e por que" é indispensável para o preenchimento das lacunas existentes nos discursos oficiais. Como todos os teóricos citados concordam que lembrar é também esquecer, é possível que se inverta a ordem metodológica, partindo da amnésia, do silêncio, do que não está dito, para chegarmos a uma memória mais consistente. Em consonância com Burke, Le Goff afirma que "é preciso começar por desmontar, demolir esta montagem [a do monumento], desestruturar esta construção e analisar as condições de produção dos documentos-monumentos" (1990, p. 548).

É pelos caminhos apontados por Benjamin, Burke e Le Goff – e sempre com os olhos escancarados, a tentar virar do avesso e desmontar o discurso historiográfico, ou seja, buscando ampliar o foco, mudar a perspectiva para, por fim, desconstruir essa fala que se pretende hegemônica – que os romances de Lobo Antunes, Pepetela e Borges Coelho caminham, subvertendo os pontos de vista e deixando falar as múltiplas vozes que deveriam compor a história e a memória coletiva de seus países. Desse modo, seus textos não revivem o passado, mas o revisitam, destacando novos rastros a serem observados. Em vista disso, a memória não se torna estéril, pois o passado não é banalizado. De acordo com Linda Hutcheon (1991), a metaficção historiográfica – categoria na qual podemos incluir os três romances – ao confrontar o discurso da arte e o da história, "modifica definitivamente as noções simples de realismo ou referência" (p. 39), pois "o passado como referente não é enquadrado nem apagado [...] ele é incorporado e modificado, recebendo uma vida e um sentido novos e diferentes" (p. 45). Por isso é também relevante perceber a importância da aliança entre estética e ética, já que não se trata de uma simples evocação de outro tempo como referente.

Na obra de Lobo Antunes, por exemplo, e especialmente em *As naus*, é evidente a relação entre o texto e suas questões estéticas, como a linguagem, o jogo de palavras e o uso de metáforas – imprescindíveis para o intrincamento temporal passado-presente, proposto pelo romance – e a escolha temática, que não nos leva apenas a pensar nas consequências diretas da guerra colonial, mas a refletir sobre uma construção identitária de aproximadamente cinco séculos que contribuiu para o panorama vivenciado em Portugal a partir de meados da década de 70. Ao percorrer esse caminho, a narrativa questiona diretamente a propaganda de valorização do passado mítico português, mantida durante o Estado Novo e utilizada como justificativa para a realização da guerra colonial em África, e que ainda persiste na sociedade portuguesa atual.

Assim, o confronto com a história dá-se em duas frentes, já que o passado expansionista é trazido à tona como um modelo de história oficial, ao mesmo tempo em que se faz um elemento utilizado para a construção da história oficial do tempo presente. Logo, *As naus* proporciona o encontro de três narrativas, aquela edificada a partir dos descobrimentos, a sua releitura feita pelo Estado Novo e, por último, a proposta pelo próprio romance. Em comum, todas possuem a relação latente entre o real e o ficcional. Já a diferença imprescindível está no fato de que o romance não se pretende detentor de nenhuma verdade.

Como já destacamos, em nosso segundo capítulo, a relação estabelecida no romance de Lobo Antunes com as personagens históricas, gostaríamos de trazer nesse momento mais alguns exemplos do que consideramos a dessacralização do passado, exatamente o que faz de *As naus* não apenas uma releitura, mas uma revisitação crítica da história portuguesa, focando especialmente as personagens que compõem o cenário da expansão e dos descobrimentos. Nesse contexto, é importante ressaltarmos o encontro entre as personagens de D. Manoel e de Vasco Gama, quando o primeiro declara: "– [...] O que se passa é que senti a tua falta" (p. 118).

Sem esquecer as relações históricas existentes entre Dom Manuel I e Vasco da Gama, já que foi o monarca quem confiou a Primeira Armada da Índia ao navegador, Lobo Antunes estabelece um sentimento de amizade entre as personagens, que se aproximam principalmente pelo seu esquecimento e decadência. Sempre retratadas como figuras patéticas, são, dentre as personagens históricas, as que mais representam um sentimento saudosista, tentando reviver, especialmente através de uma vestimenta alegórica, um tempo em que eles seriam reconhecidos pelos seus feitos. É exatamente ao desmontar a fantasia desse passado, que os dois se reconhecem como iguais: "D. Manoel despido da coroa de lata e do manto de arminho e o marinheiro desembaraçado do peso da espada, e *sentiram-se finalmente iguais, na sua decrepitude e no seu cansaço*" (p. 120. Grifos nossos).

Distanciados do momento histórico que os fez grandes homens, visionários de uma nação que se transformaria em império através da conquista de territórios longínquos, D. Manoel e Vasco da

Gama são, agora, apenas dois velhos, duas imagens gastas e cansadas de tanto serem evocadas ao longo de cinco séculos. Por isso, sentem-se iguais, e Vasco da Gama vai mais longe, pensando serem os dois a mesma pessoa, um único passado que se revê no espelho, já que ambos fazem parte de um mesmo discurso, da mesma construção narrativa (histórica e ficcional) sobre os descobrimentos portugueses:

> As pálpebras de galo idoso de Sua Majestade encontraram as minhas, por igual pregueadas e pisadas, e por momentos *assaltou-me a ideia absurda de sermos um único indivíduo que se observava ao espelho*, surpreso dos adereços das golas, dos brincos e das fivelas de oiro, de cócoras rente à água a salvo de cortesãos e aduladores, *mais vulnerável e frágil do que um grumete em desgraça*. (p. 121. Grifos nossos)

Ao observarmos, nos dois trechos destacados acima, as palavras utilizadas por Lobo Antunes para descrever as personagens do monarca e do navegador – decrepitude, cansaço, vulnerabilidade e fragilidade – é possível perceber que todas, de um certo modo, fazem referência a algo que nos remete à ruína. Nesse sentido, D. Manoel e Vasco da Gama, ao serem recuperados pelo presente (por esse presente desacreditado), são apenas vestígios de algo grandioso, mas que deixou de existir. Por isso, o destino dado às personagens é um sanatório – "[...] um cubo de pedra de sucessivas portas chapeadas que rezava por cima da entrada Pavilhão de Segurança e que se aparentava a uma praça de toiros sem toiros, *onde correram dezenas de tranquetas para nos impedirem de fugirmos* [...]" (p. 193. Grifos nossos). É ali que são trancafiadas e dali não devem sair, a demonstrarem como o passado sacralizado que, como já afirmamos com Todorov, é infértil.

Desse modo, *As naus* confronta muito mais do que esse seleto passado; é sobretudo o presente, e o uso que este faz do passado, o que é posto em questão. Os grandiosos "descobrimentos" pouco a pouco transformaram Portugal em uma sociedade plural, mas tal pluralidade era mais confortável quando se limitava aos espaços ultramarinos. A descolonização trouxe, de forma abrupta, essa situação para dentro da metrópole, mas a existência de um impasse entre o discurso que valoriza tal contexto como resultado de uma inaugural globalização e a realidade vivenciada nos guetos formados pelos que chegavam de África, é evidente. Os retornados são apenas um sintoma da inexistência de uma convivência igualitária na sociedade portuguesa.[4]

O romance de Pepetela, *A geração da utopia*, lida com a transição, não só a de Angola, de colônia para país independente, mas, principalmente, das ideias da geração que frequentou a Casa dos Estudantes do Império durante o primeiro ano da guerra. Essas mudanças, a maioria de caráter ideológico, revelam as transformações sofridas pela jovem nação. Desde o primeiro capítulo, as dúvidas sobre o modelo de independência a ser seguido evidenciam a existência de discursos e posicionamentos distintos. A própria CEI não fica imune às críticas, como as feitas por Elias que afirma que a "[...] Casa é dominada pelos filhos dos colonos, sejam brancos ou mulatos" (p. 96).

Já no cenário da guerra, as mudanças ideológicas de Vítor começam a aparecer, deixando claro que o fato de ser guerrilheiro e lutar no MPLA pela independência não o torna um sujeito incapaz de se deixar corromper. Por outro lado, seus questionamentos com relação

---

4 São variados os relatos que afirmam que não houve qualquer discriminação por parte dos portugueses da metrópole com relação aos que chegavam de África. De igual modo, também são muitos os que contam as dificuldades de convivência social por carregarem consigo o estigma de terem vivido e/ou nascido no ultramar. O prefácio da jornalista Diana Andringa (nascida em Angola e retornada ainda na década de 50) para o livro *Voltar – memória do colonialismo e da descolonização* (2012), de Sarah Adamopoulos, dá mostras variadas dos problemas vividos pelos retornados, sendo o preconceito o principal deles.

aos caminhos da guerra, já passada uma década desde o seu início, mostram o descontentamento do povo, suas dúvidas e, principalmente, os interesses, incluindo os dele próprio, Mundial, por trás do conflito. Por isso, confessa nem saber mais a quem destina sua raiva – "Já nem é contra o inimigo" (p. 166) – pois percebe que há muitas mãos a manipular a guerra, dela fazendo um grande negócio:

> Uns tantos no exterior utilizam o meu sacrifício e o de tantos outros para chegarem aos países amigos e receberem dinheiro. Desse dinheiro, metade vai para os seus bolsos e dos parentes e amigos. A outra metade serve para aguentar a guerra. Esta parte destinada à guerra é o capital investido para apresentarem êxitos aos amigos e receberem mais, não é por estarem interessados em libertar o país. (p. 161-162)

A liberdade do país é vista como uma mercadoria, que será vendida na hora certa, e o próprio Vítor terá interesses nessa negociação, fato que ficará evidente nos dois últimos capítulos, que tratam das duas décadas seguintes à expulsão do colonizador. É nesses capítulos que Pepetela confronta fortemente os destinos da independência e o discurso criado para sustentar a memória da nação. Apesar de as personagens Sara e Aníbal representarem aqueles que conservaram seus ideais de luta, por outro lado, igualmente o romance deixa claro que eles são obrigados a mudar de perspectiva e a transformar suas vidas por conta das condições políticas hegemônicas em Angola.

As reflexões de Aníbal, já no momento pós- independência, trazem uma série de críticas às decisões tomadas por aqueles que assumiram o país, principalmente com relação às regalias usufruídas pelos membros do governo, fato que é constantemente destacado, em contraponto às necessidades da população. O passado de luta, utilizado como pretexto para se conseguir todo tipo de benefício, também é atacado por

Aníbal – "Toda essa malta que lutou pensa que tem todos os direitos porque lutou. Os privilégios que se inventaram encontram justificação no facto de terem feito apenas a sua obrigação de patriotas." (p. 248).

Divergindo desses que se aproveitam do fato de terem participado da guerra, a figura do soldado mutilado e que não consegue uma prótese por questões puramente burocráticas (cf. p. 284), exemplifica uma outra consequência do conflito, ou seja, a dificuldade de realocar os ex-guerrilheiro na sociedade, com condições dignas de trabalho ou de tratamento, físico e psíquico. No entanto, fica claro no romance, que Pepetela expõe muito mais as situações de corrupção e de ostentação de um grupo, do que as necessidades sentidas pela população, evidenciadas, por exemplo, no campo de refugiados, onde a fome e a doença estão escondidas dos olhos do governo. Dessa forma, Pepetela choca, não pela representação da imagem corriqueira da pobreza, mas pelo fato de podermos confrontá-la com a concentração de renda e as variadas formas de "comércio". O exemplo de Malongo, que vê na subversão da tradição uma possibilidade de negócio, demonstra que os mesmos valores que levaram o povo a lutar pela independência são utilizados contra o próprio povo –

> Era ideia antiga, surgida ao ver o negócio da tulipa na Holanda. Podia até aproveitar a ideia louca daquele escritor que indicou o Leste de Angola como local de origem da rosa de porcelana, ligando a flor à mitologia. A publicidade podia ser baseada nos mitos, flores com máscaras tchokue, alusões à história do Império Lunda, coisas assim. Quando viesse o primeiro botânico filho da puta a provar que a origem da planta era doutro sítio, até talvez doutro continente, já a coisa tinha pegado, era mais um mito. E este mito dava muito dinheiro. (p. 309-310)

A geração da utopia mostra as variadas possibilidades de negociação, no sentido mercadológico, que se podem extrair dos contextos vivenciados em Angola. O enriquecimento de determinadas camadas da sociedade torna-se uma questão crucial para a compreensão da transição vivenciada com a independência. Ao focalizar os dois tempos, o pré e o pós-independência, através dos deslocamentos dos jovens que vivenciaram o clima libertário da CEI, Pepetela revisita criticamente uma história da qual também fez parte, desconstruindo o sonho da geração que efetivamente lutou por uma nação livre e soberana e que rapidamente se deparou com o sentimento de disforia causado não só pela guerra civil, mas pelos caminhos "desconseguidos" com a independência.

Já *As duas sombras do rio*, de Borges Coelho, apesar de tratar de um momento semelhante ao visto no romance de Pepetela, possui um enfoque diferente, pois, como já vimos, concentra-se nos anos de 1985 e 1986, período central da guerra civil em Moçambique, não tratando exatamente da transição, apesar das heranças do período colonial estarem presentes em diversos recuos temporais. Mas são as movimentações constantes a principal diferença entre os romances de Lobo Antunes e Pepetela e o escrito por Borges Coelho. Em *As naus*, o principal movimento é o de retorno da África após a Revolução dos Cravos. Já em *A geração da utopia*, como falamos logo acima, encontramos a ida para a CEI e o retorno para Angola em momentos diversos entre a guerra de independência e a guerra civil. No caso do romance moçambicano, são as migrações internas ou em direção à Zâmbia e ao Zimbábue que marcam as reflexões sobre o destino do país após a independência e, consequentemente, colocam em questão alguns elementos da história oficial do país.

O narrador onisciente, também presente ao longo do romance em declarações colocadas entre parênteses, não deixa de trazer uma voz que o aproxima da profissão de Borges Coelho, pois muitos desses comentários podem ser lidos como reflexões sobre o destino da história de um modo geral, apesar de estarem aplicados ao contexto moçambicano. Em um desses momentos, o narrador questiona, a um só tempo, as escolhas dos acontecimentos que se transformarão em fatos, bem como a importância dada aos discursos oficiais, enquanto o grande movimento migratório que ocorre em Moçambique não ganha a devida atenção. O narrador declara: "(quantas pequenas notícias se agigantam todos os dias, quantas grandes notícias como esta envelhecem discretas)" (p. 83).

Nesse sentido, algumas "intromissões" do narrador revelam muitos mais do que detalhes sobre outras épocas ou sobre as personagens, destacando um confronto direto entre a ficção e a história, sempre ampliando o campo de atuação desta, evocando a necessidade de utilização de uma perspectiva mais abrangente, "porque não há um só destino, há sempre um destino atrás do outro, todos os dias, sucedendo-se ou correndo como a água do rio, e a sucessão de todos os destinos principais e paralelos é a história" (p. 100). É exatamente esta sucessão de destinos que encontramos em *As duas sombras do rio*, ao nos depararmos com essas personagens em trânsito constante, com essas vidas que se cruzam, com os destinos que vão sendo costurados a partir dos caminhos que a própria guerra civil construiu.

Essa migração forçada pela guerra civil, vista também como uma de suas causas e não apenas como consequência do conflito, pode ser analisada, no romance de Borges Coelho, como uma das falhas do governo assumido pela FRELIMO. A necessidade de deslocamento da população, para fugir aos ataques do inimigo, o abandono de sua terra e de seus bens, demonstra a dificuldade encontrada pela FRELIMO em defender as suas aldeias comunais e também em administrar a fuga populacional que, obviamente, em um contexto de guerra, se dá de forma desordenada. A narrativa também aponta para a necessidade de regresso e, em alguns casos, para a sua impossibilidade. As personagens que haviam fugido para Bawa contam com pouco apoio logístico para voltar, e cada vez mais o movimento de retorno é realizado de forma autônoma, ignorando as recomendações oficiais.

> Regressaram pois já pela tarde e mais às claras, e as notícias que trouxeram fizeram com que se iniciasse, a partir desse dia, um movimento crescente de vaivém entre as duas margens. A princípio, *um movimento organizado pelas autoridades, que fretavam as almadias populares, lhes forneciam pequena guarnição, dois ou três soldados, não mais, e seleccionavam os passageiros com base em critérios nem sempre discerníveis*, embora consensuais. Depois, numa liberalização ditada por aquela imensa vontade de ir mexer com as mãos naquilo que há tanto tempo só se via de longe, de confirmar histórias de outros que lá tinham estado, *cada vez mais cada um ia como podia*, geralmente em pequenos grupos de vizinhos ou familiares, negligenciando já pedidos de autorização e a prudência mais elementar. Tal era do bastante agrado de quem possuía almadias deste lado, que com elas pôde fazer negócio muito mais interessante do que a pesca. (p. 110-111. Grifos nossos)

Diante de tal contexto, em que uns só pensam em fugir e manterem-se a salvo dos ataques, outros nutrem o desejo de voltar, e há ainda aqueles que conseguem tirar do conflito um meio de sobrevivência, fica mais evidente o desencontro de informações e a incapacidade de comando por parte dos governantes locais. Um exemplo claro é a personagem do administrador Sigaúke, que deveria representar o papel de interlocutor entre o povo e o governo, e estabelecer um equilíbrio entre as novas diretrizes e a tradição, mas não consegue exercer nenhuma autoridade, pois está constantemente dividido – "espremido entre o facto e as exigências dos seus superiores" (p. 160) –, sendo obrigado a tomar decisões que nem sempre atendem às instruções da FRELIMO. Isso ocorre com relação à presença do caçador, e também miliciano, Suzé Mantia, que, apesar de envolvido na atividade ilegal da caça e, por isso, causar problemas diplomáticos com o Zimbábue (representado pelo Tenente Zvobo), é um elemento essencial na defesa contra o ataque inimigo, como afirma Meia-Chuva ao administrador Sigaúke, em defesa do miliciano: " – [...] Aquilo que não consigo fazer com estes poucos homens que tenho, imberbes e desmotivados, [...] fá-lo Mantia, só com o seu trio e em nosso nome. Mantém-nos a nós, oficialmente, na planície, quando é certo e sabido que lá não estamos" (*ibidem*). Desse modo, só resta a Sigaúke fazer vista grossa à ilegalidade, pois como salienta mais uma vez o narrador:

> Que poderia o pobre Sigaúke retorquir perante tão clara evidência? Como poderia o administrador não estar do lado de quem lhe assegurava a soberania nestes tempos tão difíceis? (o mesmo se poderia perguntar aos poderes centrais que lhe ditavam ordens e requisições, tão preocupados com a boa vizinhança e com as cortesias diplomáticas mas tão ignorantes das verdadeiras ameaças). (p. 162)

Desse modo, *As duas sombras do rio*, apresenta um panorama político de Moçambique independente, trazendo uma série de questões relativas ao passado colonial, mas, principalmente, às dificuldades vividas pela FRELIMO ao assumir a nova nação, além de salientar os erros cometidos, consequências de um despreparo que também diz respeito ao processo de descolonização. As migrações, forçadas por variados motivos, deixam claro que as imagens do país livre do colonizador são bastante diferentes daquelas sonhadas durante a guerra de libertação, pois agora são "imagens trocadas de aldeias que devendo ter gente estavam desertas, de caminhos que devendo estar desertos se encontravam cheios de gente errante, sem destino" (p. 163).

Assim, ao confrontarmos os três romances, evidenciamos que, para além de questionar a construção das histórias oficiais dos respectivos países, os autores colocam em xeque a própria escrita da história pensada de forma hegemônica, aquela que simpatiza com o vencedor, como já salientou Benjamin – "Todos os que até hoje venceram participam do cortejo triunfal, em que os dominadores de hoje espezinham os corpos dos que estão prostrados no chão" (1994, p. 225). Lobo Antunes, Pepetela e Borges Coelho partem de um microcosmo, mas chegam a uma reflexão mais abrangente e acurada da realidade sociocultural de seus países, evitando a linearidade e a simplificação de tantos atores sociais do tempo histórico por eles vividos.

Portanto, diante do que vimos até aqui, a reelaboração da memória oficial sobre os acontecimentos que marcaram a segunda metade do século XX nos três países em questão, é possível pensar em uma relação entre os romances analisados e o artigo de Jim Sharpe (1992) – baseado nas reflexões sobre História Social do também inglês Eduardo Thompson e na sua "história a partir dos de baixo" (*History from below*) – intitulado "A história vista de baixo". Acreditamos que, ao confrontar os discursos existentes sobre o período narrado, Lobo Antunes, Pepetela e Borges Coelho trazem para a cena ficcional fatos e personagens que não figuram nas histórias oficialmente divulgadas. Aqui, lembramos Linda Hutcheon, quando esta afirma que "[...] os protagonistas da metaficção historiográfica [...] são os ex-cêntricos, os marginalizados, as figuras periféricas da história ficcional" e mesmo no caso da ficcionalização de personagens históricas, estas "assumem um *status* diferente, particularizado e, em última hipótese, ex-cêntrico" (1991, p. 151).

Assim, se voltarmos ao conceito de Jim Sharpe, perceberemos que "a história vista de baixo" preocupa-se exatamente em investigar setores da sociedade, e seus componentes, que não são contemplados por uma história hegemonicamente elitista. Portanto, o que realmente interessa é "explorar experiências históricas daqueles homens e mulheres, cuja existência é tão frequentemente ignorada, tacitamente aceita ou mencionada apenas de passagem na principal corrente da história" (SHARPE, 1992, p. 41). São esses sujeitos ou grupos ignorados que se destacam nessa nova perspectiva, que nos leva a compreender as relações sociais como um todo, sem exclusões, e, principalmente, as relações de opressão que colocam esses sujeitos à margem da história.

Se pensarmos nos três romances, encontramos facilmente situações que destacam personagens ou discursos que não fazem parte da história que facilmente será perpetuada. É evidente, no caso de Portugal, que os retornados ainda hoje ocupam um lugar periférico nos discursos sobre a descolonização e que há um forte confronto de memórias que, de um lado, afirmam nunca ter havido qualquer problema e, de outro, relatam as dificuldades e preconceitos sofridos por parte dos que chegavam da África. Na Angola retratada por Pepetela, tanto a história do país como a do MPLA são descritas com nuances bastante diferentes daquela que enaltece apenas a expulsão do colonizador. O soldado mutilado que recebe ajuda de Aníbal, assim como o empregado maltratado por Malongo são exemplos claros desse lado obscuro. Por fim, os refugiados de Moçambique também contam suas histórias, seu cotidiano de fuga durante os ataques evidenciam não só a violência por parte da RENAMO, mas também os erros administrativos cometidos pela FRELIMO.

Levando em consideração as questões levantadas até aqui, especialmente ao pensar como os romances lançam um novo olhar sobre os acontecimentos, interessa-nos perceber como se a dá representação de outro tipo de memória. No meio da memória histórica, e também da coletiva, escondem-se memórias individuais dentro dos grupos ficcionalizados. As personagens em trânsito conservam, ou pelo menos tentam, suas memórias pessoais, que também são alimentadas pelo grupo do qual fazem parte, como já afirmou Halbwachs.

São as pequenas memórias de algumas personagens que consideramos sintomáticas para perceber como os deslocamentos representam, sobretudo, movimentos distópicos no tecido dos romances.

Reunindo pequenas memórias

> *[...] um acontecimento realmente grave sempre traz consigo uma mudança nas relações do grupo com o lugar [...]. A partir desse momento, este não será mais exatamente o mesmo grupo, nem a mesma memória coletiva e, ao mesmo tempo, o ambiente material também não será mais o mesmo.*
>
> Maurice Halbwachs[5]

É possível perceber claramente, nas obras em questão, a formação dos grupos que compõem a memória coletiva das narrativas. No caso do romance de Lobo Antunes, é a classificação como "retornados" que unirá pessoas vindas de várias regiões antes dominadas por Portugal; é o movimento de retorno que as identifica como uma coletividade. No romance de Pepetela, a Casa dos Estudantes do Império é local que agrega o grupo, posteriormente desfeito com a saída de Portugal e reformulado no reencontro em Angola. Por fim, em Borges Coelho, encontramos a existência de um grupo que será desfeito pelos ataques da guerra civil, e também reconstruído, de formas diversas como refugiados, que vêm a ser.

No entanto, a memória coletiva construída nas linhas dos romances, e que confronta a memória histórica, também é formada por

5 HALBWACHS, Maurice. *A memória coletiva*. Tradução: Beatriz Sidou. São Paulo: Centauro Editora, 2006, p. 160.

pequenas memórias. A coletividade representada pelos retornados, em *As naus*, pelo grupo de estudantes, em *A geração da utopia*, e pelos refugiados, em *As duas sombras do rio*, é composta por personagens que, diante dos grandes acontecimentos narrados, como as guerras de independência e civis, deixam seus rastros. Nos três casos, a escolha por narradores oniscientes, intercalados pelo discurso indireto livre, evoca, ao mesmo tempo, o princípio da distância e o caráter coletivo impresso nas obras, sem excluir as individualidades, destacadas nas lembranças, na tentativa de retê-las, ou ainda de construí-las, através das quais essas personagens contam suas pequenas histórias.

Para abordar o percurso dessas personagens, tomamos como base a micro-história. Uma vertente advinda das transformações sofridas pela história no século XX, e que contribuiu também para os estudos sobre a memória social, a micro-história que desponta na década de 70 na Itália a partir da coleção *Microstorie*, organizada por Carlo Ginzburg e Giovanni Levi, propõe a observação de fatos, personagens e eventos através de um foco ampliado, pelo qual seja possível compreender questões mais generalizadas a partir da microanálise que sai do específico para chegar ao todo. Segundo Ginzburg, "Por um lado movendo-se em uma escala reduzida, permite em muitos casos uma reconstituição do vivido impensável em outros tipos de historiografia. Por outro lado, propõe-se indagar as estruturas invisíveis dentro das quais aquele vivido se articula" (1991, p. 177-178). Do mesmo modo, Le Goff afirma que, aliadas, memória e história possuem interesses maiores que vão além das conhecidas macro-dimensões da história. Afirma ele:

> O interesse da memória coletiva e da história já não se cristaliza exclusivamente sobre os grandes homens, os acontecimentos, a história que avança depressa, a história política, diplomática, militar. Interessa-se por todos os homens, suscita uma nova hierarquia mais ou menos implícita dos documentos. (LE GOFF, 1990, p. 541)

Essa nova abordagem permite um olhar mais abrangente para os acontecimentos, logo, menos exclusivo, além de proporcionar uma melhor percepção dos documentos, ao considerar personagens "menores" do ponto de vista político, ou seja, aquelas que ficam por trás das cenas, mas que também contribuíram para o desenrolar da história. Da mesma forma, elementos do cotidiano, práticas religiosas e relações pessoais também passam a ser analisadas como contributos para a compreensão de uma sociedade, ou de uma época. Como salienta Benjamin, "O cronista que narra os acontecimentos, sem distinguir entre os grandes e os pequenos, leva em conta a verdade de que nada do que um dia aconteceu pode ser considerado perdido para a história" (BENJAMIN, 1994, p. 223). É nesse sentido, que os romances, apesar de tratarem de grandes acontecimentos, como as guerras, também enfocam a importância dos seus "pequenos" atores.

Ao lermos o romance *As naus*, permeado por personagens históricas, destacam-se as duas partes (5ª e 12ª) destinadas ao casal da Guiné. Embora, pertencentes ao grupo maior – o dos retornados – marido e mulher, sem nomes, seriam os anônimos da história narrada por Lobo Antunes. Não obstante o fato de as personagens históricas também caírem no anonimato ao serem transpostas para o tempo presente, o seu papel anterior se mantém, apesar de tudo.

A trajetória de retorno do casal também os diferencia das outras personagens. Há mais detalhes sobre o seu processo de retorno, desde a descoberta da revolução, passando pela reunião no Cine-Theatro e "a possibilidade gratuita de tornar a Portugal" (p. 52), até as notícias da escassez – "o sabão e o tabaco deram em falta nas mercearias" – e do abandono desenfreado da terra – "Bissau despovoava-se de brancos" (p. 53). Embora tais trechos apontem para a narrativa da grande viagem de volta decorrente da Revolução dos Cravos, sua abordagem parte da transformação sofrida pelos pequenos detalhes do cotidiano que atingem mais diretamente o casal da Guiné. É no pormenor do "saquito" de chá, utilizado até a exaustão, que a mulher reconhece a perda do sentimento de pertença.

> E quando o chá acabou e mergulhavam diariamente na água fervida o mesmo saquito sem sabor dependurado na extremidade de uma guita, a esposa, de costas para ele, anunciou-lhe na serena voz habitual com que enterrara, trinta e oito anos antes, a filha criança, Já não pertenço aqui. (p. 53-54)

Aos poucos, ao observar a degradação do corpo da mulher e constatar a violência por ele sofrida e que só o tempo é capaz de explicar, o marido também é mostrado como alguém que possui o mesmo sentimento de não pertencimento, daí indignar-se: "indignou-se de novo ao verificar, espantado, a erosão sem cura que o tempo provocara nela também, avariando-lhe as pernas de um mármore de varizes, aumentando-lhe as pálpebras, dissolvendo a cintura" (p. 54). No entanto, a sua percepção vai ainda mais longe, pois não considera apenas o "aqui" que representa a Guiné na declaração da esposa. Para o marido, que sempre fala em nome do casal – "Já não pertencemos nem sequer a nós" (*ibidem*), – não há mais pertencimento a lugar algum, nem no seu próprio interior.

A partida inevitável traz consigo uma trágica necessidade de escolha. Diante das limitações da viagem que se aproxima, é preciso deixar uma vida para trás e decidir que memórias manter. Porém, o pouco espaço que deveriam ocupar no meio de transporte que os levaria de volta à metrópole, os impede de serem agentes dessa escolha. Apenas suas pequenas memórias farão a viagem de retorno: "Embrulharam a fotografia do casamento e o cofrezinho de cisnes de madrepérola em que se acumulavam recordações milenárias (um anelzito de safira, uma chupeta, medalhinhas de Fátima, um perfil magro de menina)" (p. 56).

A viagem até Lisboa dura três meses – "A mulher, no colchão inferior do beliche, apoiava o cotovelo na máquina de costura que uma bainha de serapilheira protegia do rescaldo das ondas" (p. 57). Desse modo, após a chegada, a importância das pequenas memórias trazidas de uma outra vida, a vida na Guiné, ganham espaço na narrativa sobre o casal. São as recordações escolhidas que reorganizam, em meio ao caos, o passado. No entanto, essa nova organização não os direciona para um sentimento saudosista, ao contrário, os fazem constatar, ao menos o marido, o corroer do tempo.

> O velho deixou a fotografia de casamento numa cómoda ducal sem se atrever a confrontar a noiva do retrato, de corpete de barbas de baleia, com *a septuagenária de cabelo sem viço* de que conhecia os tiques e os gestos até à quase absoluta inutilidade das palavras. [...] *Agora o casal do retrato tornara-se numa aguarela de iodo e nós em múmias sem préstimo espantadas* [...]. (p. 59. Grifos nossos)

A fotografia, primeiro objeto escolhido para a viagem, deveria ser o ponto de partida para as lembranças de outrora, permitindo que o casal revivesse o casamento, a juventude e as felicidades das descobertas. Porém, a sua presença em cima da cômoda traz consigo a inevitável comparação, sempre aos olhos do marido, entre a força e a beleza da jovialidade de sua mulher, aquela da fotografia, e a fragilidade evidente no agora corpo cansado de sua companheira.

Já acomodados no Hotel Ritz, "por pura benevolência paternal das autoridades revolucionárias" (p. 61), a vida trazida da Guiné contrasta com a decoração do quarto, seus lençóis engomados, as cortinas vermelhas e brancas, a cama grande, a banheira "pontifícia" e o sanitário, só para eles. Entretanto, o marido não deixa de pensar no tempo, "na idade de elefantes deles" e na vida de privações que levariam, "sem dinheiro, sem família" (p. 62). Ao contemplar a figura da mulher, é sempre a passagem do tempo que se destaca.

> Preparava-se para perguntar à mulher Onde meteste a maçada do remédio que o não vejo, [...] e a encontrou de pé, numa postura vitoriosa, apoiando a mão na *máquina de costura ferrugenta*, cercada por um *emaranhado* de fios, *pedaços* de colcha, *fatias* de reposteiro e *sobras* de cortina espalhadas ao acaso no soalho. [...] O seu sorriso era pelo menos tão alegre, malicioso e jovem como na época da fotografia de casados e das primeiras horas de dificuldade e aflição no desassossego dos lençóis [...]. (p. 63. Grifos nossos)

A máquina de costura, objeto sobre o qual a mulher viajava apoiada, demonstrando um claro sentimento de apego, é descrita como algo gasto pelo tempo, pela ferrugem acumulada, assim como o ambiente que ocupa, formado por trapos, restos de um tempo ao qual a mulher tenta manter-se ligada. É esta vontade, de não perder o elo com o passado, que faz a mulher, por seu sorriso, ser identificada com a jovem do retrato.

O presente, vivido agora não mais no Hotel Ritz, mas em uma pensão, não é muito diferente daquele ambiente desgastado composto por fragmentos de memórias trazidas da Guiné. Juntas, fotografia e máquina de costura são apenas mais dois objetos a decorar um quarto que, assim como o casal e suas lembranças, sofre com a impiedosa passagem do tempo. Na nova vida do velho casal, as ruínas do passado estão sempre a invadir o presente.

> Ao colocarem a fotografia do casamento numa prateleira e a máquina de costura atrás dos véus do reposteiro, pareceu ao marido que habitavam uma espécie de ruínas de cataclismo ou de ce-

> mitério abandonado: os lustres partidos descolavam-se da pintura como cachos de desgosto não completamente chorados [...]. (p. 135)

O trabalho contínuo da esposa junto à máquina de costura – "O frio oxidava as agulhas da máquina de costura sem trabalho, apesar de a esposa arrancar os botões de todas as camisas e de todos os casacos pelo puro hábito de os pregar de novo" – é apenas mais uma tentativa de parar o tempo. Repetindo desnecessariamente a tarefa doméstica já executada, a mulher, de algum modo, aproximava-se da personagem da fotografia que, cada vez mais apagada, dava indícios da sua incapacidade de guardar o passado – "O retrato nupcial era uma mancha já totalmente indistinta, desprovida de qualquer contorno salvo o sorriso imaginado da mulher que corava de vergonha e de surpresa" (p. 137).

Aos poucos, a não adaptação da mulher diante da nova vida a faz distanciar-se do presente, do tempo que passa. Por este motivo, é sempre sob o olhar do marido que as pequenas memórias aparecem tão desgastadas, pois "a esposa transitara há séculos para a margem sombria das esperanças" (p. 138), refugiou-se no passado, e não apenas na memória deste tempo, onde tudo é velho. Como o próprio texto afirma, a mulher "transitara", não pertence mais ao mesmo tempo-espaço que o marido.

Diante da condição da mulher, afetada mentalmente pela dura realidade do retorno, a opção encontrada pelo marido foi recorrer às poucas memórias trazidas na viagem – "Incapaz de suportar o absurdo de ser tio-avô da própria mulher, tentou reanimar-lhe a memória com as lembranças de Bissau [...]" (p. 138). No entanto, isso não foi suficiente; afinal, dentre as memórias, havia a dolorosa perda da filha, ainda criança. Marcada pelo tempo, a esposa permite-se afastar, assim como a imagem da fotografia – "Todavia a noiva que amara sumira-se com o desaparecimento definitivo dos nubentes do retrato, amortalhados pelos anos no caixilho de metal" (p. 143).

A fotografia e a máquina de costura são os objetos que funcionam como um gatilho para o resurgir das lembranças da Guiné, onde o jovem casal iniciou a vida a dois e passou cinquenta e três anos sem imaginar que o futuro guardava o retorno à antiga metrópole. Esses mesmos objetos demarcam a passagem do tempo através de seu desgaste, a ferrugem que corroí a máquina, assim como as manchas que cobrem a fotografia, ligam o presente ao passado que, aos poucos, também se desfaz. Já distanciados da terra que os uniu, do tempo que os transformou em um casal, a memória não se sustenta, os objetos se desmancham e as lembranças se vão.

Ao marido não resta outra hipótese senão a de se livrar daquela memória, ao menos a que estava representada fisicamente pelo retrato – "[...] agarrou na fotografia dos recém-casados [...] e lançou-a pela varanda fora no monturo das traseiras. De repente *sem passado* aboborou-se na contemplação pasmada dos pescadores da muralha [...]". (p. 144. Grifos nossos). Se a ele não foi permitido o apagamento através da doença mental, com a partida da esposa, que também o prendia ao passado, pode esconder as lembranças em lugar recôndito.

Dentre os romances analisados, é em *A geração da utopia* que as pequenas memórias estão mais camufladas, menos perceptíveis a um primeiro olhar, pois permeiam o mesmo grupo em destaque durante todo o romance, concentrado na geração de estudantes da CEI e no seu retorno a Angola. No entanto, no capítulo intitulado "O Polvo (Abril de 1982)", a narrativa concentra-se na personagem de Aníbal, o Sábio, e no seu refúgio na região da Caotinha, deixando transparecer elementos que vão além da vida política da personagem e da sua participação na independência do país. Nesse sentido, Aníbal é a única personagem sobre a qual a narrativa destacará detalhes mais pessoais, e por este motivo "O Polvo" interessa à nossa abordagem.

As páginas iniciais desse capítulo dedicam-se à descrição do lugar escolhido por Aníbal para o seu autoexílio, indicando a necessidade de afastamento da personagem – "Tudo no seu mundo era feito em pequeno. A baía tinha um perímetro de duzentos metros de areia. Os recifes estavam a cinquenta metros da praia e os rochedos que fechavam a baía pelo Sul a setenta" (p. 226). Inicialmente, não sabemos as transformações que levaram Aníbal a escolher a pequenez de um lugar isolado, apenas o esquecimento aparece como um motivo claro para tal decisão – "procurando esquecer o passado, desligado de todos os compromissos, decidiu viver naquela casa" (p. 234). No entanto, é evidente que ali não há guerra, e o sentimento de propriedade por parte de Aníbal – "A *sua* baía era um ecossistema único no mundo [...]" (p. 228. Grifos nossos) – revela a sua necessidade de guiar a própria vida.

Outro elemento bastante destacado no início do texto, e que ressalta a tranquilidade do lugar eleito por Aníbal, é a descrição detalhada da sua rotina diária, especialmente, das suas atividades junto ao mar, do preparo de seus alimentos e da vida na antiga casa abandonada: "Salgou a corvina e depositou-a numa pequena tarimba ao lado da casa, para secar. Destapou o tanque de água e encheu um balde. Regou a mangueira que plantara há três anos e crescia muito bem, apesar de todas as advertências" (p. 232). Todas essas pequenas nuances encaminham o texto para a vida particular de Aníbal, para o seu dia-a-dia na praia, e indicam o seu afastamento das questões políticas e da guerra.

Não queremos afirmar com isso que o cenário político não esteja presente no capítulo "O Polvo". Por outro lado, é evidente que esta parte do romance diferencia-se das demais, por focalizar o distanciamento de Aníbal, que não deixa de ser um ato conscientemente político, consequência da sua desilusão com os caminhos percorridos no contexto do pós-independência, como já analisamos em nosso terceiro capítulo. No entanto, outro sentimento também moveu Aníbal até a Caotinha, sentimento este que também está ligado à guerra, mas que diz respeito a sua vida como homem e não como guerrilheiro: a perda da sua mulher.

Desse modo, voltamos à questão das pequenas memórias que, no caso de Aníbal, estão particularmente ligadas à sua vida amorosa, a sentimentos passados que voltam ao presente sob duas formas: saudade e realização. A saudade está expressa na relação que Aníbal mantém com a mangueira que cultiva em seu quintal, a quem chama de Mussole e com quem divide seus pensamentos e angústias – "– Alguma morte tem sentido, Mussole? E estás mesmo a ouvir-me? Senti no dia que te dei o nome e te plantei, as tuas folhas começaram a agitar-se em música. O espírito longínquo da falecida no Leste encontrou o caminho para aqui" (p. 235).

Ao seguir a tradição, que fala sobre os espíritos que habitam as árvores e assim não se afastam de seus entes queridos e os auxiliam em suas decisões, Aníbal cuida da mangueira Mussole e a ela dedica boa parte de seu tempo – "Ele afagou distraidamente o tronco da mangueira. Sentiu por trás da casca rugosa, a seiva movendo-se com volúpia" (p. 240). São inúmeras as vezes em que são citados, no capítulo os afagos e carinhos que Aníbal destina à mangueira, sempre à espera de respostas e/ou sensações que o façam sentir a presença da sua mulher, Mussole, que deu nome à mangueira.

No plano da realização, o reencontro com a personagem Sara traz para Aníbal, ao mesmo tempo, as lembranças da luta travada ainda em Portugal, na formação de uma resistência ao colonialismo, e as memórias do sentimento velado que existia entre os dois. As duas situações aparecem no presente como algo inacabado, pois a independência não foi concretizada como ele esperava, e a sua relação com Sara não passou de algo imaginado. São essas imagens do passado que serão despertadas em Aníbal a partir da visita de Sara, quando o antigo guerrilheiro nota a passagem do tempo através do corpo da médica:

> Voltaram para fora, com o café. Acompanharam o café com uísque seco, em silêncio, cada um agarrando os fiapos de nuvens de recordações. Ele notou, Sara estava envelhecida. Devia ter uns quarenta e seis anos, como ele. Não, ela era um ano mais nova. Muitos cabelos brancos, rugas na

> testa. Mas não era tanto isso. A maneira como se vestia, como se sentava, como fumava o cigarro, tudo nela tinha ar desmazelado. [...] Os últimos anos de vida devem ter sido difíceis, com o seu comboio de desilusões e dificuldades. Estou a notar o envelhecimento dela e nem olho para mim, o espelho que o diga. (p. 243)

Como lembra Le Goff, "a memória está ligada ao corpo" (1990, p. 455) e, neste trecho do romance, é possível perceber, na surpresa de Aníbal pelo envelhecimento de Sara, o seu afastamento, já que só percebe a passagem do tempo em si mesmo a partir do contato com outro corpo, neste caso um corpo conhecido na juventude.[6] Por outro lado, Aníbal percebe que não foi unicamente o tempo o responsável pela transformação de Sara, vista mais como desmazelo do que como envelhecimento, e concluí que o corpo da amiga também se desgastou por outros motivos, além da simples passagem do tempo. As desilusões e o envelhecimento aproximam esses corpos, que se encontraram duas décadas antes e, no momento da realização do desejo contido durante todos esses anos, Aníbal reconhece em Sara alguém sem as marcas do tempo – "Assim, como a vira, sem olhar para a cara, parecia-lhe a menina de dezoito anos que conhecera em Lisboa, o tempo não tinha corrido no corpo dela" (p. 257).

Para além da realização através do encontro dos corpos, a visita de Sara, permite ao leitor conhecer os motivos que levaram Aníbal ao autoexílio, e que ultrapassam as questões políticas que, para a maioria, era a razão conhecida – "– [...] Diz-me, Sara, não posso ter razões particulares para me meter aqui? Terão de ser fatalmente razões políticas?" (p. 249). Desse modo, Aníbal deixa claro a existência de um su-

6 Lembramos aqui que, em vários momentos do capítulo "O Polvo (Abril de 1982)", o próprio Aníbal afirma não se lembrar do calendário, sendo sempre auxiliado pelo vizinho Ximbulo.

jeito além do lendário guerrilheiro conhecido por todos, um homem com uma vida própria e motivos outros para se distanciar. A tentativa de esquecer também é ressaltada pelo Sábio, ao ter sua "memória de elefante" reconhecida por Sara: "– Só para o que me interessa. Procuro esquecer o resto. Infelizmente, muitas vezes sem sucesso" (p. 242). Dentre aquilo que interessa lembrar está Mussole, e o assunto é retomado por Sara, ao perceber que Aníbal conversa com a mangueira:

> – Falavas para que, para a mangueira?
>
> – Sim – disse ele, naturalmente, dando-lhe um beijo leve.
>
> – E chamaste-lhe Mussole. Era o nome da tua mulher que morreu no Leste, disse-me o Vítor.
>
> – Esse tipo sempre foi um grande mujimbeiro. Mas é verdade.
>
> – Ainda não superaste isto?
>
> – Oh, já pertence ao passado. Deixou de ser uma ferida que transportava e que abria a cada momento. Passou a ser uma coisa boa do passado. O espírito dela está aquietado aí em cima da mangueira, veio logo que plantei a árvore. [...]. (p. 263)

Assim, através da mangueira onde o espírito está aquietado, Aníbal pode conviver com a lembrança da mulher, sem necessariamente manter a ferida aberta com a sua morte. Do mesmo modo, o epílogo de "O Polvo (abril de 1982)" traz novamente a imagem da mangueira e de Mussole, reafirmando a escolha de Aníbal pelo autoexílio como consequência do seu sofrimento pessoal, causado, dentre outras coisas, pelo contexto político da guerra. O dia 14 de abril, "aniversário da morte de Mussole e do Herói" (p. 304), foi definitivo para a decisão pelo refúgio na Caotinha, afinal "os tantos discursos que lhe puseram por cima mataram-no de vez" (*ibidem*). Assim, desejando ser somente Aníbal, o Sábio retira-se, certo de que "um dia não será recordado" (*ibidem)*. Porém, a lembrança da Mussole, e a certeza da presença de seu espírito, mesmo que silencioso, não o deixa esquecer os caminhos de desesperança que o levaram até a Caotinha, onde "todos os dias, ele sabia, haveria de regar a mangueira, acariciar o tronco e falar para ela, cada vez mais velhos e fraco, mais descrente também, na esperança de despertar o espírito das chanas do Leste que nela vivia, dormitando" (*ibidem*).

Diferente da personagem de Pepetela, que opta por afastar-se, as personagens de Borges Coelho são obrigadas a uma constante fuga e, nesse mapa de trânsitos contínuos, encontramos diversas pequenas memórias. Apesar de *As duas sombras do rio* trazer de forma muito clara o caráter coletivo das migrações ocasionadas pela guerra civil, há, durante todo o romance, uma focalização nas trajetórias individuais, que ajudam a compreender a profusão de deslocamentos que ocorrem no Zumbo. Desse modo, todas as personagens são apresentadas como um pequeno mapa, onde são identificados os seus lugares de origem, por onde já passaram e, consequentemente, alguns elementos das memórias individuais são trazidos para essa composição.

Diante de um contexto em que muitos desejam esquecer as lembranças de tempos difíceis, como é o caso da guerra, é perceptível, nas personagens de Borges Coelho, formas diferenciadas de lidar com a memória. De um modo geral, o desejo de retornar à casa e recuperar os seus bens alimenta as recordações do tempo anterior à chegada do inimigo e à necessidade de fugir, mas para alguns, no entanto, a migração forçada funciona como um meio de apagar as lembranças, como no caso dos soldados que, obrigados a servir, aproveitam a fuga para forjar uma nova identidade, totalmente desligada da sua função militar. Para esses homens o conflito era um motivo para esquecer/esconder o passado recente e voltar a um período mais longínquo quando eram apenas camponeses.

> Eram, estas dispersas gentes, povo e alguns soldados remanescentes, embora fosse cada vez mais difícil distinguir uns de outros. Isso porque *os soldados, aterrados, despiam as fardas até ficar quase nus, tiravam as botas para que se vissem bem os seus pés grossos de camponeses, abriram buracos frenéticos para enterrar as armas, tão fundos que eles próprios se esquecessem que uma vez foram soldados*. Depois viviam o resto das suas vidas no permanente terror que um vizinho os denunciasse, que os invasores reconhecessem em algum gesto involuntários o seu passado militar. (BORGES COELHO, 2003, p. 98-99. Grifos nossos).

De um modo bastante diferente, Amoda Xavier também trabalha o esquecimento. Após ter a casa incendiada, resolve reconstruir a vida em Bawa, a sul do Zambeze, para onde iriam muitos daqueles que fugiam da guerra – "Enganam-se, porém, os que pensam que Bawa vive apenas nesta defensiva de olhares retrógados dos do outro lado, da magra hospitalidade dos deste, e do desejo de partir dos jovens de ambos os lados. Bawa tinha também energia e sonho" (p. 117). Apesar das dificuldades, Amoda demonstra uma outra forma de encarar a vida, seu passado só aparece como uma introdução da personagem, e não como rememoração, pois o pescador está sempre a pensar no futuro, e a fazer planos. Suas negociações com Mama Mère são exemplos desse espírito sonhador.

Primeiramente, Amoda compra um rádio, elemento que dá nova vida às noites de Bawa – "Algumas semanas que lembraram aos emigrantes regressados os tempos passados lá fora, e fizeram com que os locais sonhassem com a ideia da emigração" (p. 120). Mas Amoda cansa daquele vai e vem e manter o aparelho, movido a pilhas, era caro. Inquieto, precisava de um novo projeto, que se realiza com a compra da máquina de costura – "Amoda sentia-se orgulhoso, consciente que abalava a vida da aldeia pela segunda vez" (p. 123). Sonhador, o pescador parece não viver em tempos de guerra, constrói seus próprios objetivos e luta para alcançá-los, sem se prender à memória de tempos difíceis. Amoda é um sopro de esperança para Bawa, primeiro trazendo sons, e depois cores – "[...] a máquina transformava o visual de Bawa de maneira mais duradoura, povoando o caminho de vestidos coloridos [...]" (p. 124). Mas a realidade não demora a atingi-lo – "[...] num dia normal de Fevereiro de 1986, sem aviso prévio, vieram buscar Amoda Xavier para o serviço militar" (p. 124) – e Amoda morre no terceiro ataque ao Zumbo (p. 244).

Apesar desses exemplos, daqueles que se distanciam das lembranças, a maioria das personagens em *As duas sombras do rio* passa por momentos de rememoração, como é o caso da personagem de Suzé Mantia, o caçador que trabalha para a comerciante Mama Mère – "Chegou-lhe às mãos ainda garoto – bom caçador, é certo, muito bom mesmo, mas um garoto. Foi ela que lhe ensinou a ser homem, a não fazer simplesmente as coisas que lhe mandavam mas a pensar pela sua própria cabeça" (p. 58). Ainda assim, o caso de Suzé de Mantia pode ser lido de forma diferente, já que não faz parte daquele grupo populacional que se desloca por causa da guerra. Por ser também miliciano, encontra-se em uma situação distinta, assim como a de seus companheiros de caça, João Bonifácio e Aniceto William – "A sua imunidade advém-lhes de não fazerem parte daquela relação entre invadidos e invasores. Não se mostram confundidos e assustados como os invadidos nem perfilham os propósitos dos invasores" (p. 75).

A personagem aparece inicialmente em três capítulos, "9. Mama Mère; 11. uma roda de soldado e mais três; 14. pedras mágicas e uma difícil entrega", nos quais são destacadas as suas atividades como caçador, as dificuldades causadas pelos ataques, mas, sobretudo, as suas habilidades para deslocar-se nos espaços cercados pelos dois grupos rivais. No entanto, no capítulo 21, intitulado "a última dança de um casal", a história individual de Suzé Mantia ganha um maior destaque, através de outra abordagem, a partir das suas memórias de infância e dos aprendizados que o tornaram um caçador e um miliciano tão valorizado – "[...] Suzé Mantia conhece a zona cinzenta, intermediária entre a ausência total dos cheiros e a presença esmagadora dos cheiros intensos, sabe quando estes últimos estão prestes a chegar e sabe-o com suficiente antecipação para poder actuar" (p. 126). Ao rememorar os ensinamentos do pai, Suzé Mantia permite ao leitor conhecer o sujeito que precede a figura do caçador –

> Mantia lembra-se de outras esperas há muito tempo, em Nanchege. Caçava com o pai, um velho bom e paciente que lhe ensinou esta difícil arte de esperar. Primeiro, com passarinhos e minúsculas armadilhas que surgiam, das suas grossas mãos de velho, belas e laboriosas como estruturas de catedrais. (p. 127)

Em breves sete páginas (tamanho total do capítulo), o leitor percorre uma trajetória que explicará os próprios caminhos escolhidos por Suzé Mantia – como o seu não alinhamento à FRELIMO. Sua memória é despertada pela espera necessária para realizar a caça, quando os cheiros que ele era capaz de sentir o fazem recuar no tempo, voltar à infância vivida em meio à guerra de independência. A rememoração de Suzé Mantia é narrada de forma breve, nas três páginas (127-130) que concentram a história da sua aprendizagem com o pai, sempre com um foco especial na paciência como trunfo para um caçador. Ao mesmo tempo em que se revelam os reais motivos que o afastaram de um envolvimento mais direto com o governo e com a guerra. É somente através das suas memórias que é possível inferir a existência de uma mágoa, explicada pelas sucessivas humilhações vivenciadas por seu pai, ainda no período da guerra de independência, acusado de ajudar os colonos:

> Estava-se no ano de 1973. E quando aquela [FRELIMO] chegou trouxe consigo uma acusação contra o velho Mantia:
>
> – És tu, velho, que transportas as milícias do colono para o Zumbo na tua almadia?
>
> – Não senhor. A almadia é minha mas só serve para pescar – (e para ensinar o meu filho a esperar, pensa agora Suzé, com saudade, que ele deveria ter dito se quisesse ser ainda mais verdadeiro).
>
> O chefe dos guerrilheiros mandou bater no velho e partir a almadia para que não restassem dúvidas. (p. 128)

Há, nas lembranças de Suzé Mantia, um misto de saudade e revolta. A imagem do pai, o homem sábio, responsável por tudo que ele aprendeu e hoje usa nas suas caças, mescla-se com outra imagem, a do pai já enfraquecido pela idade, sofrendo não apenas as agressões físicas, mas, principalmente, sendo desrespeitado diante do seu povo. No entanto, na memória do caçador, sobressai a imagem do pai que foi capaz de seguir em frente, mesmo que isso significasse fugir – "[...] pegou em tudo o que era seu e transportável, incluindo Suzé, a avó, a mulher e os outros filhos, e pôs-se a caminho de sítio nenhum" (p. 129). Assim, a história do velho Mantia, recuperada pela memória de seu filho, traz o exemplo dos deslocamentos anteriores à guerra civil, protagonizados por toda uma aldeia que, sendo atacada por soldados portugueses e por guerrilheiros, prefere escolher outro destino, partindo em direção ao Zumbo – "Seriam nove ao todo a partir assim desordenadamente, não fora o facto de o velho Mantia ser um pequeno chefe, com seguidores que acreditavam na sua falta de imaginação. E por isso foram perto de sessenta os que partiram [...]" (*ibidem*), para formar, junto ao povo Sagwati, o que seria a aldeia de Bawa.

A memória de Suzé Mantia não é uma memória cultivada, mas algo que se desperta pela situação em que se encontra na mata, e o leva a recuperar as lembranças da infância ao lado do pai. Ao recuar a esse momento da vida, especialmente a episódios bastante específicos, em que há, ao mesmo tempo, humilhação e superação, a personagem de Suzé reconstrói o seu próprio caminho. As suas lembranças evidenciam o lado da tradição que envolve a caça, aquele que precede o comércio do marfim. Com isso, apesar de o capítulo terminar com a cena da "carniceira tarefa de desprender o alvo e puro marfim daquela massa de lama raiada de vermelho vivo de sangue" (p. 132), é possível compreender a trajetória de Suzé Mantia, humanizada pela memória infantil. Apesar de, inicialmente, ser descrito apenas como um caçador competente, a história da sua infância abrirá espaço para um novo olhar sobre suas escolhas, que culminará na sua valorização, através do sentimento de patriotismo representado pela luta, juntamente com João Bonifácio e Aniceto William – "Lutou o trio com raiva, nessa guerra paralela à outra guerra mais formal, movido por uma certa forma de patriotismo, indignado com a presença dessa escória do estrangeiro na nossa terra, e sobretudo acicatado por um compreensível sentimento de propriedade" (161). Suzé Mantia, por fim, é quem defende o território de novos invasores – "[...] bandos armados de ruandenses e burundis, quenianos e ugandenses, bandos de indefinidas origens que surgiam vorazes e dispersos na planície em busca de presas de elefante, de cornos de rinoceronte, alheios e desprezando qualquer ordem ou moral" (160) –, ressaltando a existência de alguma ordem na atividade da caça – "Que diabo, se o marfim moçambicano tinha que ser de alguém que o fosse de moçambicanos!" (p. 161).

Os exemplos escolhidos, as pequenas lembranças que compõem os três romances, evidenciam, não só as memórias pessoais do casal da Guiné, de Aníbal ou de Suzé Mantia, ou até mesmo as tentativas de esquecimento de Amoda Xavier, representam segmentos menores que formam a memória coletiva do grupo do qual fazem parte,[7] como já afirmou Halbwachs, "A sucessão de lembranças, mesmo as mais pessoais, sempre se explica pelas mudanças que se produzem em nossas relações com os diversos ambientes coletivos [...]" (2006, p. 69). No entanto, ao confrontarmos esses mesmos exemplos – a relação entre o casal da Guiné e a fotografia que aos poucos se apaga; as lembranças de Aníbal, alimentadas pelo exílio na Caotinha; e, por fim, a trajetória de Suzé Mantia, que encontra seu sentido na memória da infância – percebemos como os contextos em que essas memórias estão inseridas, e foram construídas, impedem que haja uma coesão entre as memórias individuais e as coletivas. A falta de um sentimento de pertença – não necessariamente formulado de igual modo – está presente nos três casos. O casal da Guiné sente que não pertence a parte alguma e está inserido muito mais em uma categoria do que em um grupo. Aníbal opta pelo isolamento, justamente por não ter mais afinidades ideológicas com a geração que fez a independência e da qual fez parte. Já Suzé Mantia, apesar de pertencer ao grupo que fundou a aldeia de

7 É interesse observar que, apesar de os três romances confrontarem a memória oficial, propondo uma nova leitura dos acontecimentos em torno das guerras através dessas pequenas memórias, percebe-se uma ausência das vozes femininas. Isso está claro na relação entre o casal da Guiné, no qual não há individualização dos sujeitos, além de o discurso da memória pertencer ao marido, que salienta a todo momento o envelhecimento da mulher. Do mesmo modo, no diálogo entre Aníbal e Sara, cabe ao homem a memória da guerra, assim como o julgamento do passar dos anos no corpo da mulher. No caso de Amoda Xavier, sua esposa, Maria Isabel, aparece apenas como uma coadjuvante, aceitando os desejos e sonhos do marido, mesmo sendo ela a responsável por receber os que queriam ouvir o rádio, e por manusear a máquina de costura. Também não há sequer uma referência sobre a mãe de Suzé Mantia, nem no momento da fuga organizada por seu pai. Tais exemplos evidenciam, desse modo, a permanência de um discurso centrado nas figuras masculinas, responsáveis, em alguns momentos, não só pelas suas próprias memórias, como também pela narração das memórias femininas.

Bawa, mostra-se distanciado das disputas atuais, não pertencendo ao exército da FRELIMO e defendendo seus interesses, mesmo quando seu discurso ganha um tom patriótico.

Nesse sentido, se voltarmos às reflexões de Halbwachs sobre a memória coletiva – "Cada um dos grupos tem uma história. [...] na memória, as semelhanças passam para o primeiro plano. No momento em que examina seu passado, o grupo nota que continua o mesmo e toma consciência de sua identidade através do tempo" (*idem*, p. 108) – perceberemos o quanto a memória dos grupos em questão é afetada pelas guerras e pelas suas consequentes migrações. Portanto, não são as semelhanças, dentre as lembranças, que se destacam. Por pensar assim, voltamos a nossa epígrafe, também de Halbwachs. Afinal, os graves acontecimentos pelos quais passaram os grupos representados nos três romances deixam evidente que a memória coletiva não pode ser a mesma, assim como os grupos também não o são. Desse modo, nossos exemplos mostram a um só tempo a diferença existente entre as memórias individuais, as memórias coletivas e, de forma ainda mais abrangente, as limitações das memórias ditas oficiais.

Conclusão

E logo adiante da fronteira entre "nós" e os "outros" está o perigoso território do não-pertencer.

Edward Said[1]

O percurso proposto pela análise agora apresentada consistiu em uma leitura comparativa dos romances *As* naus, de António Lobo Antunes, *A geração da* utopia, de Pepetela, e *As duas sombras do rio*, de João Paulo Borges Coelho. No entanto, para além da análise das três obras literárias, nosso interesse também se voltou para os três espaços de produção dessas narrativas, espaços estes cindidos pela memória colonial e pelas guerras que marcaram a segunda metade do século XX. Enquanto Portugal luta para manter seu *status* de império, mesmo que isso signifique mais uma construção discursiva do que um símbolo de poder, Angola e Moçambique desafiam "cinco séculos" de colonização e buscam suas independências. Enquanto um perde a guerra, os outros dois alcançam a meta da liberdade. Todavia, am-

1 SAID, Edward. *Reflexões sobre o exílio e outros ensaios*. Tradução: Pedro Maia Soares. São Paulo: Companhia das letras, 2003, p. 50.

bos se deparam com o desencanto. O reencontro diante do espelho, a imagem de si, evidencia a necessidade de reestruturar as bases das três nações.

Portanto, o caminho da nossa tese foi traçado, tendo como base os preceitos da Literatura Comparada, que indicam não só a análise de obras literárias para além das fronteiras de um único país, como também a sua relação com outros campos do conhecimento. Por esse motivo, a escolha desses três romances também foi a escolha de três territórios, ligados por um passado em comum, e a necessidade de reler suas histórias recentes através da ficcionalização problematizadora de Lobo Antunes, Pepetela e João Paulo Borges Coelho.

Assim, esta pesquisa surge da necessidade de compreendermos como os vários tipos de deslocamentos oriundos dos processos de colonização e descolonização que envolvem os três espaços representados nos romances, proporcionam uma revisão das histórias oficiais recentes construídas após as independências das colônias portuguesas, especialmente Angola e Moçambique. Por este motivo, a epígrafe de Edward Said significa identificar, nesses deslocamentos, não só as várias fronteiras possíveis de contato entre o "eu" e o "outro", como também os diversos "eus" que farão parte da nova cena pós-independência. Notamos ainda que, além dos territórios como os conhecemos, marcados por suas linhas fronteiriças bem delimitadas, os deslocamentos nos apresentam um território desconhecido, no qual culturas e identidades várias se cruzam, abrindo espaço para o perigoso caminho do não pertencimento.

Esse novo território que será ocupado por milhares de pessoas pode-se apresentar de maneira ambígua, ou seja, pode ser um refúgio ou uma nova prisão. No entanto, a experiência do deslocamento, motivado por diversas razões, quase sempre é traumática. No caso das experiências identificadas nos romances *As naus*, *A geração da utopia* e *As duas sombras do rio* podemos afirmar que esses movimentos migratórios são causadores de grandes traumas, individuais e coletivos. Assim, corroboramos os questionamentos de Edward Said sobre a migração e o exílio em contextos de guerra, quando diz que: "Negociações, guerras de libertação nacional, gente arrancada de suas casas e levada às cutucadas, de ônibus ou a pé, para enclaves em outras regiões: o que essas experiências significam? Não são elas, quase que por essência, irrecuperáveis?" (SAID, 2003, p. 49).

Lobo Antunes, não só em *As naus*, mas em vários de seus romances, problematiza o destino português a partir da fissura de um passado que, a cada novo momento de crise, ressurge com a sua aura redentora, reconfigurando a história do momento presente de maneira que o legado das grandes "descobertas" (legado de opressão a outros povos), do Portugal que já foi do "Minho ao Timor", seja sempre reafirmado. Assim, o império que se consolida com a imposição da língua, da religião, da cultura, se desfaz no momento em que o regresso é agora imposto pelo "outro" que se quer "eu". *As* naus, ao trazer o choque desse passado discursivamente grandioso com o retorno de milhares de portugueses apequenados pelas independências das colônias africanas, evidencia o quanto o apego a uma tradição inútil pode afetar os caminhos para novos tempos. Os retornados, símbolos da derrota maior, ainda são apagados pelas narrativas da expansão e da conquista de outros povos, assim como, na narrativa da guerra colonial perdem lugar para a grandiosa (mais uma vez) Revolução dos Cravos. Por isso, a obra de Lobo Antunes se faz tão importante, pois retira do silêncio e do apagamento a imagem mais clara do fim do império português. *As naus* demonstra que de nada adianta recuperar a imagem desgastada de Vasco da Gama, Pedro Álvares Cabral, Dom Manoel, entre outros, enquanto houver um casal da Guiné ou enquanto uma mulata ainda precisar vender o seu corpo para sobreviver.

Por outro lado, Pepetela, que também problematiza a formação de Angola como nação em vários romances, em *A geração da utopia* percorre todo o caminho de construção da liberdade, desde a sua fomentação teórica, na Casa dos Estudantes do Império, até a luta contra aquele que representava o seu maior empecilho, o colonizador. Diferente do que encontramos em Lobo Antunes, a crítica a um passado inútil recuperado exaustivamente, Pepetela busca, na rememoração dos anos de guerra as personagens que realizaram o sonho da independência de Angola, apesar de também ressaltar os elementos contraditórios desse processo que mais tarde resultaria no fraccionismo. De certo modo, a utopia da liberdade é alcançada com a expulsão do colonizador, para logo em seguida afastar-se novamente, deixando evidente que a independência plena dependia de outros fatores, que envolviam componentes externos e internos. Portanto, o retorno da geração da CEI, em momentos diferentes da história de Angola, alguns ainda durante a guerra e outros somente após a independência, vai aos poucos demonstrando como os desejos individuais, como os de Vítor, Malongo e Elias, se sobrepõem aos sonhos coletivos, representados pelo posicionamento ideológico de Sara e Aníbal.

Já em *As duas sombras do rio*, Borges Coelho, apesar de focalizar o tempo da guerra civil, não deixa de evidenciar a herança deixada pelo período colonial. Embora a narração concentre-se em um passado ainda recente, a década de oitenta do século passado, o narrador se utiliza constantemente da memória histórica para relembrar personagens e momentos da colonização que refletem as consequências sentidas no pós-independência. A divisão inicialmente geográfica, marcada pela localização do rio Zambeze, será intensificada pela presença de agentes externos, não só portugueses, criando uma cisão entre o norte e o sul do país, cisão esta que será mantida mesmo após a libertação do jugo colonial. Enquanto Leónidas Ntsato tenta compreender o seu entre-lugar, metaforizado pela ilha Cacessemo, os moradores da Região do Zumbo são obrigados a partir, em várias direções, descobrindo a cada dia – e a cada ataque do inimigo – que a independência não se faz apenas com a expulsão do colonizador. Desse modo, os trânsitos apresentados por Borges Coelho marcam também a distopia diante de uma liberdade que não se fez de forma plena, sendo constantemente cerceada pela necessidade de migrar.

Os três autores em seus percursos, e não apenas nas obras aqui trabalhadas, problematizam a construção homogeneizada da história de seus países, ao contrapor o discurso ficcional ao oficial, criando dúvidas sobre uma verdade dada como única e inquestionável. Por isso, o papel da memória, do confronto entre as memórias coletivas, não é visto apenas como uma referência/reverência ao passado ou ao que guardamos ou lembramos dele. A memória, nos três romances, funciona como ferramenta para que o passado chegue ao presente de forma eficaz e proveitosa, ressaltando a sua própria importância como elemento contestador, que desconstrói um pretenso discurso totalizante. Assim, *As naus*, *A geração da utopia* e *As duas sombras do rio*, através do recontar dessas experiências migratórias ligadas ao fim do colonialismo português em África, proporcionam uma nova forma de pensar esse processo, apesar do desencanto que apresentam.

O sentimento que moveu esta pesquisa foi, principalmente, o pensar a existência de tantos outros deslocamentos que ocorrem por todo o globo. Voltar após uma experiência frustrada, sair em busca de realizações e sonhar com o regresso ou partir desejando ficar são movimentos históricos e, infelizmente, em alguns casos, constantes, contínuos. Aqui, analisamos, através dos romances, três contextos interligados por uma longa história de opressão iniciada pela expansão marítima portuguesa. No entanto, a grande questão é que essas migrações não são exclusividade desse período ou desses espaços, são histórias diárias que atingem milhões de pessoas, mas que continuam quase invisíveis, por não trazerem em si as marcas externas dos grandes conflitos, nem as da narração dos grandes feitos.

Nesse sentido, recuperamos aqui a epígrafe com a qual iniciamos nossa tese, lembrando as palavras de Pierre Nora sobre a história contemporânea que fere e faz sangrar, pois apresenta à sociedade um espelho no qual a imagem é distinta daquela desejada. Assim são os romances de António Lobo Antunes, Pepetela e João Paulo Borges Coelho, três narrativas que confrontam imagens pré-existentes, que proporcionam aos seus leitores caminhos outros e os fazem questionar as verdades absolutas, levando-os à compreensão da complexidade das relações sociais e políticas, especialmente em contextos de exceção como é o caso das guerras.

Portanto, encerramos nossa tese evocando a prece de Frantz Fanon em *Pele negra, máscaras brancas* (2008, p. 191), na esperança de que a literatura seja sempre um espaço de indagação, permitindo aos seus leitores ir além da construção ficcional, para que possam atingir "a dimensão aberta da consciência" de que falou Fanon: *Ao fim deste trabalho, gostaríamos que as pessoas sintam, como nós, a dimensão aberta da consciência. Minha última prece: Ô meu corpo, faça sempre de mim um homem que questiona.*

Bibliografia

Corpus literário

ANTUNES, António Lobo. *As naus*. Lisboa: Publicações Dom Quixote, 1990.

BORGES COELHO, João Paulo. *As duas sombras do rio*. Lisboa: Caminho, 2003.

PEPETELA. A Geração da Utopia. *Rio de Janeiro: Nova Fronteira, 2000.*

Documentários

BARRETO, António; PONTES, Joana. "Nós e os outros, uma sociedade plural". *In: Portugal, um retrato social*. Lisboa: RTP; Público, 2007. 1 DVD (67 min.)

SIMÕES, Rui. *Deus, pátria, autoridade*. Lisboa: Real Ficção, 1975. 1 DVD (110 min.)

Obras teórico-críticas

ABDALA JR., Benjamim. *Fronteiras múltiplas, identidades plurais*:

um ensaio sobre mestiçagem e hibridismo cultural. São Paulo: SENAC-SP, 2002.

ABDALA JR., Benjamim. *De vôos e ilhas* – literatura e comunitarismo. São Paulo: Ateliê Editorial, 2003.

AGUESSY, Honorat et al. *Introdução à cultura africana.* Tradução: Emanuel L. Godinho. Lisboa: Edições 70, 1977.

ALBUQUERQUE, Carlos. *Angola – a cultura do medo.* Lisboa: Livros do Brasil, 2002.

ANDRINGA, Diana. "A África em nós" (prefácio). *In:* ADAMOPOULOS, Sarah. *Voltar – memória do colonialismo e da descolonização.* Lisboa: Grupo Planeta, 2012, p. 11- 16.

ANTUNES, António Lobo. *D'este viver aqui neste papel descripto* – cartas de guerra. Lisboa: Dom Quixote, 2005.

APPIAH, Kwame Anthony. *Na casa de meu pai*: a África na filosofia da cultura. Tradução: Vera Ribeiro Rio de Janeiro: Contraponto, 1997.

ARNAUT, Ana Paula. *António Lobo Antunes.* Lisboa: Edições 70, 2009.

ASHCROFT, Bill; GRIFFITHS, Gareth; TIFFIN, Helen. *The Empire writes back.* London/New York: Routledge, 2002.

ASHCROFT, Bill; GRIFFITHS, Gareth; TIFFIN, Helen. *Post-colonial studies* – the key concepts. London/New York: Routledge, 2007.

BENJAMIN, Walter. 1994. *Magia e técnica, arte e política*: ensaios sobre literatura e história da cultura. Tradução: Sergio Paulo Rouanet. São Paulo: Brasiliense, 1994.

BHABHA, Homi. *O local da cultura.* Trad. Myriam Ávila *et alii.* Belo Horizonte: UFMG, 1998.

BITTENCOURT, Marcelo. "Revisitando a crise angolana". *In:* II Reunião Internacional de História da África (RIHA), 1996, p. 147-151.

BITTENCOURT, Marcelo. "Angola: intelectuais e luta pela independência". *In: Anais do X Encontro Regional de História – ANPUH-RJ.* História e biografias. Rio de Janeiro: UERJ, 2002, p. 1-15.

BITTENCOURT, Marcelo. *Dos jornais às armas. Trajectórias da contestação angolana.* Lisboa: Vega Editora, 1999.

BITTENCOURT, Marcelo. "A história contemporânea de Angola: seus achados e suas armadilhas". *In: Construindo o passado angolano:* as fontes e a sua interpretação. Actas do II Seminário Internacional sobre a história de Angola (agosto de 1997). Luanda: Comissão Nacional para as Comemorações dos Descobrimentos Portugueses, 2000, p. 161-185.

BITTENCOURT, Marcelo. "História e independência de Angola: caminhos para o futuro". *In:* ZENGO, Zakeu A.; VAN-DÚNEM, José Octávio Serra. *Angola. Caminhos e perspectivas para o progresso cultural, social e econômico sustentável.* Rio de Janeiro: Nzila/UERJ, 2007, p. 13-23.

BITTENCOURT, Marcelo. "A criação do MPLA". *In: Estudos Afro-Asiáticos.* Número 32. Rio de Janeiro: CEAA/UCAM, 2007, p. 185-208.

BLANCO, Maria Luísa. *Conversas com Antonio Lobo Antunes.* Trad. Carlos Aboim de Brito. Lisboa: Dom Quixote, 2002.

BOAHEN, Albert Abu. *História Geral da África, VII.* África sob dominação colonial, 1880-1935. Tradução: Brasília: UNESCO, 2010.

BOAVIDA, Américo. *Angola: cinco séculos de exploração portuguesa.* Luanda: UEA, 1981.

BOEHMER, Elleke. *Colonial and Postcolonial Literature.* Migrant Methaphors. Oxford/New York: Oxford University Press, 1995.

BORGES COELHO, João Paulo. *O início da luta armada em Tete, 1968-1969:* a primeira fase da guerra e a reacção colonial. Maputo: Arquivo Histórico de Moçambique / Núcleo Editorial da Universidade Eduardo Mondlane, 1989.

BORGES COELHO, João Paulo. *Entrevista*. Em agosto de 2006. Disponível em: macua.blogs.com/mocambique_para_todos/files/joo_paulo_borges_coelho_entrevista.doc (Acesso em maio de 2007)

BORGES COELHO, João Paulo. É através de Moçambique que eu vejo o mundo. Em abril de 2006a. Disponível em: macua.blogs.com/moambique_para_todos/files/joo_paulo_borges_coelho.doc (Acesso em maio de 2007)

BORGES COELHO, João Paulo. "Da Violência Colonial Ordenada à Ordem Pós-Colonial Violenta: Sobre um Legado das Guerras Coloniais nas Ex-Colónias Portuguesas", in *Lusotopie: Violences et Controle de la Violence au Bresil, en Afrique ET a Goa*, Paris: Karthala, 2003, p. 175-193.

BORGES COELHO, João Paulo. "A «Literatura Quantitativa» e a interpretação do conflito armado em Moçambique (1976-1992). *In:* RODRIGUES, Cristina Udelsmann; COSTA, Ana Bénard da. *Pobreza e Paz nos PALOP*, Lisboa: Sextante Editora, 2009. Disponível em: http://www.ces.uc.pt/estilhacos_do_imperio/comprometidos/media/Mo%C3%A7ambique%20e%20a%20LQ%20pdf%20%282%29.pdf

BOSI, Ecléa. *Memória e sociedade* – lembranças de velhos. São Paulo: Companhia das Letras, 2004.

BOXER, Charles R. *O império marítimo português 1415-1825*. Rio de Janeiro: Edições 70, 1969.

BURKE, Peter. "História como memória social". *In: Variedades de história cultural*. Rio de Janeiro: Civilização Brasileira, 2000, p. 67-90.

CABAÇO, José Luís. *Moçambique: identidade, colonialismo e libertação*. São Paulo: Editora UNESP, 2009.

CABRAL, Amílcar. *Guiné-Bissau – Nação africana forjada na luta*. Lisboa: Nova Aurora, 1974.

CABRAL, Amílcar. *Documentário* (textos políticos e culturais). Lisboa: Cotovia, 2008.

CABRAL, João de Pina. "Crises de fraternidade: literatura e etnicidade no Moçambique pós-colonial". *In: Horizontes antropológicos*. Porto Alegre, volume 11, número 24, Julho/Dezembro de 2005. Disponível em: http://www.scielo.br/scielo.php?script=sci_arttext&pid=S0104-71832005000200011. Acesso em 20 de dezembro de 2007.

CADORNEGA, António de Oliveira de. *História Geral das Guerras Angolanas*. 1680-1681. (Anotado e corrigido por José Matias Delgado). Lisboa: Agência Geral do Ultramar, 1972. 3 Tomos.

CASTELO, Cláudia. *Passagens para África:* o povoamento de Angola e Moçambique com naturais da Metrópole (1920-1974). Porto: Edições Afrontamento, 2007.

CHABAL, Patrick. *Vozes moçambicanas:* literatura e nacionalidade. Lisboa: Vega, 1994.

CHAVES, Rita. *A formação do romance angolano*. São Paulo: Via Atlântica, 1999.

CHAVES, Rita. *Angola e Moçambique* – Experiência colonial e territórios literários. Cotia, SP: Ateliê Editorial, 2005.

CHAVES, Rita. Notas sobre a Ficção e a História em João Paulo Borges Coelho. *In:* RIBEIRO, Margarida Calafate; MENESES, Maria Paula. *Moçambique: das palavras escritas*. Porto: Afrontamento, 2008, p. 187-198.

CHAVES, Rita. Entrevista com João Paulo Borges Coelho. Revista Via Atlântica, número 16. São Paulo: Via Atlântica, 2009, p. 151-166.

CHAVES, Rita; MACÊDO, Tania (orgs). *Portanto...Pepetela*. Luanda: Edições Chá de Caxinde, 2002.

CHAVES, Rita; MACÊDO, Tania (orgs). *Marcas da diferença* – as literaturas africanas de língua portuguesa. São Paulo: Alameda, 2006.

CHAVES, Rita; MACÊDO, Tania (orgs). Coleção *Literaturas de Língua Portuguesa* - Marcos e Marcas. Angola. São Paulo: Arte e ciência, 2008.

CHAVES, Rita; MACÊDO, Tania; VECCHIA, Rejane (orgs). *A kinda e a missanga* - encontros brasileiros com a literatura angolana. São Paulo: Cultura Acadêmica; Luanda: Editorial Nzila, 2007.

COUTO, Mia. *Pensatempos* - textos de opinião. Lisboa: Editorial Caminho, 2005.

CUNHA, Silva. *O ultramar, a nação e o "25 de abril"*. Coimbra: Atlântida Editora, 1977.

ERVEDOSA, Carlos. *Era no tempo das acácias floridas*. Lisboa: ALAC, 1990.

FANON, Frantz. *Os condenados da terra*. Tradução: José Laurênio de Melo. Rio de Janeiro: Editora Civilização Brasileira, 1968.

FANON, Frantz. *Peau noire, masques blancs*. Paris: Éditions du Seuil, 1971.

FARIA, António. *Linha estreita da liberdade:* A Casa dos Estudantes do Império. Lisboa: Edições Colibri, 1997.

FERRO, Marc. *História das colonizações: das conquistas* às independências, séculos XIII a XX. Trad. Rosa Freire D'Aguiar. São Paulo: Companhia das Letras, 1996.

FIGUEIREDO, Leonor. *Ficheiros secretos da descolonização de Angola*. Lisboa: Alêtheia Editores, 2009.

FRY, Peter (org). *Moçambique* - ensaios. Rio de Janeiro: Editora UFRJ, 2001.

GALEANO, Eduardo. *As palavras andantes*. Trad. Eric Nepomuceno. 4ª. ed. Porto Alegre: L&PM, 1994.

GARCIA, Francisco Proença. *Guerras e campanhas militares da história de Portugal – A guerra de Moçambique, 1961-1974*. Matosinhos: Quidnovi, 2010.

GARCIA, Rita. *S.O.S. Angola:* os dias da ponte aérea. Alfragide: Oficina do livro, 2011.

GEFFRAY, Christian. *A causa das armas*. Antropologia da guerra contemporânea em Moçambique. Tradução: Adelaide Odete Ferreira. Porto: Edições Afrontamento, 1991.

GIL, José. *Portugal, hoje: o medo de existir.* Lisboa: Relógio d´água, 2008.

GINZBURG, Carlo. *A micro-história e outros ensaios*. Tradução: António Narino. Lisboa: Difel, 1991.

GINZBURG, Carlo. 2007. *O fio e os rastros. Verdadeiro, falso, fictício.* Tradução de Rosa Freire d'Aguiar e Eduardo Brandão. São Paulo: Companhia das Letras, 2007.

GUERRA, João Paulo. *Descolonização portuguesa, o regresso das caravelas*. Alfragide: Oficina do livro, 2009.

HALL, Stuart. *A Identidade cultural na pós-modernidade*. Tradução: Tomaz Tadeu da Silva e Guaracira Lopes Louro. Rio de Janeiro: DP&A Editora, 1997.

HALL, Stuart. *Da diáspora: identidades e mediações culturais.* Tradução: Adelaine La Guardia Resende; Ana Carolina Escosteguy; Cláudia Álvares; Francisco Rüdiger; Sayonara Amaral. Belo Horizonte: Editora UFMG, 2006.

HALBWACHS, Maurice. *A memória coletiva*. Tradução: Beatriz Sidou. São Paulo: Centauro Editora, 2006.

HAMILTON, Russel G. "A literatura dos PALOP e a Teoria Pós-colonial". *In: Via Atlântica*. São Paulo, número 3, dezembro de 1999. Disponível em: http://www.fflch.usp.br/dlcv/posgraduacao/ecl/pdf/via03/via03_02.pdf. Acesso em 15 de setembro de 2007.

HISSA, Cássio Eduardo Viana. *A mobilidade das fronteiras:* inserções da geografia na crise da modernidade. Belo Horizonte: UFMG, 2002.

HUTCHEON, Linda. *Poética do pós-modernismo*: história, teoria, ficção. Tradução: Ricardo Cruz. Rio de Janeiro: Imago, 1991.

HUYSSEN, Andreas. *Seduzidos pela memória:* arquitetura, monumento, mídia. Rio de Janeiro: Aeroplano, 2000.

JORGE, Sílvio Renato. *Sobre mulheres e estrangeiro*: alguns romances de Olga Gonçalves. Niterói: EDUFF, 2009.

KI-ZERBO, Joseph. *Para quando África?* Entrevista com René Holenstein. Tradução: Carlos Aboim de Brito. Porto: Campos das Letras: 2006.

LABAN, Michel. *Angola - encontro com escritores* (volumes I e II). Porto: Fundação Eng. António de Almeida, 1998.

LARANJEIRA, Pires. *De letra em riste*: identidade, autonomia e outras questões da literatura de Angola, Cabo Verde, Moçambique e S. Tomé e Príncipe. Porto: Afrontamento, 1992.

LARANJEIRA, Pires. *Literaturas Africanas de Expressão Portuguesa.* Lisboa: Universidade Aberta, 1995.

LARANJEIRA, Pires. "Uma Casa de mensagens anti-imperiais". In: *Ensaios Afro Literários*. Lisboa: Novo Imbondeiro, 2005, p. 125-145.

LEÃO, Ângela Vaz (org). *Contatos e Ressonâncias*: literaturas africanas de língua portuguesa. Belo Horizonte: Editora PUC Minas, 2003.

LE GOFF, Jacques. *História e memória.* Tradução: Bernardo Leitão e Irene Ferreira. Campinas: UNICAMP, 1990.

LEITE, Ana Mafalda. *Literaturas africanas e formulações pós-coloniais*. Lisboa: Edições Colibri, 2003.

LOURENÇO, Eduardo. *A nau de Ícaro e Imagem e miragem da lusofonia*. São Paulo: Companhia das Letras, 2001.

LOURENÇO, Eduardo. "Divagação em torno de Lobo Antunes". In: CABRAL, Eunice; JORGE, Carlos J. F. e ZURBACH, Christiane (org.). *A escrita e o mundo em António Lobo Antunes*. Actas do Colóquio Internacional da Universidade de Évora. Lisboa: Dom Quixote, 2003, p. 347-355.

LOURENÇO, Eduardo. *O labirinto da saudade*. Lisboa: Gradiva, 2009.

LOURENÇO, Vitor Alexandre. *Moçambique: memórias sociais de ontem, dilemas políticos de hoje*. Lisboa: Gerpress, 2010.

MACÊDO, Tania. *Angola e Brasil* – estudos comparados. São Paulo: Arte e Ciência, 2002, (Coleção Via Atlântica).

MACHADO, Francisco José Vieira. "Visita do Sr. Ministro das Colónias à Casa dos Estudantes de Angola". *In: Boletim Geral das Colónias*, n.º 229, Jul. 1944.

MACQUEEN, Norrie. *A Descolonização da África Portuguesa*. A Revolução Metropolitana e a Dissolução do Império. Lisboa: Editorial Inquérito, 1998.

MANHEIM, Karl. *Ideologia e utopia*. Tradução: Sérgio Magalhães Santeiro. Rio de Janeiro: Guanabara, 1986.

MARGARIDO, Alfredo. *Estudos sobre literaturas das nações africanas de língua portuguesa*. Lisboa: A regra do jogo, 1980.

MARINHO, Maria de Fátima. *O Romance Histórico em Portugal*. Porto: Campo das Letras, 1999.

MATA, Inocência. *Pepetela e as (novas) margens da nação angolana*. Disponível em: http://www.pucrs.br/ail/mata01.htm. Acesso em: 28 de outubro de 2005.

MATA, Inocência. *Literatura angolana*: silêncios e falas de uma voz inquieta. Lisboa: MarAlém / Luanda: Kilombelombe, 2001.

MATA, Inocência. "A crítica literária africana e a teoria pós-colonial: um modismo ou uma exigência?" *In*: *Ipotesi* – Revista de Estudos Literários, v. 10, n. 1, janeiro/junho de 2006, n. 2, julho/ dezembro de 2006. Juiz de Fora: Editora UFJF, 2006, pp. 33-44.

MATA, Inocência. *Laços de memória e outros ensaios sobre literatura angolana*. Luanda: União dos escritores angolanos, 2006a.

MAZRUI, Ali A.; WONDJI, Christophe (editores). *História geral da África, VIII:* África desde 1935. Tradução: Brasília: UNESCO, 2010.

MEMMI, Albert. *Retrato do colonizado precedido pelo retrato do colonizador.* Tradução: Roland Corbisier e Mariza Pinto Coelho. Rio de Janeiro: Paz e Terra, 1967.

MIGNOLO, Walter. "La razón postcolonial: herencias coloniales y teorías postcoloniales". In: *Revista Gragoatá*. Número 1 – A condição pós-colonial. Niterói: EDUFF, 1996, p. 7-29.

MOURÃO, Fernando Augusto Alburquerque. *A sociedade angolana através da literatura*. São Paulo: Ática, 1978.

NEGRI, Toni. *Exílio seguido de valor e afeto*. Tradução: Renata Cordeiro. São Paulo: Editora Iluminuras, 2001.

NERY, Sebastião. *Portugal: um salto no escuro*. Rio de Janeiro: Francisco Alves Editora, 1975.

NOA, Francisco. *Império, mito e miopia*: Moçambique como invenção literária. Lisboa: Editora Caminho, 2002.

NORA, Pierre. O acontecimento e o historiador do presente. *In*: LE GOFF, Jacques; LADURIE, Le Roy; DUBY, Georges e outros. *A nova história*. Tradução: Ana Maria Bessa. Lisboa: Edições 70, 1984, p. 45-55.

NOVINSKY, Anita. *Cristãos novos na Bahia*. São Paulo: Perspectiva, 1972.

PACHECO, Carlos. *Repensar Angola*. Lisboa: Vega, 2000.

PADILHA, Laura Cavalcante (org). *Anais do I Encontro de Literaturas Africanas de Língua Portuguesa*. Niterói, 1º a 4 de outubro de 1991. Niterói: Imprensa Universitária da UFF, 1995.

PADILHA, Laura. *Entre voz e letra* – o lugar da ancestralidade na ficção angolana do século XX. Niterói, Rio de Janeiro: EDUFF, 1995.

PADILHA, Laura. *Novos pactos, outras ficções*: ensaios sobre literaturas afro-luso-brasileiras. Porto Alegre: EDIPUCRS, 2002.

PÉLISSIER, René. "Não se pode falar em 'Cinco séculos de colonização' portuguesa em África. Isso seria uma burla!". Entrevista concedida ao Jornal @Verdade, em 13 de Agosto de 2010. Disponível em: http://verdade.co.mz/tema-de-fundo/35--themadefundo/13231-nao-se-pode-falar-de-cinco-seculos--de-colonizacao-portuguesa-em-africa-isso-seria-uma-burla . Acesso em: 26 de outubro de 2010.

PESSOA, Fernando. *Ultimatum e páginas de sociologia política*. Lisboa: Ática, 1980.

POLLAK, Michael. "Memória, esquecimento, silêncio". In: *Estudos Históricos*. Tradução: Dora Rocha Flaksman. Rio de Janeiro, vol. 2, n. 3, 1989, p. 3-15.

QUENTAL, Antero. "Causas da decadência dos povos peninsulares nos últimos três séculos" *In: Textos doutrinários e correspondência*. Lisboa: Círculo de Leitores, 1987, p. 178 – 219.

QUERIDO, Jorge. 1997. "O 'espírito' da CEI". *In: Mensagem* (número especial). Lisboa: ALAC, 1997.

RIBEIRO, Margarida Calafate. *Uma história de regressos:* império, guerra colonial e pós-colonialismo. Porto: Edições Afrontamento, 2004.

RIBEIRO, Margarida Calafate; MENESES, Maria Paula (orgs). *Moçambique: das palavras escritas*. Porto: Edições Afrontamento, 2008.

RICOUER, Paul. *Interpretação e ideologias.* Tradução: Hilton Japiassu. Rio de Janeiro: Francisco Alves, 1990.

ROSÁRIO, Lourenço do. *Moçambique: história, culturas, sociedade e literatura.* Belo Horizonte: Nandyala, 2010.

ROSAS, Fernando. O salazarismo e o homem novo: ensaio sobre o Estado Novo e a questão do totalitarismo. *Análise Social,* vol. XXXV (157), 2001, 1031-1054. Disponível em: http://analisesocial.ics.ul.pt/documentos/1218725377D6jFO4wy1Oi67NG6.pdf

RUI, Manuel. "Eu e o outro – O Invasor ou em poucas três linhas uma maneira de pensar o texto". In: MEDINA, Cremilda. *Sonha Mamana África.* São Paulo, Edições Epopéia, 1987, pp. 308-310.

SAID, Edward. *Reflexões sobre o exílio e outros ensaios.* Tradução: Pedro Maia Soares. São Paulo: Companhia das letras, 2003.

SAID, Edward. *Orientalismo*: o Oriente como invenção do Ocidente. Tradução: Rosaura Eichenberg. São Paulo: Companhia das Letras, 2007.

SAID, Edward. *Cultura e Imperialismo.* Tradução: Denise Bottmann. São Paulo: Companhia das Letras, 2011.

SALAZAR, António Oliveira. *O pensamento de Salazar.* Lisboa: Secretariado Nacional de Informação, 1963.

SALGADO, Maria Teresa e SEPÚLVEDA, Maria do Carmo (orgs). *África & Brasil:* Letras em Laços. Rio de Janeiro: Editora Atlântica, 2000.

SANCHES, Manuela Ribeiro (org.). *Deslocalizar a "Europa",* Antropologia, Arte, Literatura e História na Pós-colonialidade. Lisboa: Cotovia, 2005, pp. 43-61.

SANTOS, Boaventura de Sousa. *Do pós-moderno ao pós-colonial. E para além de um e outro.* Conferência de Abertura do VIII Congresso Luso-Afro-Brasileiro de Ciências Sociais, realizado em Coimbra, de 16 a 18 de setembro de 2004.

SANTOS, Boaventura de Sousa. *Pela mão de Alice:* o social e o político na pós-modernidade. *São Paulo: Cortez Editora, 2008.*

SARLO, Beatriz. Tempo passado*: cultura da memória e guinada subjetiva. Tradução: Rosa Freire D'Aguiar. São Paulo: Companhia das Letras; Belo Horizonte: UFMG, 2007.*

SECCO, Carmem Lucia. *A magia das letras africanas*: ensaios escolhidos sobre as literaturas de Angola, Moçambique e alguns outros diálogos. Rio de Janeiro: ABE Graph Editora/Barroso Produções Editoriais, 2003.

SECCO, Carmen Tindó; SEPÚLVEDA, Maria do Carmo; SALGADO, Maria Teresa (orgs). África &Brasil: letras em laços (volume 2). São Caetano do Sul, SP: Yendis Editora, 2010.

SEIXO, Maria Alzira. *Outros erros* – ensaios de literatura. Porto: Edições ASA, 2001.

SEIXO, Maria Alzira. *Os romances de António Lobo Antunes*. Lisboa: Dom Quixote, 2002.

SEIXO, Maria Alzira (dir.). *Dicionário da obra de António Lobo Antunes* (Volumes 1 e 2). Lisboa: Imprensa Nacional-Casa da Moeda, 2008.

SELIGMANN-SILVA, Márcio. *O local da diferença*. Ensaios sobre memória, arte, literatura e tradição. São Paulo: Editora 34, 2005.

SHARPE, Jim. "A história vista de baixo". In: BURKE, Peter (org.). *A escrita da história* – novas perspectivas. Tradução: Magda Lopes. São Paulo: UNESP, 1922, p. 39-62.

SOUTO, Amélia Neves de. *Caetano e o ocaso do "Império"*: administração e guerra colonial em Moçambique durante o Marcelismo (1968-1974). Porto: Edições Afrontamento, 2007.

SZARCHI, Jerzy. *As utopias*. Tradução: Rubem Cézar Fernandes. Rio de Janeiro: Paz e Terra, 1972.

TEIXEIRA, Rui de Azevedo. *Guerras e campanhas militares da história de Portugal - A guerra de Angola, 1961-1974*. Matosinhos: Quidnovi, 2010.

TODOROV, Tzvetan. *Memória do mal, tentação do bem* - indagações sobre o século XX. Tradução: Joana Angélica D'Avila. São Paulo: ARX, 2002.

VECCHI, Roberto. *Excepção atlântica. Pensar a literatura da guerra colonial*. Porto: Edições Afrontamento, 2010.

VIEGAS, Jorge. *Núcleo tenaz*. Lisboa: Edições 70, 1982.

VIEGAS, Jorge. *Novelo de chamas*. Lisboa: ALAC, 1989.

WHITE, Hayden. As ficções da representação factual. Trad. de Marina Santos. *In:* SANCHES, Manuela Ribeiro (org.). *Deslocalizar a Europa - Antropologia, Arte, Literatura e História na Pós-Colonialidade*. Lisboa: Cotovia, 2005, p. 43-61.

Anexos

Imagem 1. Caixotes dos retornados acumulados ao lado do Padrão dos Descobrimentos.

Fotografia de Alfredo Cunha (1974). Arquivo Municipal de Lisboa.

Imagem 2. Sede da Casa dos Estudantes do Império em Lisboa.

Fotografía de Augusto de Jesus Fernandes (1961).
Arquivo Municipal de Lisboa.

Imagem 3. Homenagem da cidade de Lisboa à Casa dos Estudantes do Império, em frente ao frente que foi sede da Associação, na Avenida Duque D'Ávila.

Fotografia de Roberta Guimarães Franco (2009). Arquivo Pessoal.

Imagem 4. Mapa da Região do Zumbo.

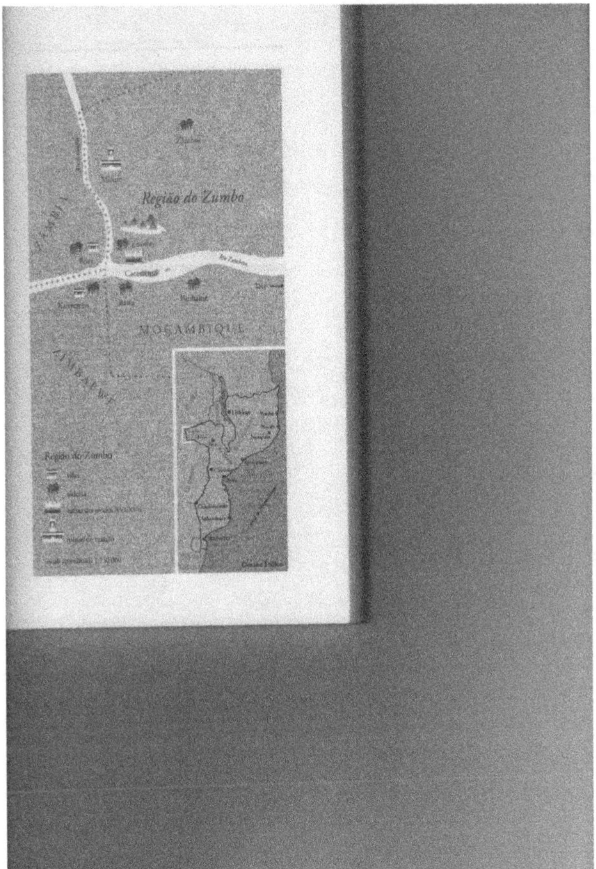

BORGES COELHO, João Paulo. *As duas sombras do rio*. Lisboa: Caminho, 2003, p. 9.

O movimento das pessoas, das ideias, do tempo: narrativas pós-coloniais e o encontro da humanidade consigo mesma

Thiago Henrique Mota
Professor de História da África
Universidade Federal de Viçosa

No contexto em que vivemos, o livro apresentado por Roberta Franco é extremamente oportuno. Quem são as pessoas por trás dos rótulos de imigrante, de refugiado, de retornado? Quem são as pessoas por trás das estatísticas? Quais histórias elas contam? Quais histórias foram impedidas de contar? E esse destino, é no espaço? É no tempo? *Memórias em trânsito* leva-nos a uma série de reflexões que, mediadas pelos romances de António Lobo Antunes, Pepetela e João Paulo Borges Coelho, apontam para a própria humanidade, para a subjetividade intrínseca a todo ser humano e para a nossa capacidade de empatia. A escolha do marco teórico orientado pela perspectiva pós-colonial evidencia menos um período que uma forma de ver o mundo, enunciar narrativas e produzir conhecimentos. Assim, o pós-colonial não é encarado por Roberta como um marco cronológico, mas como uma ruptura epistemológica com um jeito de narrar o passado e conceber as personagens de um romance. Também é um modo de analisar os romances, deslocando o lugar de enunciação e concepção do mundo, que deixa a autoridade normativa eurocêntrica, que pensa a si mesma como moderna, em favor dos filetes de experiências que se formam nas bordas de um sistema pensado desde o Ocidente. Eis a emergência do Outro: um Outro que é uma variação de Nós, cuja construção discursiva leva-nos à identificação. É aquilo que poderíamos ter sido e não fomos porque nascemos neste ou naquele lugar, fomos inseridos nesta ou naquela cultura.

O livro que Roberta Franco oferece a seus leitores é instigante e leva-nos a pensar em tantas outras histórias possíveis, contadas ou não contadas. Ao eleger três romances escritos em língua portuguesa como objeto de análise e concentrar-se nos períodos das guerras de independência dos países africanos e nos conflitos emergentes no período posterior ao colonialismo, ela conduz nossa atenção para os sujeitos. O foco nas pessoas, suas trajetórias, vivências e memórias conduz uma abordagem que potencializa a revisão de narrativas oficiais que Angola, Moçambique e Portugal divulgam sobre si. Ao optar por trabalhar no campo da Literatura Comparada, Roberta aceitou o duplo desafio imposto pelo objeto que escolheu. Por um lado, investir nas histórias de três regiões distintas: Angola, Moçambique e Portugal. Por outro, mergulhar lá onde as águas da História e da Literatura se encontram. O resultado, como esperado, é o desbravamento de um rio mais caudaloso e potente: a escrita ficcional adentrando territórios onde a necessidade empírica do historiador não alcança. Ao imergir nessas águas em busca de respostas mais profundas, Roberta evidencia o turbilhão de memórias, projetos e histórias possíveis, invisíveis na calmaria da superfície de discursos nacionais que narram um passado homogêneo.

Lobo Antunes, ao produzir um romance sobre o retorno a Portugal dos colonos ultramarinos procedentes da Guiné-Bissau, após as guerras de independência levadas a cabo pelos africanos, traz uma contra-história portuguesa. Aquela que evidencia o não-lugar dos portugueses dos trópicos na terra metropolitana que reivindicam como sua, mas com a qual já não se identificam; aquela que satiriza o mote da expansão de "um grande Portugal", central na identidade portuguesa como um império. Pepetela mostra o rumo dos sonhos que, ao se encarnarem nas pessoas, vão da sublime expectativa à pragmática realidade. Do desejo de independência, pronunciado pelos filhos das elites angolanas que estudavam em Lisboa na década de 1960, à herança colonial constituída na forma de um Estado erguido não para universalizar a cidadania, mas para conduzir a colonização, não mais pelos *tugas*, mas aquela doméstica. O deslocamento no espaço é importante. Contudo, é sua dimensão temporal que importa ao autor e à análise da pesquisadora: como o edifício das utopias rui e, dos escombros das memórias associados a novos projetos, erguem-se templos. Borges Coelho, analisado por Roberta, narra os movimentos internos em Moçambique, os impactos da guerra civil que assolou o país até 1992 e as dificuldades não imaginadas antes e durante as lutas pela independência. Como muitos pesquisadores constatariam depois, criar o "homem novo moçambicano" revelar-se-ia um fardo, uma imposição, uma nova forma de colonizar. Portanto, a escrita literária alimenta a historiografia ao apontar questões que podem não estar visíveis à flor dos documentos. Sugere problemas, aponta soluções.

O foco da pesquisadora no período das independências africanas e nos desdobramentos seguintes traz outra importante contribuição: a percepção da descolonização como questão que não é exclusiva dos africanos. As historiografias em língua inglesa e francesa, mais que os trabalhos no idioma português, têm apontado o fato de a conquista das independências africanas ter criado novos Estados no norte e no sul. França, Inglaterra e Portugal tiverem que se reinventar, criar outra identidade nacional, circunscrita a territórios acentuadamente europeus (ainda que não exclusivamente). Deixar de ser um império e tornar-se uma nação exige esforços, substituição de mitos e de narrativas. Por outro lado, Angola e Moçambique herdaram a estrutura burocrática colonial e tiveram a missão de fazer dela o motor de um Estado, com sua história, seus mitos e heróis, cuidadosamente selecionados na construção de uma ideologia nacional. Um trabalho árduo no qual lembrar também significa selecionar e esquecer. A pesquisa de Roberta evidencia as contra-narrativas que se estabeleceram/estabelecem frente a este movimento de construção de identidades heroicas, homogêneas e pacíficas. Quanto de relato há nessa ficção? Como a ficção permite ao historiador perceber novos caminhos nos documentos?

O contexto das análises de *Memórias em trânsito* é ocupado pela derrocada da colonização portuguesa em Angola, Guiné-Bissau e Moçambique, a construção africana do espaço pós-colonial, os movimentos de angolanos e moçambicanos e o retorno de colonos portugueses a casa – quiçá onde nunca haviam estado. A abordagem destes elementos é marcada pelo trânsito das memórias, que percorrem o tempo e a geografia, num processo de atribuição de sentido ao passado vivido pelas personagens dos romances e de construção de novos presentes. A contribuição da autora é de relevo, sobretudo quando vista diante do fato de haver muito a ser feito na historiografia produzida em língua portuguesa sobre o período pós-independência africano. Enfrentar a distopia pós-colonial e confrontar as memórias nacionais é uma iniciativa necessária, desafiando o binômio colonial que mitifica "colonizador *versus* colonizado", "europeu *versus* africano". A abordagem maniqueísta do passado colonial leva à crença na independência como solução para todos os problemas africanos. Não está em questão o fato de a conquista da autonomia ser incomensurável aos angolanos, moçambicanos e outros, rumo ao seu direito legítimo e humano de exercício da cidadania. Mas romantizá-la é perder de vista os interstícios, confrontos e negociações, as esferas de ação, as estruturas locais coloniais e pós-coloniais de dominação, as relações de gênero e de classe, as alianças políticas e suas exclusões intrínsecas. Escapando desta armadilha, a autora evidencia novos sujeitos, combate o discurso único e aponta a diversidade de experiências e de ideias: grandes contribuições deste trabalho aos estudos africanos e pós-coloniais.

Para finalizar, quero destacar como o livro de Roberta ajuda-nos a romper com a ideia de uma África mítica: igual a si mesma no tempo e no espaço, marcada por uma complementaridade e harmonia social. Ao romper com este modelo – construído para o consumo ocidental, que pensa a si mesmo como modelo de sociedade "quente", "histórica", "progressista" – o livro traz o movimento e a transformação para o primeiro plano. Não aquele movimento involuntário e errante, que outrora se atribuiu às populações africanas, mas o deslocamento marcado por projetos, inscritos nos campos da ideologia coletiva e do interesse pessoal. O tema abordado aqui é estimulante e aponta novos caminhos a serem percorridos tanto por historiadores quanto por teóricos dos estudos literários no Brasil. Como pensar questões tabus, como relacionamento com a antiga metrópole, racismo, homossexualidade, corrupção, dinâmicas de gênero e classe nas sociedades africanas pós-coloniais? Como lançar luzes pós-coloniais sobre o passado, buscando romper com a normatividade eurocêntrica, com a teoria da modernização que busca igualar tudo e todos, com a "biblioteca colonial" outrora erguida como mecanismo de dominação e que tem passado às estantes do pós-independência como conhecimento constituído? Além disso, como as questões abordadas por Roberta nos romances escritos em língua portuguesa se apresentam em outras esferas imperiais? As trajetórias de Ifemolu, em *Americanah*, da nigeriana Chimamanda Ngozi Adichie, e de Memória, em *Kétala*, da senegalesa Fatou Diome dialogam com aquelas das personagens de Pepetela, de João Paulo Borges Coelho? Outras comparações a serem exploradas.

São muitas as novas questões, possíveis agora que estamos munidos com as ferramentas de análise que Roberta Franco nos ofereceu. Ao percorrer tais caminhos, ao ler os romances e sermos confrontados com a força e a fragilidade das personagens, com as representações que carregam e produzem, de si e dos outros, somos sempre obrigados a olhar para nós mesmos. O reconhecimento das literaturas pós-coloniais – mormente as africanas – potencializa a compreensão da diversidade na unidade, de como o "nós" não se forma a partir do "eu" e do "outro", marcado pelo confronto e embate, mas do encontro entre os vários "Eus" possíveis, os "Outros" que todos somos para nossos semelhantes. É um exercício de empatia. Ao romper a normatividade eurocentrada – que define o africano, o latino-americano, o asiático como "o Outro" que não se encaixa nos padrões daquele que define os termos do discurso – a Literatura potencializa um novo olhar a ser dado pela História, pelas Ciências Humanas. Mais que isso, ela nos humaniza, favorece o reconhecimento de nossas semelhanças, demonstra como a experiência africana não é particular e restrita, diante de uma experiência europeia supostamente geral e universal. Ao contar as histórias não contadas, a Literatura atribui subjetividades às personagens e às pessoas, revela universos complexos que não cabem em binômios, em tabelas, em análises segmentadas ora da cultura, ora da política, ora da economia... Conhecer as autoras e os autores africanos, reconhecê-los como parceiros intelectuais e estabelecer diálogos que superem a orientação sul-norte, tão arraigada na academia brasileira, é o desafio que trabalhos como o de Roberta nos incentivam a enfrentar. E nós enfrentamos, porque os nós e as nossas ideias também somos parte deste movimento.

Viçosa, 11 de outubro de 2018

Alameda nas redes sociais:

Site: www.alamedaeditorial.com.br
Facebook.com/alamedaeditorial/
Twitter.com/editoraalameda
Instagram.com/editora_alameda/

Esta obra foi impressa em São Paulo
na primavera de 2019. No texto foi
utilizada a fonte Minion Pro em corpo
10,5 e entrelinha de 15,5 pontos.